# Sepsis – Verkommenes Blut

Ilona Bulazel

Sepsis – Verkommenes Blut
von Ilona Bulazel



Anschrift der Autorin:
Ilona Bulazel
Sinzheimer Str. 40b
76532 Baden-Baden
Deutschland
E-Mail: kontakt@autorib.de
www.autorib.de

1. Auflage: April 2015

Lektorat/Korrektorat:
Schreib- und Korrekturservice Heinen
www.sks-heinen.de

ISBN-10: 1511584335
ISBN-13: 978-1511584333

Weitere Informationen zum Druck:
siehe Buchende

*»DIE SEPSIS, UMGANGSSPRACHLICH AUCH ALS BLUTVERGIFTUNG BEZEICHNET, GILT ALS SCHWERE ERKRANKUNG, DIE, AUSSER KONTROLLE GERATEN, SOGAR ZUM TODE FÜHREN KANN.«*

INHALTSVERZEICHNIS

# ÜBER DAS BUCH

*»Nur das dumpfe Geräusch, das entstand, als die scharfe Schneide seine Schädeldecke spaltete, begleitete den Sterbenden auf dem kurzen Weg ins Jenseits ...«*

Brutale Morde, verstümmelte Leichen und bizarre Inszenierungen der Tatorte versetzen die Kurstadt Baden-Baden in Angst und Schrecken. Niemals zuvor gab es in dieser Gegend so grausame Verbrechen. Wer steckt hinter den Serienmorden? In Hauptkommissar Heerse keimt ein unglaublicher Verdacht auf. Bei den Ermittlungen stößt er auf dunkle Geheimnisse und krankhafte Begierden. Dabei muss er ungewöhnliche Wege beschreiten, denn die Suche nach dem Mörder wird immer mehr zum tödlichen Wettlauf gegen die Zeit.

»Sepsis – Verkommenes Blut« ist ein weiterer spannender Thriller der Autorin Ilona Bulazel, der die Leser garantiert fesseln wird.

# KAPITEL 1

*»Die Sepsis, umgangssprachlich auch als Blutvergiftung bezeichnet, gilt als schwere Erkrankung, die, außer Kontrolle geraten, sogar zum Tode führen kann.«*

**Hamburg, Januar**

Der Mann drehte sich mit einer Mischung aus Ungläubigkeit und Entsetzen um, als er im Augenwinkel eine Bewegung wahrnahm. Erst jetzt sah er das Beil, das in der nächsten Sekunde wie eine Guillotine herabschnellte. Nur das dumpfe Geräusch, das entstand, als die scharfe Schneide seine Schädeldecke spaltete, begleitete den Sterbenden auf dem kurzen Weg ins Jenseits.

Dann war es für einen Augenblick still, bevor die Raserei begann. Mit Kraft wurde das Beil aus den Knochen gerissen, nur um sich eine Sekunde später noch tiefer in den auseinanderklaffenden Schädel zu graben. Wieder kreiste der Stahl in der Luft – wie ein Raubvogel, der seine Beute fixierte. Das Mordinstrument schlug erneut brutal und unbarmherzig zu. Tief versank die kalte Schneide in dem Gesicht des Toten. Übrig blieb nur ein undefinierbarer Brei aus Haut, Gewebe und Blut.

Aber es war noch nicht vorbei, das Beil war zum Werkzeug der Rache geworden und stillte nun einen mörderischen Hass. Immer wieder misshandelte es den leblosen Körper des Opfers. Knochen knirschten und das Blut spritzte, bis sich überall im Raum der typische Geruch der roten Lebensflüssigkeit verteilt hatte.

Die Finger der linken Hand lagen abgetrennt neben den zerfransten Stümpfen. Herausgerissen aus dem Ganzen, so als hätten sich wilde Tiere am Leichnam zu schaffen gemacht.

Es gab kein Erbarmen, keine Gnade und endlich wurde es wieder still. Wäre zufällig ein Lauscher vor der Tür des großen Raumes gewesen, das Ohr dicht an das Holz gepresst, hätte er vielleicht das leise Keuchen gehört. Nicht verdächtig, höchstens anstößig, so als würde in einer dunklen Ecke im Inneren des Zimmers gerade jemand heimlich seine sexuellen Begierden befriedigen. Aber so einfach war es nicht, denn es ging um viel mehr.

Das Beil ruhte jetzt und das Blut tropfte langsam von der Schneide – wie Schweiß, der nach schwerer Arbeit einem Mann von der Stirn rinnt. Ein Augenpaar suchte nervös die Umgebung ab, bis der unstete Blick plötzlich etwas fixierte. Die Augenbrauen hoben sich überrascht. Dort, auf dem kleinen Beistelltisch, lagen einige Prospekte. Nichts weiter, nur Prospekte, die Werbung einer Stadt.

Auf einem der Titelblätter prangte in geschwungenen Buchstaben der Slogan: *»Besuchen Sie Baden-Baden und lassen Sie sich von den Trinkhallen-Sagen verzaubern!«* Das Hochglanzpapier war mit feinen Blutspritzern überzogen, so als hätte jemand roten Puderzucker darüber gestreut.

*Nein!* Das konnte kein Zufall sein. Die Unruhe wich der Verwirrtheit und endlich folgte das Verstehen. Schon vergessen geglaubte Erinnerungen schwappten plötzlich nach oben. Da waren Kinder, die sich an den Händen hielten, eng beieinanderstanden. Da waren Versprechen und ein Schwur, das Gefühl von Liebe und Vertrauen. Aber diese Erinnerungen ließen sich nicht festhalten, denn es gab noch andere, die sich mit Gewalt in den Vordergrund drängten. Die Erinnerungen an Schmerz, Lüge und Verrat. Die Augen blickten verstehend auf die geschundene Leiche. Das heisere Aufstöhnen, das nun erklang, hätte dem ungebetenen Lauscher auf der anderen Seite der Tür eine Gänsehaut bereitet; der Schmerz war deutlich herauszuhören.

Das Beil wurde erneut angehoben. Dieses Mal streichelten zitternde Finger über die Schneide, an der noch das warme Blut des Opfers klebte. Das Werkzeug der Rache wurde liebkost und mit sanften Worten begrüßt, so als wollte man einem streunenden Welpen ein neues Zuhause geben.

»Ich werde eine Botschaft hinterlassen«, flüsterte nun eine Stimme. Die Bestimmtheit, mit der dieser Satz gesprochen wurde, ließ keinen Zweifel daran, dass das nicht die letzte Botschaft sein würde.

**Baden-Baden/Stadtteil Balg, April**

»Um Gottes willen!«, stöhnte Hauptkommissar Rolf Heerse, als er den Tatort betrat. Es fiel ihm schwer, das Würgen zu unterdrücken. Kurz musste er sich abwenden und sein Blick streifte dabei die Gesichter seiner beiden Mitarbeiter, die bleich und angespannt in einer Ecke der kleinen Schrebergartenhütte standen. Er holte behutsam Luft. Allerdings war diese Vorsicht unnötig und geschah mehr aus Instinkt, denn in dem Raum hatte sich noch kein Verwesungsgeruch ausgebreitet. Erneut sah er zu dem Leichnam.

Ausgestreckt auf dem Boden lag eine Frau, bekleidet mit einer altmodischen, verwaschenen Kittelschürze. Einer der abgewetzten braunen Hausschuhe war noch über den Fuß der Toten gestülpt, der andere lag einsam neben dem Körper. Nur widerwillig richtete Heerse seine Aufmerksamkeit auf das Gesicht. Mit rauer Stimme wandte er sich an das gerichtsmedizinische Team. »Was ist mit ihr passiert?«

Auch der Mediziner, der ihm jetzt antwortete, war schockiert. Seine Stimme hatte zwar einen professionellen Klang, aber sie zitterte leicht, sodass sich dessen Betroffenheit nicht verbergen ließ.

»Erst hat man ihr den Schädel gespalten und dann kochendes Wasser über das Gesicht geschüttet.« Mit dem Daumen deutete er hinter sich auf die kleine Küchenzeile, auf der ein billiger Wasserkocher stand: »Vermutlich damit.«

Heerse starrte erneut auf das Opfer. Der Kopf klaffte auseinander, überall waren Spuren von getrocknetem Blut. Das Gesicht war kaum noch zu erkennen. Graue, blutige Haarsträhnen umrahmten die verbrühte Haut, die sich teilweise abgelöst hatte und extrem verfärbt war. Ein Auge starrte trüb zur Decke, das andere war nicht mehr vorhanden. Der Anblick war widerlich. Rolf Heerse schämte sich sogleich für seine Empfindungen und lenkte seine Konzentration schnell wieder auf den Körper der Toten.

»Was sind das für Wunden an ihren Armen und Beinen?«, fragte er leise.

»Ekzeme, schwere Neurodermitis, das ist eine Hautkrankheit«, antwortete der Arzt sachlich.

Der Hauptkommissar nickte stumm und dachte: *Im Leben wie im Tod nur Leid!*

Mittlerweile war sein Mitarbeiter Frank Dorthal zu ihm getreten.

»Ihre Schwägerin hat sie entdeckt, möchten Sie mit der Frau sprechen?«

Heerse nickte und starrte weiter auf die Leiche. »Wer hat die Gartenzwerge dort hingelegt?«, fragte er schließlich gereizt.

»Die Frau wurde so gefunden«, antwortete ihm der jüngere Kollege, der nun ebenfalls das groteske Bild betrachtete.

Links und rechts klemmte je ein Gartenzwerg unter den Armen der Toten.

»Was für ein kranker Mistkerl macht so etwas?«, presste Dorthal zwischen den Zähnen hervor.

Sein Chef konnte ihm nur zustimmen und das Mitleid, das er in diesem Moment mit dem Opfer hatte, überwältigte ihn beinahe.

Daher war Heerse froh, als er vor die Hütte treten konnte. Gierig sog er die frische Luft ein. Es war ein kühler Morgen und in dieser Schrebergartenkolonie am Rande des Stadtteils Balg, nicht weit entfernt vom Stadtkrankenhaus, herrschte beschauliche Ruhe. Momentan erfüllten nur das wichtigtuerische Gezwitscher der Spatzen und das Gurren einer Taube die kleinen, liebevoll angelegten Gärten mit Leben.

»Also was haben wir?«, fragte der Hauptkommissar nun seine Mitarbeiter.

Es war Lukas Bürg, der siebenundzwanzigjährige Kommissar, der als Erster antwortete: »Das Opfer heißt Annemarie Müller, Witwe, fünfundsiebzig Jahre alt. Ihre Schwägerin Brunhilde Müller hat sie heute Morgen gefunden. Die Frau ist jetzt wieder in ihrer Wohnung nicht weit von hier. Sie hat mit der Toten zusammengelebt ...«

Heerse unterbrach ihn: »Wissen wir schon, wann sie gestorben ist?«

Der junge Kommissar schob seine Brille zurecht und sagte: »Laut vorläufiger Schätzung gestern am späten Abend. Nachdem man sie getötet hatte ...« Bürg räusperte sich und fuhr fort: »... wurden ihr die Gartenzwerge in die Arme gelegt. So sieht es zumindest aus«, fügte er noch leise an.

Heerse sah zu seinem anderen Mitarbeiter. Frank Dorthal war ein großer, gut aussehender Typ Mitte dreißig.

Seine schwarzen Haare, das markante Gesicht mit den intelligenten, braunen Augen und sein durchtrainierter Körper machten ihn zu einem echten Frauenschwarm. Manchmal hielt ihn der Hauptkommissar für übertrieben eitel. Einen krassen Gegensatz dazu bildete Lukas Bürg, der eher schüchtern und unsicher wirkte. Er war blond und hatte blaue Augen, und wenn er nicht eine Brille tragen würde, dann hätte man ihn noch wesentlich jünger geschätzt.

»Wir sollten mit dieser Schwägerin sprechen«, sagte Heerse.

## Befragung von Brunhilde Müller

Keine zehn Minuten später drückte der Hauptkommissar Brunhilde Müller in deren kleiner Wohnung sein Beileid aus.

»Könnten wir vielleicht das Zimmer Ihrer Schwägerin sehen?«, fragte er höflich.

Brunhilde, die eine ähnliche Kittelschürze trug wie die Tote in der Hütte, führte sie zu einem großen, dunklen Schrank.

»Hier sind ihre Sachen.«

»Und wo hat sie geschlafen?«, hakte Frank Dorthal ungeduldig nach.

Brunhilde schnaufte und antwortete trotzig: »In der Hütte natürlich! Warum wäre sie denn sonst über Nacht dort gewesen?«

Dorthal machte ein überraschtes Gesicht, aber Heerse verstand und nickte.

»Kommen Sie, wir sollten uns setzen und dann können Sie uns alles von vorne erzählen.«

Brunhilde führte die drei Beamten in ein kleines Wohnzimmer und zwängte sich umständlich in einen alten Sessel.

Die Männer setzten sich ebenfalls und auf Heerses ermahnenden Blick hin schwiegen die beiden, bis ihre Zeugin zu sprechen begann.

»Die Annemarie war ein armes Luder!« Kaum hatte sie das gesagt, musste sie heftig schluchzen. Dann wischte sie sich mit der Hand die Tränen aus dem Gesicht und sprach weiter: »Sie war die Frau meines Bruders. Ich selbst war nie verheiratet. Na ja«, sie machte eine wegwerfende Handbewegung und fuhr fort, »jedenfalls hat ihr mein Bruder wenig hinterlassen und die kleine Witwenrente reichte für gar nichts. Außerdem war sie sehr krank. Diese Neurodermitis ging ordentlich ins Geld. Ich habe zwar auch keine Reichtümer, aber wenigstens kann ich von meiner Rente leben. Und so kam das dann mit dieser Schrebergartenhütte. Ich habe diese Parzelle schon seit Ewigkeiten gepachtet. Die Hütte hat Strom und einen Kaltwasseranschluss und es gibt sogar eine Toilette. Annemarie hat sich dort eingerichtet. Alle paar Tage kam sie hierher, um zu duschen und Wäsche zu machen. Und ich ging morgens immer bei ihr vorbei auf eine Tasse Tee.«

»Und sie hat dort gelebt?«, hakte Heerse noch einmal nach.

»Das habe ich doch gerade gesagt!«, entgegnete Brunhilde ärgerlich, »in Baden-Baden leben eben nicht nur Millionäre! Und bevor Sie fragen, ich hatte ihr angeboten, bei mir zu wohnen, aber hier ist es sehr eng und Annemarie hatte ihren Stolz. So hatte jede von uns ihr eigenes Reich.« Die Lippen der alten Frau fingen an zu beben, als sie nun den Kopf hob und sich an den Hauptkommissar wandte: »Wer hat ihr das angetan?«

Heerse legte eine Hand auf Brunhildes Schulter. »Wir werden versuchen, das herauszufinden.«

»Hatte sie denn Feinde?«, mischte sich Dorthal jetzt ein.

»Feinde?«, antwortete Brunhilde schrill, »Annemarie war eine Seele von Mensch! Jeder mochte sie.«

»Wer wusste davon, dass sie in der Hütte lebte, also, dass sie auch nachts dort war?«, bohrte Dorthal weiter.

»Na ja, wir haben das nicht an die große Glocke gehängt, gefragt hat nie jemand, aber wahrscheinlich haben es die anderen Kleingärtner gewusst.«

»Was war Ihre Schwägerin für ein Typ?« Als Heerse bemerkte, dass Brunhilde seine Frage nicht richtig verstand, setzte er erneut an: »War sie ängstlich, aufgeschlossen, leichtsinnig ...?«

»Sie war hilfsbereit, selbst wenn es ihr schlecht ging. Hat sich immer auch um andere gekümmert. Die Leute haben sie gemocht.« Brunhildes Stimme überschlug sich.

»Hatte Ihre Schwägerin eine besondere Verbindung zu Gartenzwergen?«, fragte nun Heerse und empfand seine Formulierung als höchst unglücklich.

Brunhilde blickte auf und sah ihn verständnislos an, dann kam die Erinnerung an die Leiche zurück, und unter heftigem Zittern schüttelte sie verneinend den Kopf.

Als die drei Männer Brunhilde Müller verließen, drückte sie dem Hauptkommissar eine Tüte Äpfel in die Hand. »Die sind noch aus dem Garten, Annemarie liebte Äpfel. Bitte nehmen Sie sie, die sind gesund.« Mit unsicherem Blick fragte die Frau: »Herr Heerse, Sie werden es mir doch sagen, wenn man den findet, der ihr das angetan hat?«

## Wohnung von Rolf und Petra Heerse

Als Rolf Heerse an diesem Abend das Präsidium verließ und nach Hause zu seiner Frau Petra fuhr, war er müde und erschöpft. Aber das lag nicht am Alter. Mit seinen fünfzig Jahren fühlte er sich normalerweise fit. Sein Haar wurde zwar zusehens dünner und der Bauch immer dicker, überdies musste er beim Lesen eine Brille tragen, aber ansonsten ging es ihm gut. Es war dieser Mordfall, der ihm zusetzte. Heerse war mittlerweile viele Jahre bei der Kriminalpolizei, aber Gott sei Dank gehörte Mord nicht zu seinem Alltag. Außerdem war bei den meisten Tötungsdelikten der Sachverhalt weitaus weniger kompliziert, als man vielleicht gemeinhin vermuten würde. Notwehr, außer Kontrolle geratene Streitereien, Eifersucht – gewöhnlich gab es Motive, die auf der Hand lagen. Aber dieser Mord an Annemarie Müller war etwas anderes. Wer tötete eine alte, liebe Frau auf so grausame Art? Und dann diese Gartenzwerge, was sollte das? Zu holen gab es dort auch nichts, Raubmord schied also ebenfalls aus. Damit lief alles auf die Tat eines Wahnsinnigen hinaus.

Tief in Gedanken versunken öffnete Heerse die Haustür. Als ihm seine Frau entgegentrat, wusste sie sofort, dass etwas Schlimmes passiert war. Wortlos reichte er ihr die Tüte mit den Äpfeln. Er hätte es nicht fertiggebracht, das Geschenk von Brunhilde Müller abzulehnen.

## Wohnung von Marion und Frank Dorthal

Zur gleichen Zeit betrat auch Frank Dorthal die schicke 120 qm große Altbauwohnung in der Baden-Badener Innenstadt. Von einem der Balkone hatte man einen herrlichen Blick auf die Lichtentaler Allee.

Freilich hätte er sich das von seinem Polizistengehalt nicht leisten können. Aber die Wohnung war mit der Erbschaft seiner Frau Marion finanziert worden. Als Einzelkind hatte sie beim Tod ihres Vaters, der ein bekannter Unternehmer aus der Region gewesen war, ein beachtliches Vermögen erhalten. Frank hatte kein Problem damit, den geschenkten Luxus zu genießen.

Sein Beruf war ihm wichtig. Frank Dorthal liebte es, Polizist zu sein und jetzt auch noch die Mittel zu haben, sich ein paar schöne Dinge zu leisten, machte das Leben doch um vieles angenehmer.

Marion kam etwas atemlos in die Diele. Freudig strahlte sie ihren Mann mit warmen braunen Augen an. Sie war eine hübsche Frau, aber keine auffallende Schönheit. Ihre Schüchternheit ließ sie oft zum grauen Mäuschen werden und trotz ihrer fünfundzwanzig Jahre wirkte sie manchmal etwas weltfremd und naiv. Da sie wusste, dass Frank Wert auf einen guten Stil legte, kleidete sie sich auch zu Hause stets nach der neusten Mode und war immer geschminkt und frisiert. Allerdings kannte sie das auch so aus ihrem Elternhaus.

Mit kindlicher Freude bemerkte sie Franks anerkennenden Blick, als seine Augen ihre üppige Oberweite betrachteten, die sich unter der Seidenbluse abzeichnete. Dann verschloss er sich jedoch sofort und sie spürte, dass etwas vorgefallen war.

»Alles in Ordnung, Liebling?«, fragte sie vorsichtig.

Frank trat mit ihr ins Wohnzimmer und schenkte sich einen Whisky ein. »Schlimmer Fall«, sagte er nur und zog sie an sich.

Marion drückte sich gegen ihren Mann und erwiderte seinen Kuss. Innerhalb weniger Sekunden wurde seine Zunge fordernder. Sie wollte sich zurückziehen, aber Frank hielt sie fest.

»Ich bin scharf auf dich!«, keuchte er.

Marion wusste, wie wichtig ihm Sex war, und gab nach. Sie hätte ihn niemals zurückgewiesen. Ohne viele Worte schob er sie auf die große Couch und öffnete seine Hose. Er hatte bereits eine Erektion und Marion sah verlegen zur Seite. Mit einem zaghaften Lächeln schob sie sich den Rock über die Hüften und streifte ihr Höschen herunter.

Frank warf sich auf sie. »So gefällt mir mein kleines Frauchen«, flüsterte er ihr ins Ohr. Als er in sie eindrang, presste sie die Lippen zusammen, um sich den leichten Schmerz, den sie empfand, weil sie noch nicht bereit war, nicht anmerken zu lassen. Frank bewegte sich jetzt schneller. Ihr war klar, was er von ihr erwartete, daher stöhnte sie leise, während er immer erregter wurde und dabei eine Hand unter ihre Bluse schob. Sie liebte Frank und wollte ihn glücklich machen. Außerdem war es ja nicht so, dass sie keinen Spaß an Sex hatte, aber eben nicht auf diese Art. Sie brauchte Zärtlichkeit, wie er sie ihr am Anfang ihrer Beziehung gegeben hatte. Aber Frank war eben ein Mann und sie wusste, dass er den Sex brauchte, um die schlimmen Dinge, die er als Polizist sah, zu vergessen. Diese Gedanken spukten ihr durch den Kopf, als Frank schon nach wenigen Minuten zum Höhepunkt kam und laut stöhnte.

»Ich liebe dich!«, rief er befriedigt, wälzte sich von ihr herunter und verschwand unter der Dusche.

»Ich liebe dich auch«, rief ihm Marion leise hinterher, bedeckte schnell ihre Scham und verdrängte die Sorgen wegen der eben entstandenen Flecken auf der teuren Designercouch.

## Präsidium der Kriminalpolizei, Baden-Baden

Es vergingen zwei Wochen, aber die Beamten kamen im Mordfall Annemarie Müller nicht voran. Die Spuren am Tatort hatten genauso wenig ergeben wie die Zeugenbefragungen. Eine tödliche Eskalation innerhalb der Schrebergartenkolonie konnte ebenfalls ausgeschlossen werden. Es fehlte sowohl das Motiv als auch irgendeine Spur vom Täter. Lediglich das Mordwerkzeug stand mittlerweile fest. Es handelte sich um ein Beil. Heerses Mitarbeiter hatten mehrere Muster besorgt und der Hauptkommissar wog gerade eines dieser Beile in seiner Hand. Natürlich hatte man in den umliegenden Baumärkten Erkundigungen eingezogen, aber weder war jemandem ein verdächtiger Käufer aufgefallen, noch war der Diebstahl eines Beils bemerkt worden.

»Ist ziemlich klein, lässt sich also gut transportieren«, sagte Lukas gerade.

»Tja, was sagt uns das über die Tat?«

»Die war geplant!«, antwortete der junge Kommissar sofort.

»Sieht tatsächlich so aus. Da ist jemand mit einem Beil zum Schrebergarten von Annemarie Müller marschiert, hat ihr den Schädel gespalten, anschließend das Gesicht verbrüht und diese Gartenzwerge platziert.«

»Vielleicht ging es gar nicht darum, *diese* Frau zu töten, sondern nur darum, irgendjemanden zu töten?«

Heerse pfiff anerkennend. Er hatte großen Respekt vor Lukas und dessen Fähigkeit, auch einmal um die Ecke denken zu können.

»Ist zwar schwer vorstellbar, aber auch nicht ganz unlogisch. Das würde dann zumindest erklären, warum wir auf kein Motiv stoßen. Diese Annemarie Müller war wirklich eine nette Frau.«

»Vielleicht hat sie etwas gesehen und musste deshalb sterben?«

»Hm«, brummte Heerse, »selbst wenn, dann ist das doch eine sehr perverse Methode, einen unliebsamen Zeugen zum Schweigen zu bringen. Ich ...«

Heerse wurde unterbrochen, denn Frank Dorthal betrat eben den Raum.

»Ich habe noch einmal mit der Spurensicherung gesprochen. Bisher nichts Neues. In der Hütte gab es jede Menge Material, das aber alles nichts taugt. Keine Hinweise auf einen möglichen Täter.«

»Das habe ich mir fast gedacht«, erwiderte Heerse missmutig. »Also bleibt alles vage. Das Beil kann vom Kind bis zur Großmutter jeder benutzen. Das Opfer war nicht groß, sodass der Täter oder die Täterin sich nicht besonders anstrengen musste.« Verbittert betrachtete Heerse nun die Tatortfotos. »Wen hast du nur in deine Hütte gelassen, Annemarie?«

* * *

Zwei Tage später, an einem Sonntag kurz nach sechs Uhr morgens, klingelte Heerses Handy. Im Halbschlaf griff der Hauptkommissar nach dem kleinen Smartphone auf seinem Nachttisch. Eine Sekunde später war er hellwach.

**»Blutbrücke«, Baden-Baden/Stadtteil Oos**

»Wer hat ihn gefunden?«, war die erste Frage, die Heerse stellte, als er zu den beiden uniformierten Beamten trat, die den Tatort abgesperrt hatten.

Die Spurensicherung, der Gerichtsmediziner und seine Mitarbeiter waren noch nicht da.

Heerse war als Erster vor Ort gewesen, dieser Tatort lag nur wenige Hundert Meter von seinem Haus entfernt.

Mittlerweile wurde es hell, allerdings waren die Straßen noch leer. Erleichtert stellte Heerse fest, dass sich keine Schaulustigen versammelt hatten.

»Wir dachten, das könnte was mit deinem Fall in der Schrebergartenkolonie zu tun haben«, sagte nun der ältere der beiden Polizisten.

Der Hauptkommissar nickte. Er kannte den Kollegen schon seit vielen Jahren.

»Ich befürchte, du hast recht«, sagte er deshalb und näherte sich dem Leichnam. Sie befanden sich in einer Parkanlage, die sogenannte »Grüne Einfahrt«. Ein breiter Weg führte von hier fast direkt in die circa 5 Kilometer entfernte Innenstadt von Baden-Baden. Die angelegten Grünflächen lockten vor allem Hundebesitzer, aber im Sommer auch Ausflügler hierher. Außerdem nutzten die Fahrradfahrer gerne diese Strecke, da Pkws hier verboten waren. Der Oosbach, oder die Oos, wie die meisten Baden-Badener ihren heimischen Fluss nannten, bahnte sich seinen Weg vom Schwarzwald durch die Innenstadt, entlang der »Grünen Einfahrt« weiter Richtung Rhein und Murg. Jetzt war dieses altehrwürdige Gewässer Zeuge menschlicher Grausamkeiten geworden. Direkt unter der »Blutbrücke« hatte sich ein Mord ereignet. Heerse bewegte sich Richtung Ufer.

»Ein Mann, der gerade seinen Hund ausgeführt hat, wurde aufmerksam«, sagte der Uniformierte neben ihm.

»So früh war der unterwegs?«

Der Polizist zuckte mit den Schultern.

»Wenigstens sind wir hier fertig, bevor es große Menschenaufläufe gibt«, setzte Heerse nach, »ich will nachher mit dem Zeugen sprechen!«

»Natürlich, wir haben ihn zum Präsidium bringen lassen.«

Zögerlich näherte sich der Hauptkommissar dem Leichnam, atmete noch einmal tief ein und richtete seine ganze Aufmerksamkeit auf das grausame Bild, das sich ihm bot.

Der Körper lehnte an einem Brückenpfeiler. Man hatte ihm brutal den Schädel gespalten. Eine dicke Kruste aus getrocknetem Blut bedeckte das, was von seinem Gesicht noch übrig war. Heerse sah die Tulpe, deren Stängel tief im Mund des Toten steckte. Ihre großen dunkelroten Blütenblätter hatten fast die gleiche Farbe wie das getrocknete Blut. Es sah aus, als wäre die Blume direkt aus dem Gesicht des Toten herausgewachsen. Mehr brauchte der Hauptkommissar nicht, um zu wissen, dass er es mit demselben Täter zu tun hatte. Dieses Mal waren es zwar keine Gartenzwerge, aber wieder hatte man das Opfer mit einer Beigabe in Szene gesetzt. Heerse musste schlucken und war froh, noch nichts gegessen zu haben. Als wenige Meter entfernt eine Elster laut kreischte, zuckte er erschrocken zusammen.

Mit Mühe konzentrierte er sich erneut auf den Toten. Kleidung, Hände und Größe ließen auf ein männliches Opfer schließen. Er saß im Schneidersitz und hatte eine Gitarre auf dem Schoß liegen. Überall waren Blutspritzer und seine Kleider waren nass.

»Es hat doch gestern Nacht nicht geregnet, oder?«, fragte er den Kollegen.

»Nein. Vielleicht ist er ins Wasser gefallen?«

Rolf Heerse dachte nach. Über sich hörten sie Autotüren schlagen. Das Team war endlich eingetroffen.

»Ich glaube, ich weiß, wer das ist!«, sagte der Uniformierte jetzt unvermittelt.

Heerse hob interessiert die Augenbrauen und der Polizist sprach weiter: »Die Kollegen nennen ihn den Zupf-Hans! Wegen der Gitarre. Ein Obdachloser, völlig harmlos und immer friedlich, auch wenn er getrunken hat. Wir erwischen ihn ab und zu in der Fußgängerzone beim Betteln. Zupft auf seiner Gitarre herum und haut die Leute wegen Geld an.«

»Bist du sicher, dass das der Kerl ist?«

»Ziemlich. Auch wenn ich sein Gesicht nicht erkennen kann. Die Kleidung, die alte Gitarre ... Ich würde sagen, er ist es.«

»Sehr gut, das wäre ein Anfang. Die sollen dir Bescheid geben, wenn die Leiche gesäubert wurde, zwecks Identifizierung.«

Der andere nickte und seufzte: »Schlimme Sache.«

## Präsidium der Kriminalpolizei, Baden-Baden

Nachdem Heerse seine beiden Mitarbeiter ins Bild gesetzt hatte, begannen sie mit der Befragung des Zeugen.

Während Lukas Bürg ein wenig verschlafen wirkte und passend zu seinem zerknautschten Gesicht ein faltiges Hemd trug, sah sein älterer Kollege Frank Dorthal trotz der frühen Stunde wie aus dem Ei gepellt aus.

Heerse wusste um den Ehrgeiz von Dorthal und bezweifelte, dass dieser sich lange mit dem Rang eines Oberkommissars zufriedengeben würde. Wahrscheinlich hatte er andere Pläne, als auf die Pensionierung Heerses zu warten. Der Hauptkommissar verspürte darüber jedoch kein Bedauern. Er hatte keinen Draht zu Dorthal, obwohl er sich nicht über ihn beschweren konnte. Frank war ein guter Polizist. Vielleicht lag das distanzierte Verhältnis auch daran, dass Frank erst seit einem Jahr in

Heerses Team war und einen kranken Kollegen ersetzt hatte. Vorher hatte Dorthal in Dortmund gelebt, wollte aber gerne nach Baden-Baden. Der Hauptkommissar wusste von ihm, dass er als Kind oft die Ferien hier bei der Großmutter verbracht hatte. Letzten November hatte Dorthal dann seine Frau Marion geheiratet. Natürlich war es den Kollegen nicht entgangen, dass Marion eine reiche Erbin war, und so tuschelten sie hinter Franks Rücken und nannten ihn den »kleinen Prinzen«.

Heerse hatte deshalb schon einmal ein Machtwort gesprochen, aber so etwas war schwer zu unterbinden.

Anders verhielt es sich mit Lukas Bürg. Der junge Kommissar war seit ein paar Monaten dabei. Eine unerwartete, wenn auch positive Personalaufstockung. Mit Bürgs Art kam Heerse viel besser klar.

»Kaffee?«, riss ihn der nun aus seinen Gedanken.

Heerse nahm dankend an und ging dann in das Nebenzimmer, in dem ein älterer Mann saß, der von einem prachtvollen schwarzen Labrador flankiert wurde.

Man stellte sich kurz vor und der Zeuge namens Wolfgang Mayt machte bereitwillig seine Aussage. Er genieße die frühen Morgenstunden, da könne sich sein Hund richtig austoben. Außerdem habe er während seines Arbeitslebens auch immer »früh raus müssen«. Der Hund, der den nicht ganz unpassenden Namen Klops trug, sei – laut seinem Besitzer – ein echter Spürhund, der den Fund mit lautem Gebell kundgetan habe. Nein, angefasst hätten sie beide nichts.

»Gut, dann danke ich Ihnen, Herr Mayt«, sagte Heerse und streichelte dem Labrador liebevoll über den Kopf, »und dir natürlich auch. Gute Arbeit, Klops!«

Als die drei Beamten wieder allein waren, sprach Frank Dorthal als Erster: »Warum hat niemand etwas gehört?«

»Was sollte man da denn hören?«, hakte Heerse nach.

»Na, ich gehe davon aus, dass der Mord irgendwann heute Nacht passiert ist, so abgelegen war der Tatort ja nicht.«

Heerse rieb sich mit den Händen über das Gesicht, um die Erschöpfung zu vertreiben.

»Nein, aber über der Brücke verläuft eine Durchgangsstraße, das heißt, die Anwohner sind Geräusche gewöhnt. In der »Grünen Einfahrt« sind oft Jugendliche unterwegs, man hört immer allerlei Lärm. Niemand wäre deshalb sofort alarmiert gewesen. Die Wohnhäuser sind ein wenig entfernt und auf einer Seite schließt das Parkgelände an einen Betrieb an, da ist nachts niemand.«

»Ich glaube sowieso nicht, dass man viel hätte hören können«, sagte Lukas Bürg eifrig, dann bemerkte er, dass er Frank vielleicht zu nahe getreten war, und schwieg schnell. Er bewunderte den Kollegen für dessen selbstbewusstes Auftreten und wollte nicht, dass es zwischen ihnen böses Blut gab.

»Das denke ich auch nicht«, schaltete sich Heerse ein. »Unser Opfer ist obdachlos. Vielleicht hat er die Nacht unter der Brücke verbringen wollen. Dann taucht unser Mörder auf und ...«

»Kein Schrei oder Kampf«, führte Frank den Gedanken weiter, »er fühlt sich nicht bedroht, weil er den Mörder kennt oder weil er nicht gefährlich wirkt. Sie haben recht, es gab nichts zu hören ...«

Heerse schlug Frank auf die Schulter. »Aber Ihr Gedanke ist interessant. Ich gehe davon aus, dass der Mörder von Annemarie Müller und diesem Zupf-Hans derselbe ist. Ich denke, die Gerichtsmedizin wird uns zumindest bestätigen, dass beide mit einem Beil erschlagen wurden. Die Frage ist, warum unsere Opfer den Mörder an sich herangelassen haben? Wieso hatten sie keine Angst?«

»Die typischen Drei vielleicht?«, sagte Lukas, ohne zu überlegen, und eine leichte Röte zog sich über sein Gesicht.

Als er die fragenden Gesichter seiner Kollegen sah, sprach er jedoch weiter: »Priester, Polizist, Frau ...«

»Richtig, und es ist sicher kein Problem, sich entsprechend zu verkleiden oder einen gefälschten Ausweis vorzuzeigen.«

»Warum ein *gefälschter* Ausweis?«, entgegnete Lukas daraufhin.

Frank Dorthal war perplex. »Sie glauben allen Ernstes, dass der Täter ein echter Polizist sein könnte?«

»Das habe ich nicht gesagt, aber warum sollten wir das ausschließen. Letzten Endes ist doch jeder in der Lage, sich schuldig zu machen ...«

Lukas hatte den letzten Satz mit einer gewissen Resignation ausgesprochen.

»Wie meinen Sie das?«, hakte Frank in aggressivem Ton nach.

Heerse blickte überrascht zu seinem Kollegen und sah, wie sich dessen Gesichtsmuskeln verkrampften.

Wie viele Menschen schien Frank Angriffe gegen die eigenen Reihen sehr persönlich zu nehmen, deshalb ging der Hauptkommissar dazwischen. »Zum jetzigen Zeitpunkt wissen wir nichts über den Täter. Aber dass die Opfer dem Mörder ein gewisses Vertrauen entgegengebracht haben, scheint auf der Hand zu liegen. Sie wurden von der Tat überrascht. Also denke ich, das ist ein guter Ansatz. Der Mörder oder die Mörderin nähert sich dem Opfer und egal ob Frau, Priester, echter oder verkleideter Polizist – ganz egal –, etwas hatte diese Person an sich, das die Opfer in Sicherheit wog. Dann folgen die tödlichen Schläge mit dem Beil. Das wiederum ist handlich und leicht und lässt sich problemlos transportieren. Und dann?«

»Der Täter müsste Blutspritzer abbekommen haben«, antwortete Bürg leise.

»Schwarze Kleidung tragen und die Morde nachts stattfinden lassen«, kommentierte Frank und sein Zorn schien verraucht.

Heerse nickte anerkennend und griff einen Gedanken auf, den Lukas kürzlich geäußert hatte. »Es sieht tatsächlich danach aus, dass die Opfer zufällig ausgesucht wurden.«

»Unser Täter streift also durch die Nacht und wartet, bis er ein entsprechendes Opfer findet, dann schlägt er zu und platziert etwas bei den Leichen«, fasste Bürg noch einmal zusammen.

»Die Zwerge hat er sich aus dem Nachbargarten geholt. Und die Tulpe?« Frank beantwortete seine Frage selbst: »Entweder er hatte sie dabei oder aber von einem der benachbarten Grundstücke. Zudem waren die Kleider des zweiten Opfers nass, während das Gesicht des ersten mit heißem Wasser verbrüht wurde.«

»Denken Sie, dieses Zubehör und die Rituale sind wichtig?« Bürg hob ein wenig hilflos die Arme, weil ihm keine besseren Worte eingefallen waren.

»Keine Ahnung, aber dass der zweite Mord ausgerechnet unter der Blutbrücke stattfand, macht die Sache nicht gerade einfacher. Das werden auch die Medien ausschlachten. Das Ganze ist an sich schon schlimm genug, aber ich habe Angst, dass wir es mit einem echten Irren zu tun haben.«

Seine Mitarbeiter wussten, was Heerse damit meinte, und schwiegen.

Eigentlich wollte der Hauptkommissar seine Gedanken gar nicht aussprechen, aber man musste den Tatsachen ins Auge sehen. »Ich habe Angst«, wiederholte er sich, »dass wir es mit einem Irren zu tun haben, der mordet, um damit irgendeinen Zwang zu befriedigen, und verquaste Botschaften hinterlässt, die niemand versteht. Das heißt, die Situation ist vollkommen unberechenbar.«

»Sie denken, es gibt noch mehr Morde? Eine Serie?« Es gelang Frank Dorthal nicht, die Erregung aus seiner Stimme verschwinden zu lassen.

Etwas, das auch Heerse registrierte. Müde nickte er mit dem Kopf. Sollte das eintreffen, wäre hier bald die Hölle los; da fehlte ihm gerade noch ein Ermittler, der diesen Fall als Karrieresprungbrett benutzen wollte. Der Hauptkommissar würde demnächst ein Gespräch mit Frank führen müssen.

# KAPITEL 2

*»Wer mein Blut hat, ist mein Erbe.«*
*Alter Rechtsgrundsatz*

Am späten Abend schickte Heerse seine beiden Mitarbeiter nach Hause. Er selbst wollte noch einmal in Ruhe die Berichte und Aussagen studieren. Mittlerweile hatten sie die Bestätigung, dass der zweite Tote besagter Zupf-Hans war.

Vor der Tür des Präsidiums wollte sich Lukas Bürg gerade von Dorthal verabschieden, als dieser ihn zurückhielt.

»Was hältst du von einem kleinen Absacker?«

Lukas war zwar verwirrt über das plötzliche »Du« und die vertrauliche Art von Frank Dorthal, aber gleichzeitig freute er sich über den Vorschlag.

Die Eckkneipe nicht weit von ihrer Dienststelle war klein, dunkel und urig eingerichtet. Die Kellnerin stellte Frank ein Weizenbier vor die Nase und lächelte ihm freundlich zu, während sie Lukas mit einem spöttischen Blick einen koffeinfreien Kaffee über die Theke reichte.

»Was hat dich eigentlich in den Südwesten verschlagen?«, fing Frank das Gespräch an.

Lukas hob die Schultern und machte ein beinahe entschuldigendes Gesicht. »Hat sich einfach so ergeben. Sie hätten in Hamburg und hier eine Stelle für mich gehabt und ich habe mich für den Schwarzwald entschieden.« Er nahm einen Schluck von seinem heißen Kaffee und fragte schließlich: »Und du?«

»Oh, ich wollte unbedingt nach Baden-Baden. Meine Großmutter hat in dieser Stadt gelebt und als Kinder waren wir oft bei ihr zu Besuch.

Als eine Stelle frei wurde, habe ich mich beworben und ...« Frank nahm einen großen Schluck von seinem Bier, bevor er weitersprach. »Na ja, und von hier ist es auch nicht weit nach Stuttgart.«

Lukas verzog anerkennend den Mund. Sein Kollege wollte also beim Landeskriminalamt Karriere machen.

»Und wo warst du vorher?«

Frank wurde etwas einsilbiger: »Dortmund.«

Kurze Zeit schwiegen die beiden Männer und jeder schien seinen eigenen Gedanken nachzuhängen.

»Und, hast du eine Freundin?«, hakte Frank nach.

Lukas schüttelte den Kopf. »Momentan nicht, schließlich bin ich ja erst hierhergezogen. Ich wohne übrigens in der Weststadt.«

Frank unterließ es, sich danach zu erkundigen, ob es denn vor Lukas‘ Umzug eine Frau in dessen Leben gegeben hatte. Stattdessen sagte er nur: »Ah, Weststadt, nicht schlecht.«

»Tja, ist zwar nicht die Lichtentaler Allee ...« Lukas biss sich auf die Lippen. Er hatte natürlich längst aufgeschnappt, was sich die anderen über Frank und seine wohlhabende Frau erzählten. Jetzt lief er rot an.

Frank schien Lukas' Verlegenheit nicht zu bemerken, sondern schwärmte hemmungslos von seiner traumhaften Wohngegend.

Nach einer Weile verstummte er. Lukas hatte kaum etwas gesagt. Das Gespräch verlief schwerfällig und gekünstelt.

Nach weiteren Minuten des Schweigens kam Frank auf den Fall zu sprechen. »Was hältst du von den Morden?«

Lukas war müde, sein Kopf schmerzte und er wollte nach Hause, deshalb sagte er: »Ehrlich gesagt, fällt mir das Denken langsam schwer.«

Frank orderte ein kleines Pils, während Lukas sich überreden ließ, noch ein Wasser zu bestellen. Es war mittlerweile fast Mitternacht.

»Was hast du heute eigentlich gemeint mit diesem ›Letzten Endes ist jeder in der Lage, sich schuldig zu machen!‹?«

Lukas hob überrascht den Kopf. Für einen Moment glaubte er, dass allein diese Frage der Grund dafür war, warum er hier mit Frank Dorthal saß. Jetzt wollte der junge Kommissar nur noch so schnell wie möglich weg.

»Nichts Bestimmtes, das sagt man doch allgemein so. Jeder ist fähig, schlimme Dinge zu tun, oder etwa nicht?«

Frank starrte seinen Kollegen an und hatte das Gefühl, dass der nicht ehrlich zu ihm war.

»Ich denke, ich mache mich auf den Weg«, sagte Lukas und kramte einen Zehn-Euro-Schein aus der Tasche, »die Getränke gehen heute auf mich. Einstand!«

Aber Lukas Bürg fuhr nicht nach Hause, sondern steuerte seinen Wagen in die entgegengesetzte Richtung. Heute war es besonders schlimm. Das Gespräch mit Dorthal hatte ihn verwirrt. Er wäre gerne mehr so wie Frank gewesen. Dieser strotzte geradezu vor Selbstbewusstsein. Darüber hinaus schien ihm alles zu glücken. Im Job lief es für Frank gut, er hatte eine schöne, reiche Frau geheiratet, lebte in einer tollen Wohngegend und brauchte sich über nichts Sorgen zu machen.

Im Hinterkopf hörte Lukas die Stimme seiner Mutter: »Du bist genau wie dein Vater, eines Tages, du wirst schon sehen ...«

Diese Drohung aus Kindheitstagen begleitete ihn immer noch, obwohl seine Mutter mittlerweile seit fünf Jahren tot war.

Er dachte daran, wie er sie gefunden hatte, zwischen all den Gin- und Schnapsflaschen. Totgesoffen! So hatte es der Arzt natürlich nicht ausgedrückt, aber Lukas hatte es ja all die Jahre kommen sehen. Seit sein Vater ...

»Wenn die Kerle ihn nicht mehr hochkriegen, dann werden sie zu schmutzigen, widerlichen Schweinen!«, hatte sie zu Lebzeiten gewöhnlich geplärrt, bevor sie sich mit dem letzten Glas Hochprozentigen endgültig abgeschossen hatte. Lukas hatte ihr dann die Decke über den aufgedunsenen Leib gelegt. Am nächsten Tag war sie stets ungeduldig und übellaunig gewesen, bis ihr der erste Cognac neue Kraft gab. Das Saufen wurde dann irgendwann zur Dauerbeschäftigung, genauso wie die grausamen Beschimpfungen. Tagein, tagaus hatte Lukas das ertragen. Als es dann endlich vorbei gewesen war, hatte sie ihm die Angst hinterlassen. Die Angst, eines Tages so zu werden wie sein Vater.

Wieder hörte er die alkoholgeschwängerte Stimme seiner Mutter: »Wenn du ihn nicht mehr hochkriegst, dann sieh dich vor!«

## Wohnung von Marion und Frank Dorthal

Frank Dorthal hatte sich noch einen Grappa gegönnt und der Bedienung hinter der Theke ebenfalls einen ausgegeben. Der schnelle Aufbruch von Lukas hatte ihn irritiert, genauso wie dessen Bemerkungen. Ihm war dieses Geschwätz auf jeden Fall wie eine Stichelei vorgekommen. Als er sein Auto aufschloss, wurde der Ärger über den jungen Kollegen immer größer. Was bildete sich dieser Anfänger ein. Der konnte doch froh sein, dass ihn Frank überhaupt mitgenommen hatte. Und dann diese großkotzige Geste, die Getränke zu bezahlen. Frank fing an, wütend zu werden.

Und wie der Heerse immer an den Lippen von Lukas Bürg hing, wenn dieser wieder irgendeinen Schwachsinn von sich gab.

Franks Ärger verstärkte sich, beinahe hätte er eine rote Ampel übersehen. Als er eine Vollbremsung machen musste, fluchte er laut.

Gegen halb zwei schloss er immer noch schlecht gelaunt die Wohnungstür auf. Im Wohnzimmer nahm er einen großen Schluck Whisky direkt aus der Flasche, dann wankte er ein wenig unsicher hin und her. Schließlich musste er grinsen. So viel Ärger wegen eines Grünschnabels, der ihm sowieso niemals das Wasser reichen könnte.

Seine Laune besserte sich, als er die Schlafzimmertür öffnete. Marion schlief schon. Sie hatte die Decke zur Seite gestrampelt und lag auf dem Rücken. Das Nachthemd hatte sich nach oben geschoben und ihre Brüste schimmerten durch den dünnen Stoff.

Leise rief er ihren Namen, als er sich völlig nackt an sie drückte. Marion öffnete verschlafen die Augen, dann lächelte sie ihren Mann an und flüsterte: »Oh Liebling, schön, dass du endlich da bist.«

Noch ehe sie ihn fragen konnte, wo er denn so lange gewesen war, presste Frank seine Lippen auf ihren Mund und küsste sie leidenschaftlich.

Marion schmiegte sich an ihn. Seine Hände wanderten zärtlich über ihren Körper. Er streifte ihr das Nachthemd über den Kopf. Während sie die Alkoholfahne und den typischen Kneipengeruch ignorierte, den er in ihr Ehebett gebracht hatte, und versuchte seine Liebkosungen zu genießen. Vielleicht würde sie ihn bald fragen, ob sie nicht ein Baby bekommen sollten.

Marion fing gerade an sich zu entspannen, als er sie etwas grober packte und auf den Bauch drehte.

»Ich brauche heute ganz besonders viel Aufmerksamkeit«, raunte er ihr ins Ohr, »ich hatte einen Scheißtag! Willst du mir helfen zu entspannen? Kannst du das für mich tun?«

Marion nickte hilflos, während er anfing, in ihre Schenkel zu beißen. Sie saß mittlerweile wie ein Hund auf allen vieren und fühlte sich nicht wohl dabei. Marion wollte sich schon umdrehen und ihm sagen, dass ihr das nicht gefiel, als er plötzlich von hinten ihre Beine spreizte. Dann leckte er mit der Zunge zwischen ihren Pobacken.

Sie flüsterte kaum hörbar: »Bitte nicht, das ist mir peinlich ...«

Aber Frank hörte nicht auf, sondern stöhnte laut, wie gut sie wäre und dass er sie bräuchte, also ließ sie ihn weitermachen. Schließlich war er ihr Mann und sie vertraute ihm. Dann kam der Schmerz. Marion wurde es in dem Moment, als sein erigiertes Glied in ihren Anus eindrang, kurz schwarz vor Augen. Sie schrie sogar auf, aber das verstand Frank als Zeichen ihrer Lust. Er bewegte sich hin und her und bemerkte nicht die Tränen, die Marion über das Gesicht liefen. Er sagte obszöne Dinge. Knetete gierig ihre Brüste und schlug seine Hüften immer wieder gegen ihren Körper. Als es endlich vorbei war, rollte er sich zufrieden auf die Seite und schlief sofort ein. Marion unterdrückte ein lautes Schluchzen und stürzte benommen ins Badezimmer. Sie fühlte sich beschmutzt und gedemütigt. Hinter sich schloss sie die Tür ab und rutschte hilflos auf die kühlen Kacheln.

Nach einer Weile stand sie auf und humpelte zur Badewanne. Ein kleines Rinnsal Blut lief ihr am Bein entlang. Sie war körperlich und seelisch verletzt.

Im heißen Wasser entspannte sie ein wenig. Sie wünschte sich, Frank würde an der Tür rütteln und sie fragen, was los sei, aber er kam nicht – sie hörte sein lautes Schnarchen. Vielleicht stellte sie sich einfach an? Schließlich hatte Frank einen schweren Tag gehabt. Auf ihm lag so viel Verantwortung. Natürlich war es auch nicht einfach, mit dem Neid der Kollegen umzugehen, die ihm seine glückliche Beziehung mit ihr sicher nicht gönnten. Nein, sie musste ihm helfen, für ihn Verständnis haben. Dann dachte sie an ihre Kindheit. Ihre Mutter hatte ihr schon früh eingebläut, wie wichtig es wäre, dass alles zur Zufriedenheit des Vaters abliefe. Und so war es auch gewesen. Als ihre Mutter starb, war Marion gerade sechzehn Jahre alt und übernahm danach die Haushaltspflichten. Es hatte Streit gegeben, als sie ihre eigenen Pläne verwirklichen wollte, aber ihr Vater hatte sich streng und unnachgiebig gezeigt. Sie hatte sich gefügt, weil das zu ihrem Besten war. Die Erinnerungen an den Tag kamen zurück, als der Vater plötzlich tot in seinem Arbeitszimmer gelegen war. Marion wischte sich die Tränen weg. Sie hatte gar nicht bemerkt, dass sie die ganze Zeit über weinte.

»Die Familie ist das Wichtigste!«, hatte ihr Vater immer gesagt. Marion war eine Idee gekommen, wie sie Frank helfen könnte.

Die Familie, das war die Lösung!

**Zur gleichen Zeit in Karlsruhe, unweit von Baden-Baden …**

Lukas Bürg schloss etwas umständlich seinen Gürtel.

»Du bist immer ein ganz Schneller, was?«, vernahm er die piepsige Stimme von Mandy.

Er antwortete nicht. Wie immer wollte er *danach* nur schnell nach Hause.

Er legte das Geld auf den Nachttisch und murmelte einen Abschiedsgruß.

»Dann bis zum nächsten Mal, mein Süßer«, rief Mandy und Lukas nickte ihr verlegen zu.

Draußen auf der Straße holte er tief Luft und machte sich mit großen Schritten auf den Weg zu seinem Auto. Die Stadt schlief noch und so hörte er nur seine eigenen dumpfen Schritte auf dem feuchten Pflaster. Obwohl es schon so spät war, fühlte sich Lukas ausgeruht, geradezu erholt. Bei ihm war also alles in Ordnung. Die Erleichterung darüber ließ ihn lächeln. Und doch wusste er, dass dieses angenehme Gefühl nicht lange anhalten würde. Die alte Angst folgte ihm wie sein eigener Schatten und lauerte in einer dunklen Ecke, um ihn dann ohne Vorwarnung anzuspringen und ihre Klauen in seine Seele zu hauen. Aber heute Abend, so dachte er, war alles in Ordnung.

## Wohnung von Rolf und Petra Heerse

Am nächsten Tag erwachte Rolf Heerse mit einem stechenden Kopfschmerz. Die Nacht war kurz und unruhig gewesen. Seine Gedanken hatten sich bis zum Morgengrauen um die Morde gedreht. Ein mühsames Hin- und Herwälzen der Fakten und Vermutungen. So, als würde jemand einen schweren Hefeteig in seinem Schädel durchkneten.

Seine Frau Petra blickte ihn am Frühstückstisch besorgt an. Es war offensichtlich, dass Rolf unter Stress stand.

Wie zur Bestätigung sprang er plötzlich auf. »Ich werde noch einmal zum letzten Tatort gehen, bevor ich ins Präsidium fahre.«

Heerse schnappte sich seine Jacke und machte sich auf den Weg zur »Grünen Einfahrt«.

Er lebte schon viele Jahrzehnte im Stadtteil Oos und mochte diese Ecke von Baden-Baden. Auch oder gerade, weil hier der glamouröse Glanz der Innenstadt nicht so erdrückend zu spüren war. Hier war einfach alles herrlich normal, das galt sowohl für die Freuden wie auch für die Sorgen der Menschen. Man kannte sich, grüßte einander, aber immer ohne Aufdringlichkeit. Oos war ständig im Wandel. Bis zur Wiedervereinigung gab es in diesem Stadtteil ein Kasernengelände der französischen Streitkräfte. Als die Soldaten abgezogen wurden, entstand auf dem Areal ein modernes Einkaufszentrum. Man baute an Umgehungsstraßen, um das Viertel vom Durchgangsverkehr zu entlasten. Die Einwohner durften also gespannt sein, was die Zeit noch bringen würde. Jedenfalls fühlte sich Heerse hier sehr wohl.

Deshalb empfand er diesen grausamen Mord unter der Blutbrücke wie ein gewaltsames Eindringen in seine Privatsphäre. Mit grimmigem Gesicht marschierte er zum Tatort. Die Leiche war längst weggeschafft und die Absperrbänder verschwunden. Eine Spaziergängerin mit Hund kam ihm entgegen. Wenn er erst einmal pensioniert wäre, dann würde er auch einen Hund haben und hier große Runden drehen. Seine Gedanken kehrten zurück zu den Verbrechen und er sondierte konzentriert die Umgebung.

Als würde der Ort seinen Verstand schärfen, kam ihm eine Idee: Wie war der Mörder überhaupt hierhergekommen? War es nicht wahrscheinlich, dass er mit einem Pkw unterwegs gewesen war, den irgendwo geparkt hatte, um sich dann auf die Suche nach seinem Opfer zu machen? Rolf Heerse überlegte weiter. Ein guter Platz zum Parken wäre beispielsweise das wenige Gehminuten entfernte Bahnhofsgelände gewesen.

Vielleicht hatte eine Parkplatzkamera etwas aufgezeichnet. Das Gleiche galt für den Mord an Annemarie Müller. Möglicherweise war den Anwohnern nahe der Schrebergartenkolonie ein fremder Wagen in Erinnerung. Er musste seine Leute nochmals rausschicken, sie sollten die Nachbarn erneut verhören. Heerse würde es übernehmen, die Obdachlosen zu befragen. Vielleicht hatte der Zupf-Hans einen Kumpel gehabt, der irgendetwas wusste. Bürg sollte ihn begleiten, während Frank Dorthal die Hausbefragungen koordinieren würde. Sicher war es an der Zeit, dem Oberkommissar Dorthal mehr Verantwortung zu geben.

### Befragung der Obdachlosen, Baden-Baden

Von der Gerichtsmedizin erfuhren sie, dass das zweite Opfer um Mitternacht getötet worden war. Weiterhin hatte der Arzt festgestellt, dass sich kein Wasser in den Lungen des Mannes befunden hatte.

*Weitere Fakten, die uns nicht weiterbringen*, dachte Heerse, als er sich mit Lukas Bürg auf den Weg machte. Sie hatten vor, die bekannten Treffpunkte der Obdachlosen abzuklappern. Ein nicht ganz einfaches Unterfangen, weil die meisten entweder Reißaus nahmen, wenn sie Heerse und seinen jungen Kollegen kommen sahen, oder zu betrunken waren, um ihnen Fragen zu beantworten. Am Augustaplatz in der Innenstadt hatten sie dann endlich Glück. Ein kleines Männchen mit runzligem Gesicht und schlechten Zähnen ließ sich von den Dienstmarken der beiden nicht einschüchtern. Er lief sogar auf die Beamten zu, so als hätte er sie bereits erwartet.

»Seid ihr die, die dem Hans zu Gerechtigkeit verhelfen?«

Heerse verstand. Es hatte sich also bereits herumgesprochen, dass einer von ihnen auf grausame Weise ermordet worden war. Schwer zu sagen, ob das die Sache jetzt vereinfachte oder nicht.

Das Männchen wartete auf eine Antwort.

»Ich bin Hauptkommissar Rolf Heerse und das ist mein Kollege Lukas Bürg.«

Lukas, der heute sehr gelassen wirkte, streckte dem anderen seine Hand entgegen. Etwas verwirrt ergriff der Obdachlose diese und drückte sie kurz. Lukas hatte die Nikotinflecken an den Fingern des Mannes bemerkt und griff schnell nach seinen Zigaretten. Er bot dem Fremden eine an, bevor er sich selbst bediente. Ohne Eile verteilte er Feuer und nahm einen kräftigen Zug.

*Das macht er gut*, dachte Heerse und schon hörte er das Männchen sagen: »Sie scheinen in Ordnung zu sein, Herr Wachtmeister!«

Heerse sah im Augenwinkel, dass ein Stück entfernt eine Gruppe Obdachloser stand, die sie beobachtete. Die Männer schienen nervös und zappelig. Vermutlich hatten sie das Männchen vorgeschickt.

»Ich bin Kurt«, und mit einer Handbewegung Richtung der Gruppe ergänzte er, »die da sind Freunde von mir. Ich soll die Verhandlungen führen.«

Heerse unterdrückte ein Schmunzeln. Er wollte den Mann keinesfalls beleidigen. Die Obdachlosen hatten es schon schwer genug, also gab es keinen Grund, es an Respekt fehlen zu lassen. Lukas schien das begriffen zu haben, denn als ihm Heerse das Gespräch überließ, verhielt sich der junge Kommissar sehr höflich.

»Selbstverständlich«, sagte Bürg gerade ernst und ließ Kurt weitersprechen.

»Es ist nämlich so«, fuhr dieser fort, der gerne eine weitere Zigarette nahm, »es könnte sein, dass es einen Zeugen gibt. Aber der will keine Unannehmlichkeiten ...«

»Die wird er nicht bekommen«, versicherten Lukas und Heerse dem Mann.

»Und der Zeuge will nicht aufs Revier. Und nix unterschreiben«, fügte Kurt an.

Heerse schnaufte leise, zeigte Lukas aber durch ein leichtes Nicken sein Einverständnis und bedeutete seinem jungen Kollegen fortzufahren.

»Machen wir es doch so: Wir sprechen mit dem Zeugen. Sie und Ihre ›Kollegen‹ können dabeibleiben und dann, wenn wir wissen, was dieser Zeuge gesehen hat, dann können wir noch einmal verhandeln.«

Kurt ließ die Männer stehen und trabte zu seinen Freunden, die sich aufgeregt beratschlagten. Nach einer Weile verstummte das Gemurmel und die beiden Polizisten wurden herangewunken.

»Machen Sie die Befragung, Bürg, die scheinen Ihnen zu trauen«, flüsterte Heerse seinem Kollegen zu.

Als die Beamten nun bei der Gruppe ankamen, schob sich diese auseinander und gab den Blick auf eine Frau frei. Vermutlich war sie nicht älter als fünfzig, aber das Leben auf der Straße hatte seinen Tribut gefordert, deshalb hätte man sie auch leicht auf siebzig schätzen können. Die Haare, die unter einer dreckigen Strickmütze vorlugten, waren fettig. Ihr Gesicht wirkte eingefallen – was daran lag, dass sie kaum noch Zähne im Mund hatte. Die Frau trug trotz der milden Temperaturen eine dicke Jacke über den zahllosen Schichten alter Kleider. Heerse hatte während seiner Dienstzeit viele Obdachlose getroffen und so wusste er, dass jede dieser Frauen und Männer ihr eigenes trauriges Schicksal hatte, das schließlich auf der Straße endete.

»Das ist Freda«, sagte Kurt und gab ihr seine Zigarette, die sie gierig entgegennahm und fest daran zog. »Erzähl dem Kommissar, was du gesehen hast, Freda!«

Die anderen Obdachlosen schienen sich jetzt wieder etwas dichter an die Frau zu drängen, so als wollten sie ihr Mut machen und Schutz bieten.

Erst krächzte Freda nur leise, aber dann blickte sie Lukas Bürg direkt in die Augen und sagte mit fester Stimme: »Ich hab den Hans gesucht, wusste, dass er gerne unter der Brücke hockt, wenn es nicht so kalt ist.«

Wieder zog sie an der Zigarette, die sie mit zittrigen Fingern hielt. Der Geruch der ungewaschenen Körper und die Alkoholausdünstungen stiegen den Beamten in die Nase, aber sie wichen nicht zurück.

Freda sprach weiter: »Ich war spät dran, normalerweise bin ich nicht so spät dran«, erklärte sie umständlich. »Jedenfalls, als ich durch den Park kam, sah ich am Ufer eine Bewegung. Erst hab ich gedacht, es ist der Hans, der zu viel gesoffen hat. Dann tanzte der immer. So war der halt ...«

Zur Bestätigung ihrer Worte brummelten die anderen zustimmend vor sich hin.

»Aber es war nicht der Hans.«

Heerse und Bürg hatten Mühe, ihre Ungeduld zu verbergen.

Freda wurde nervös und sah Hilfe suchend zu Kurt, der ihr aufmunternd zunickte. »Jedenfalls hab ich mich hinter einem Baum versteckt. Ich hatte Angst. Du weißt ja nie, wer da nachts unterwegs ist, und unsereins muss vorsichtig sein. Sieht man ja jetzt am Hans.«

Wieder setzte zustimmendes Gemurmel ein.

»Was haben Sie denn nun gesehen?«, fragte Lukas sanft, damit sie nicht noch weiter vom Thema abkamen.

»Na, da ist ein Teufel herumgesprungen. Ganz in Schwarz war der. Erst hab ich gar nicht kapiert, was der dort macht. Immer wieder ist dieses Ding zum Wasser, hat eine Flasche gefüllt und dann ist es damit zum Brückenpfeiler. Konnte aber nicht genau sehen, worauf das Wasser geschüttet wurde. Dachte kurz, jemand hat ein Feuer gemacht ...«

»Und das ist mehrmals passiert?«, hakte Lukas nach.

Freda nickte.

»Hab doch nicht wissen können, dass der Hans tot am Brückenpfeiler hockt. Und der Teufel ihn taufen will.«

Die Obdachlose zog wieder an der Zigarette, sodass mittlerweile der Filter zu kokeln anfing. Lukas bot ihr schnell eine Neue an.

»Und dann?«

»Hab gewartet und irgendwann war der Teufel weg, einfach verschwunden. Ich war neugierig und bin zur Brücke ...«

»Sie haben den Hans also gefunden?«

Dieses Mal schaute Freda zu Boden und nickte. »War grauenvoll, hatte Angst und bin weggerannt.«

»Schon gut, das war auch richtig. Es hätte niemandem genützt, wenn Sie sich in Gefahr gebracht hätten.«

Freda schien erleichtert und auch ihre Freunde entspannten sich.

»Haben Sie denn das Gesicht dieses Teufels erkennen können?«

»Nee, dazu war es zu dunkel.«

»War es ein Mann oder eine Frau?«

Ihre Zeugin schnaufte genervt: »Keine Ahnung.«

»Und wie groß war er?«, mischte sich jetzt Heerse das erste Mal ein.

Fredas Augen sahen den Hauptkommissar skeptisch an, bevor sie zögerlich antwortete: »Mal war er klein, dann groß und schnell, wie der Teufel eben.«

Die Beamten tauschten kurz einen Blick aus. Der Mörder hatte sich gebückt und aufgerichtet, um die Flasche mit dem Wasser zu füllen und es anschließend über die Kleidung des armen Zupf-Hans‘ zu schütten. Fredas Aussagen machten Sinn. Und ja, sie hatte den Teufel gesehen, aber einen Teufel aus Fleisch und Blut.

**Präsidium der Kriminalpolizei, Baden-Baden**

Frank Dorthal war gut vorangekommen. Die Auswertungen der Parkplatzkameras liefen und die Hausbefragungen waren in vollem Gange. Er hatte sich an den Rechner gesetzt und, wie mit Heerse abgesprochen, die Datenbank der Polizei nach ähnlichen Fällen durchkämmt – leider ohne Ergebnis. Heute fühlte er sich richtig gut. Delegieren, das war seine Stärke. Endlich, so schien es, hatte der alte Heerse sein Potenzial erkannt. Momentan konnte er sich nicht beklagen. Mit Marion verstand er sich immer besser, um Geld brauchte er sich nicht zu sorgen, und dieser Fall würde ihn auch beruflich voranbringen. Einen Job in der Zentrale in Stuttgart in leitender Position, so sah Frank Dorthal seine Zukunft.

Gegen Abend kamen seine Kollegen von ihren Untersuchungen zurück. Kurz tauschten sich die drei aus.

»Wir haben einen Anwohner, der meint, um kurz nach Mitternacht vom Fenster aus gesehen zu haben, wie ein schwarzer Wagen viel zu schnell über die Ooser Hauptstraße in Richtung Stadt gefahren sei.«

»Kennzeichen?«, fragte Heerse, ohne darauf ernsthaft eine Antwort zu erwarten.

Frank Dorthal erwiderte: »Natürlich nicht, aber vielleicht ist das hier interessant.« Er fischte nach einem Computerausdruck auf seinem Schreibtisch und reichte ihn Heerse. »Ein Ehepaar war noch spät mit dem Hund draußen.«

*Ohne unsere Hundebesitzer würden wir vermutlich nie irgendetwas erfahren*, dachte Heerse, sagte aber nichts.

»Jedenfalls haben die sich darüber gewundert, dass so viele Autos mit auswärtigen Kennzeichen geparkt hatten.«

»Wo war das?«, hakte Heerse nach.

»Auf einem leeren Firmengelände.«

»Kennzeichen?«

»Nicht wirklich. Sie meinten, zwei Fahrzeuge aus Karlsruhe, eines aus Pforzheim und eines aus Stuttgart. Die Kennzeichen haben sie sich nicht gemerkt.«

Heerse überflog die Aussage der Zeugen. Dort stand: Wir fanden es merkwürdig, dass dort überhaupt jemand geparkt hatte, schließlich gab es ein Verbotsschild mit Abschleppandrohung. Sonst hat dort noch nie ein Auto gestanden, schon gar nicht am Wochenende.

»Gut, versucht den Eigentümer des Geländes ausfindig zu machen. Vielleicht weiß der, wer dort geparkt hat. So können wir diese Infos womöglich als irrelevant ausschließen, bevor wir drei deutsche Großstädte unter Generalverdacht stellen. Zudem könnte der Täter auch aus der Region kommen. Vielleicht sogar direkt aus Baden-Baden.«

Frank Dorthal seufzte: »Das bleibt zu befürchten, dass uns dieser kranke Spinner näher ist, als wir denken.«

Heerse erwiderte: »Eben!«

»Sonst noch etwas?«, fragte Lukas und studierte die Unterlagen, die ihm Frank reichte. Obwohl sich die beiden jetzt duzten, was auch Heerse erfreut zur Kenntnis genommen hatte – ihm war es recht, wenn sich sein Team gut verstand –, hatte man das Gefühl, dass die Stimmung zwischen den beiden frostiger geworden war.

»Von allem etwas«, sagte Lukas gerade nachdenklich. »Ein Taxifahrer sah eine junge Frau gegen ein Uhr Richtung Bahnhof marschieren. Eine Anwohnerin, die spät von einer Feier zurückkam, sah einen kräftigen Mann mit Rucksack in die gleiche Richtung gehen und so weiter. Niemand kann die Gesichter beschreiben, und letzten Endes werden die Aussagen immer unklarer.«

»Trotzdem ist das wichtig! Man kann nie wissen, auf was man bei diesen Befragungen stößt. Gute Arbeit, Herr Dorthal, dranbleiben, vielleicht kommt ja noch was von den Anwohnern der Schrebergartenkolonie.« Damit verabschiedete sich Heerse von seinen Männern.

Sie waren kaum vorangekommen und der Hauptkommissar befürchtete das Schlimmste.

# KAPITEL 3

*»Ich bin Blut und Feuer.«*
*Katharina von Siena (1347-1380)*

**Einige Tage später in Karlsruhe …**

Obwohl die letzten Tage für Lukas gut gelaufen waren, fühlte er sich nicht wohl. Seine Dämonen holten ihn bereits wieder ein. Was, wenn das jetzt immer schlimmer wurde und er keinen Tag mehr Frieden hätte?
»Pass nur auf, dass du nicht auch so ein ekliger Widerling wirst wie dein Vater!«, flüsterte die Stimme seiner Mutter.

Er saß im Auto und hatte wieder einmal das Gefühl, sie wäre hinter ihm auf der Rückbank. So wie früher, als sie noch gelebt hatte und er sie gelegentlich von einer der zahllosen Kneipen abholen musste. Dann lag sie breitbeinig hinten im Fond und stieß giftig ihre Hasspredigten hervor. Ihr aufgeschwemmtes Gesicht hatte sich dabei stets zu einer hässlichen Fratze verzogen und Lukas dachte manches Mal, er würde einen geifernden Dämon durch die Dunkelheit fahren.

Das ganze Geschwätz war ihm immer noch gegenwärtig und er hatte es bisher nicht vermocht, die Erinnerung daran zu verdrängen. Seit ein paar Monaten beschäftigte es ihn immer mehr. Als die Mutter beerdigt war, hatte er für einen kurzen Moment das süße Gefühl vollkommener Freiheit kennengelernt. Aber das hatte nicht lange angehalten, und die Last, die ihm endlich genommen worden war, begann ihm zu fehlen. Das Leben wurde mit einem Mal schwerer und komplizierter und dann holten ihn all die Warnungen und Beschimpfungen wieder ein. Vielleicht hätte er mit jemandem darüber reden müssen, aber mit wem?

Er schämte sich viel zu sehr. Und wie hätte das ausgesehen, wenn er, der junge Kommissar, sich in psychologische Behandlung begeben hätte! Und wer blieb dann noch? Mandy? Wohl kaum. Es war schon schlimm genug, dass sie wusste, dass er bei der Polizei war. Wie ein Tölpel war ihm bei einem seiner ersten Besuche die Brieftasche aus der Jacke gefallen und Mandy hatte sie natürlich geöffnet. Sie kannte seinen Namen, seine Adresse und er fühlte sich ihr ausgeliefert. Vermutlich gab es dafür gar keinen Grund.

Die Prostituierte hatte ihre Entdeckung lediglich mit einem Schulterzucken kommentiert und gelangweilt gesagt: »Ein Bulle. Nun, wenn sich das herumspricht, dass ich auch Kunden bei der Polizei habe, ist das schlecht fürs Geschäft.«

Lukas war mittlerweile an seinem Ziel angekommen und stieg über den Notausgang die Treppe nach oben. Er nahm nie den Aufzug des mehrstöckigen Appartementhauses. Hier in dem ungemütlich kalten Treppenhaus begegnete ihm selten jemand. Als er an der Wohnungstür klingelte, wurde sofort geöffnet. Er hatte Mandy bereits eine SMS geschickt und gehofft, dass sie frei war.

Schnell trat er in die Wohnung. Diskretion war für sie beide wichtig.

»Na, das wird ja was richtig Festes mit uns beiden«, spottete sie freundlich, als er, wie immer etwas gehemmt, ins Schlafzimmer trat.

»Was machen wir denn heute Schönes, mein Hübscher? Ein bisschen Blasen zum Warmwerden? Oder willst du es mir mit der Zunge machen? Du weißt, das biete ich normalerweise nicht an, aber bei dir würde ich schon mal eine Ausnahme machen. Das wäre ein Hunderter extra.«

Lukas nickte zustimmend. Wie immer war er sehr einsilbig. Mandy zog ihm mit wenigen Handgriffen die

Hose aus und führte ihn ins Badezimmer, um ihn zu waschen. Lukas schluckte und spürte die erste Erregung.

Mandys gurrendes Lachen beruhigte ihn. Dann ging die Prostituierte in die Knie und er spürte, wie sie anfing, mit der Zunge sein Glied zu bearbeiten.

Lukas griff mit den Händen in die blond gefärbten Haare und stöhnte. Alles lief völlig normal ab. Er hatte bereits eine starke Erektion.

Als sich Mandy aufrichtete und ihn ins Schlafzimmer führte, waren alle Zweifel vergessen. Es schien, als wäre er doch ganz in Ordnung, aber er brauchte Gewissheit. Mandy zog ihre Korsage aus und er starrte auf ihre großen hängenden Brüste. Dann schälte sie sich aus dem Höschen. Sie war komplett rasiert. Lustlos legte sie sich auf den Rücken und spreizte die Beine.

»Bitte, mein Hübscher, gehört alles dir ...«

Während Mandy zur Decke starrte und ärgerlich die Stirn über die Wasserflecken auf der Tapete runzelte, begann Lukas mit der Zunge über ihre Schenkel zu fahren. Dabei wurde seine Gewissheit immer stärker, dass bei ihm alles seine Richtigkeit hatte. Nach einer Weile forderte ihn die Prostituierte auf, nun zur Sache zu kommen, sonst würde es extra kosten.

Als Lukas zwanzig Minuten später seine Hose wieder zuknöpfte und leise verschwand, sah ihm Mandy mit einem Kopfschütteln hinterher. »Was plagen dich nur für Dämonen, mein hübscher Kommissar?«

Wieder in Baden-Baden, quälte sich Lukas trotz des positiven Abends mit der Frage, was wohl wäre, wenn es eines Tages anders sein würde.

## Wohnung von Marion und Frank Dorthal

Marion lag neben Frank auf dem Sofa und schlief bereits fest, als er ihr liebevoll eine Strähne aus dem Gesicht strich. Er hatte ihr heute einen Strauß rote Rosen mitgebracht, einfach so, ohne Anlass, um ihr zu zeigen, wie sehr er sie liebte.

Marion hatte ihn mit ihrer geradezu überschwänglichen Dankbarkeit gerührt. Frank war natürlich klar, dass die meisten seiner Kollegen glaubten, ihre schnelle Heirat sei ein strategischer Schachzug von ihm gewesen. Aber das stimmte nicht, zumindest war das nicht die ganze Wahrheit.

Marion *erdete* ihn. Sie stellte keine Forderungen und wollte ihn nicht verändern. Sie liebte ihn bedingungslos und, das war für ihn überhaupt das Wichtigste, Marion brachte Normalität in sein Leben. Normalität und Ruhe, das hatte er gesucht, das wünschte er sich für die Zukunft. Dafür war er auch bereit, sich, was das Sexuelle anging, einzuschränken. Und Marion gab sich immerhin Mühe, seine körperlichen Bedürfnisse zu befriedigen. Aber er spürte natürlich ihre Abneigung gegen gewisse Praktiken. Trotzdem hatte sie sich noch nie beklagt und vielleicht würde sie ja mit der Zeit doch noch Spaß dabei empfinden.

Frank Dorthal seufzte. Er war mit sich zufrieden und trank einen letzten Schluck Whisky. Heute war eine warme Nacht und er verspürte plötzlich die Lust auf eine gute Zigarre. Vorsichtig weckte er Marion. Mit verschlafenen Augen schaute sie ihn an.

»Liebling, geh ins Bett«, sagte er zärtlich, »ich drehe noch eine Runde mit einer Zigarre.«

Marion lächelte. Sie konnte Zigarrenrauch nicht ausstehen. Ihr Vater hatte die immer geraucht.

Selbst wenn nur eine Schwade vom Balkon in die Wohnung wehte, wurde ihr übel.

»Das ist lieb von dir«, hauchte sie dankbar für Franks Rücksichtnahme, drückte ihm einen Gutenachtkuss auf den Mund und verschwand im Schlafzimmer. Als sie hörte, wie ihr Mann leise die Wohnungstür schloss, verspürte sie Erleichterung. Bald würde alles gut werden, dafür würde sie sorgen – so oder so.

## Wohnung von Rolf und Petra Heerse

Auch Hauptkommissar Heerse war noch auf. Die letzten Wochen hatten ihn Kraft gekostet. Zwei ungeklärte Mordfälle und keinen einzigen Hinweis. An beiden Tatorten hatten die Befragungen der Anwohner zu nichts geführt. Der Eigentümer des verlassenen Firmengeländes in Oos konnte ihnen nichts zu den geparkten Fahrzeugen sagen, außer dass die Polizei diese unerlaubten Parker doch künftig abschleppen sollte.

*Na, schönen Dank auch!*, hatte Heerse gedacht, als er diese Information erhielt, sich allerdings eines Kommentars enthalten. Interessant war die Nachricht der Spurensicherung gewesen, dass die Kleidung des Zupf-Hans' tatsächlich mit dem Wasser der Oos befeuchtet worden war und nicht mit Leitungs- oder Regenwasser. Das bestätigte Fredas Aussage, brachte sie aber ebenfalls nicht weiter.

Natürlich war er zum Chef zitiert worden. Und eine ganze Menge wichtiger Leute, natürlich keine Polizisten, hatten sich versammelt, um Besorgnis auszudrücken oder sich in den Vordergrund zu drängen. Irgendjemand stellte dann die Frage aller Fragen, nämlich ob es schon ein Täterprofil gäbe. Heerse hätte daraufhin zu gerne seinen üblichen Vortrag über den Unterschied zwischen

Fernsehen und Realität gehalten. Die Fallanalytiker der Polizei waren keine TV-Profiler, die mit einem Blick auf den Tatort bereits die Adresse des Mörders kannten. Die Analytiker konzentrierten sich vor allem auf die tatsächliche Spurensituation, das Verhalten des Täters und die Kriminologie.

Gerne wäre er noch einen Schritt weiter gegangen und hätte geantwortet: »Bei der Fallanalyse geht es doch nicht nur um Psychologie. Oder glauben Sie, wir finden einen Täter, wenn wir von ihm wissen, dass er abartige sexuelle Fantasien oder dergleichen hat? Wir brauchen viel mehr als das! Echte Informationen, anhand derer man Rückschlüsse auf den Ablauf und das Motiv ziehen kann.«

Aber das Abendprogramm sagte den Menschen nun einmal etwas anderes, also hatte Hauptkommissar Heerse auf die Frage mit einem schlichten »Nein« geantwortet.

Die Kollegen vom OFA, der operativen Fallanalyse, unterstützten ihn tatkräftig. Jedoch wusste Heerse, dass er an der Reihe war. Nur, wo sollte er nach dem Täter suchen?

Hinter sich hörte er Schritte. Petra tapste barfuß in die Küche.

»Oh Gott, Rolf, du musst schlafen!«

»Ich weiß, aber ich bekomme den Kopf nicht frei.«

Petra trat auf ihren Mann zu und legte ihm die Arme um den Hals. »Was hältst du davon, wenn wir mal wieder einen Kurtag einlegen, das haben wir schon lange nicht mehr gemacht.«

»Unmöglich, ich kann im Moment nicht freinehmen.«

Petra verbarg ihre Enttäuschung, sie hätte sich aber ehrlich gesagt über eine andere Antwort gewundert.

»Vielleicht einen Nachmittag, damit du einmal abschalten kannst?«

Heerse antwortete nicht gleich. Diesen »Kurtag« hatten sie erfunden, als sie jung verheiratet waren. Damals hatte das Geld hinten und vorne nicht gereicht. Der Bau des kleinen Häuschens war eine große finanzielle Belastung und das Anfangsgehalt von Rolf nicht besonders üppig gewesen. Petra hatte nicht arbeiten können, weil sie ihrer Mutter helfen musste, den kranken Vater zu pflegen. So war die ersten Jahre nicht an Urlaub zu denken. Stattdessen gönnten sie sich dafür einen Tag Baden-Baden, und zwar so, wie ein Kurgast das tun würde. Besuch der Bäder, Herumschlendern in der Fußgängerzone, Spaziergänge durch den Kurgarten, Besichtigung der Trinkhalle und anschließend Kaffee und Kuchen im Kurhaus.

Heerse seufzte: »Du hast recht. Ein Nachmittag muss mal drin sein.« Damit drückte er seiner Frau einen Kuss auf die Stirn und sagte galant: »Sie dürfen mich jetzt wieder ins Bett bringen, Frau Heerse!«

**In einem Waldstück,**
**Baden-Baden/Stadtteil Sandweier**

Doch aus dem geplanten Nachmittag wurde vorerst nichts. Keine Stunde, nachdem Heerse am nächsten Morgen die Dienststelle betreten hatte, kam der Anruf.

Mit versteinerten Gesichtern betrachteten die Männer die Leiche. Heerse hatte seine Hände tief in die Taschen seiner Jacke gegraben und zu Fäusten geballt. Die Tatsache, dass er überhaupt keine Kontrolle über den Fall hatte, machte ihm schwer zu schaffen.

Auch Frank Dorthal und Lukas Bürg blickten schockiert auf den Toten.

Einer der Uniformierten vor Ort erklärte ihnen sichtlich betroffen: »Mitarbeiter des Forstamtes haben ihn gefunden! Der Mann heißt Walter Barus, achtundfünfzig Jahre alt, ein Freizeitjäger. Auf dem kleinen Parkplatz da hinten haben wir sein Auto gefunden. In den Sachen hier«, der Beamte deutete mit der Fußspitze zu einem großen, olivgrünen Jägerrucksack, der verlassen auf dem Boden stand, »waren seine Papiere. Wollen Sie die Adresse?« Der Polizist räusperte sich und flüsterte: »Er trägt einen Ehering ...«

Die Männer blickten gleichzeitig zu der rechten Hand des Opfers, die sich bleich von dem dunklen Waldboden abhob. Der Anblick des Ringes versetzte dem Hauptkommissar einen Stich.

Er nickte kurz und der Uniformierte war dankbar, sich nun, nach Erfüllung seiner Pflicht, vom Tatort entfernen zu können.

Auch dieses Mal bezweifelten die Beamten nicht, dass sie es mit ihrem Beilmörder zu tun hatten.

Der ausgetrocknete Untergrund war an den Stellen, an denen das Blut kleine Pfützen bildete, dunkler und feucht. Was hier stattgefunden hatte, glich einem Massaker. Selbst die Waldarbeiter, die sicher nicht zartbesaitet waren, hatten Mühe gehabt, sich nicht zu übergeben oder ohnmächtig zu werden.

Die drei Polizisten standen vor einem Hochsitz. Der Tote lag auf dem Bauch, direkt an der Leiter, die nach oben führte. Das Beil musste ihn von hinten erwischt haben. Wie bei den anderen Opfern auch war sein Schädel gespalten. Allerdings war das dem Mörder dieses Mal nicht genug gewesen. Mehr denn je glaubte der Hauptkommissar, es mit einem vollkommen wahnsinnigen Täter zu tun zu haben, dessen Motiv nicht zu begreifen war. Warum sollte sonst jemand einen anderen Menschen so zurichten?

Mit starrem Blick betrachtete Heerse die geschundene Leiche. Der Rücken des Opfers war nur noch eine abstoßende rote Masse aus Fleisch, Blut und zerrissener Kleidung. Immer und immer wieder musste die Schneide des Beils den Körper aufgerissen haben, so als würde im Inneren ein gefährlicher Feind lauern, den sie um jeden Preis vernichten wollte. Unzählige Male war die Mordwaffe niedergesaust und hatte nichts übrig gelassen, außer zerfetztes Gewebe. Heerse schluckte und richtete seinen Blick auf die absurde Anordnung dreier toter Kaninchen neben dem Opfer. Die Tiere lagen aufgereiht auf einem natürlichen Bett aus Tannennadeln und Erde, daneben lag ein Schrotgewehr. Ihre toten, trüben Augen blickten teilnahmslos zu Heerse, so als wollten sie sagen: »Für uns ist es längst zu spät, es gibt kein Erbarmen!«

»Wieso sind die eingewickelt?«, unterbrach Frank Dorthal die Stille. Seine Stimme war rau.

Heerse blickte, ohne eine Antwort zu geben, weiter auf die toten Tiere. Jedes für sich war bis zum Hals in weißes Küchenpapier eingeschlagen. Es sah aus, als hätte man den Kaninchen weiße Totenhemden angezogen. Über ihren Köpfen lag eine große Stabtaschenlampe, die immer noch leuchtete. Jetzt bei Tageslicht sah man das natürlich kaum, aber bei Nacht musste ihr Strahl die Köpfe der toten Tiere in ein gespenstisches Licht getaucht haben.

»Gott steh uns bei«, flüsterte der Hauptkommissar und wendete sich ab.

Bestürzt darüber, dass es ihnen nicht gelungen war, diesen weiteren Mord zu verhindern, schwiegen die Männer auf der Fahrt zu der Adresse des Opfers.

Die Schreie von Gisela Barus würden Heerse wahrscheinlich den Rest seines Lebens verfolgen.

Die Nachricht vom Tod eines geliebten Menschen zu überbringen, war jedes Mal ein Gang durch die Hölle. Er war derjenige, der den Menschen dann alles nahm. Auch Gisela Barus bettelte ihn an, er möge doch sagen, dass das eine Verwechslung sei, dann schluchzte sie und schließlich folgten verzweifelte Schreie. Heerse schlang die Arme um die Frau und diese trommelte mit ihren Fäusten auf ihn ein. Er ließ sie gewähren.

Lukas Bürg stand angespannt daneben und sah den Schmerz der Witwe. Es war so ähnlich wie damals, als er und seine Mutter die Wahrheit über den Vater erfahren hatten.

Lukas vernahm die Schreie von Gisela Barus und es war, als würde er noch einmal seine Mutter hören, wie sie vor Jahren wie von Sinnen um eine andere Erklärung gefleht hatte.

Auch Frank Dorthal rang um Fassung. Er dachte an Marion und hatte das starke Bedürfnis, jetzt bei ihr zu sein. Plötzlich fühlte er sich seiner Frau ganz nah und wollte ein besserer Ehemann werden.

Unbeweglich stand Dorthal da, bis ihn Heerse anfuhr: »Frank, hören Sie, versuchen Sie die Schwester von Frau Barus zu erreichen. Die Nummer liegt beim Telefon.«

Mehr hatte der Hauptkommissar der Frau des Opfers nicht entlocken können. Zumindest wollte er nun dafür sorgen, dass sie nicht alleine in der Wohnung zurückbleiben würde, wenn er und seine Männer sich verabschieden mussten.

Schluchzend neben ihm auf dem Sofa saß Gisela Barus und ließ sich hilflos in seinen Armen wiegen. Die Schwester beeilte sich, benötigte aber trotzdem eine Viertelstunde, bis sie völlig aufgelöst eintraf. Die Beamten fühlten Erleichterung, als sie das Haus endlich verlassen konnten, schämten sich aber sogleich dafür.

Heerse lehnte es strikt ab, im Dienst zu trinken, aber heute machte er eine Ausnahme und bat einen Kollegen des Präsidiums, doch in der Eckkneipe drei doppelte Cognacs zu besorgen. Es war nicht nötig, deshalb weitere Erklärungen zu geben, die Bitte wurde ihm gerne erfüllt.

## Präsidium der Kriminalpolizei, Baden-Baden

Erst in Heerses Büro fiel die Starre des Entsetzens langsam von ihnen ab. Tief betroffen saßen die drei Männer zusammen.

Die ersten vorläufigen Berichte trafen ein. Danach war Walter Barus von hinten erschlagen worden, vermutlich, als er sich nach vorne gebückt hatte. Ob er den Mörder gesehen und ihm im Vertrauen den Rücken zugedreht hatte oder von ihm überrascht worden war, blieb fraglich. Als Todeszeitpunkt wurde ein Uhr nachts angenommen. Das Schrotgewehr, das Küchenpapier und die Stabtaschenlampe gehörten offensichtlich zu seiner Ausrüstung. Die Wildkaninchen hatte er selbst geschossen. Das Schrotkaliber, das man in den Tieren gefunden hatte, stimmte mit dem Kaliber der Patronen überein, die Barus mit sich geführt hatte.

Nach Rücksprache mit dem Forstamt konnten sie vorerst ausschließen, dass Barus selbst die Tiere in das Küchenpapier eingewickelt hatte. Ein diesbezügliches Jagdritual war niemandem bekannt.

Heerse hatte das befürchtet. Wieder war eine Botschaft hinterlassen worden und wieder gelang es ihnen nicht, diese zu verstehen.

»Warum hat man ihn so zugerichtet? War das Wut?«, fragte jetzt Lukas Bürg mit belegter Stimme.

Frank betrachtete noch einmal die Tatortfotos. »Vielleicht gehört das aber auch zur Inszenierung der Leiche. Die toten Karnickel, der Jäger am Hochsitz ... Könnte der Mörder versucht haben, das Opfer auszuweiden?«

Heerse nahm ihm das Foto aus der Hand. »Hört sich zwar abartig an, aber möglich wäre es. Auf so etwas muss man erst einmal kommen ...«

Kurz überlegte der Hauptkommissar, dann hatte er eine Entscheidung getroffen. »Wir fangen noch einmal von vorne an. Ich fordere mehr Männer an. Ich möchte erneut die Anwohner befragen. Vielleicht hat doch irgendwer etwas gesehen. Und ich will mehr über die Opfer erfahren. Hakt dort noch einmal nach. Fangt gleich mit Walter Barus an.«

»Aber beim letzten Tatort kann das mit den Befragungen schwierig werden«, warf Bürg ein. »Mitten im Wald ...«

»Richtig, aber das ist ein Jagdgebiet. Vielleicht waren noch andere Jäger in der Nacht unterwegs, überprüft das.«

»Mir ist aufgefallen, dass bisher alle Morde in den Stadtteilen und nicht in der Innenstadt begangen wurden. Balg, Oos und jetzt Sandweier.«

»Ja«, meinte Heerse, »das ist ein guter Einwand. Versuchen wir die Kollegen von den Streifen mehr einzubinden. Die sollen noch wachsamer sein.«

Eine Stunde später besprach Heerse diese Pläne mit seinem Vorgesetzten. Zum Glück war es ihnen dank dem guten Draht zur heimischen Presse gelungen, Einzelheiten der Verbrechen bisher zurückzuhalten. So sprachen die Zeitungen lediglich davon, dass die Opfer kaltblütig erschlagen worden waren. Weder das Beil noch die »Botschaften« des Mörders hatte man erwähnt. Wie lange man das allerdings noch unter Verschluss halten konnte, war fraglich. Abgesehen davon fingen langsam auch die überregionalen Medien an, sich für die Morde in Baden-Baden zu interessieren.

* * *

Heerses Vorahnung, was das Stillhalten der Presse betraf, sollte sich schon zwei Tage später erfüllen. Eines der Sensationsblätter mit deutschlandweiter Auflage titelte an diesem Morgen mit der Schlagzeile: *»Serienmorde in Baden-Baden, Pommerenke ist zurück!«*

»Geschmackloser Dreck!«, brüllte der Hauptkommissar wütend, als er die Zeitung in der Hand hielt. »Und wie haben die von dem Beil als Tatwaffe erfahren?«

»So was kann man gar nicht unter Verschluss halten, davon wissen zu viele«, wollte ihn Frank Dorthal besänftigen, »wenigstens ist nichts von den Inszenierungen der Leichen durchgesickert.«

»Noch nicht«, sagte sein Vorgesetzter zornig, »und dann diese Pommerenke-Geschichte. Nur um die Angst der Menschen noch mehr anzuheizen. So was kotzt mich an.«

Dorthal und Bürg schwiegen. Sie wussten, was ihr Chef damit meinte. Heinrich Pommerenke war wegen vier Morden, zahllosen Mordversuchen, Vergewaltigungen und Überfällen verurteilt worden. Seine Morde beging er 1959 im südwestdeutschen Raum. Das war für die Zeitung natürlich ein perfekter Aufhänger. Die Ermittlungen waren damals nicht einfach gewesen, vor allem, weil erst sehr spät die Zusammenhänge zwischen den einzelnen Gewalttaten erkannt wurden. Dennoch konnten die Behörden Pommerenke noch im gleichen Jahr festnehmen. Das Gericht verurteilte ihn zu mehrfacher lebenslanger Haft.

Im Alter von einundsiebzig Jahren starb er im Gefängnis. Heinrich Pommerenke ging damit als grausamer Serienmörder in die Kriminalgeschichte ein. Und jetzt hatte sich diese Zeitung auf Baden-Baden gestürzt wie ein Wolf auf das Lamm, und die Telefone und E-Mail-Server liefen heiß. Alle wollten etwas über den *»Beilmörder, den neuen Pommerenke von Baden-Baden«* erfahren. Heerses Chef kochte und die Stadtoberen verzweifelten aufgrund dieser negativen Presse. Schließlich war die Region bisher bei den Touristen sehr beliebt gewesen.

Allerdings glaubte Heerse nicht, dass diese Meldung die Besucherzahlen senken würde. So funktionierten die Menschen nicht. Die wenigsten verkrochen sich vernünftigerweise in der Sicherheit ihres Zuhauses, um abzuwarten, bis die Gefahr vorbei war. Nein, erfahrungsgemäß zog es die meisten zum Ort des Geschehens, um eine ungesunde Neugier zu befriedigen. Vermutlich würde das auch dieses Mal so sein, und das Hotelgeschäft in und um Baden-Baden könnte dadurch sicherlich eine wundersame Belebung erfahren.

Heerse dachte an die Hinterbliebenen der Opfer. Vielleicht hatte von denen einer mit der Presse gesprochen. Brunhilde Müller, die Schwägerin der ersten Toten, hatte sich möglicherweise einem netten jungen Mann anvertraut und sich ihre Sorgen von der Seele geredet. Wer weiß, ob nicht sogar einer der Reporter Freda aufgespürt hatte. Für ein bisschen Kleingeld hätte die sicher gerne ihre Geschichte erzählt. Wer konnte es ihr verdenken?

Dann holte ihn die Erinnerung an Gisela Barus ein. Die Frau des dritten Opfers. Er nahm sich noch einmal das Protokoll vom Vortag vor und fühlte sich sofort wieder zurückversetzt in das gutbürgerliche Wohnzimmer der Familie Barus.

## Befragung der Familie Barus, Baden-Baden, einen Tag zuvor

Einen Tag nach dem Tod von Walter Barus mussten die Beamten der Witwe ihre Fragen stellen. Gisela war mit verweintem Gesicht auf der dunklen Ledercouch gesessen, dicht an ihre Schwester gedrückt, die sie liebevoll im Arm gehalten hatte. Auch der Schwager war dabei, stand hilflos neben den beiden Frauen und war dankbar, als man ihn bat, Kaffee für die Polizisten zu kochen.

Heerse hatte dieses Mal Frank Dorthal mitgenommen. Seine nüchterne Art würde sich bei der späteren Auswertung sicher als nützlich erweisen.

»Sie wüssten nicht, dass Ihr Mann Feinde gehabt hätte?«, fragte Heerse gerade. Den Versuch, diese Dinge schonend zu umschreiben, hatte er bereits vor Jahren aufgegeben. Den Hinterbliebenen half es wenig, wenn er wie die Katze um den heißen Brei schlich. Dann lieber kurz und schmerzlos. Allerdings war es niemals schmerzlos.

Auch jetzt schluchzte Gisela laut auf: »Walter? Nein, der war viel zu gutmütig, hatte nie Streit mit jemandem.«

»Und er ging regelmäßig zur Jagd?«

»Ja, aber er war kein gewöhnlicher Jäger. Meistens schoss er gar nichts, sondern genoss nur die Ruhe des Waldes.«

Wieder schluchzte die Witwe und ihre Schwester sah den Hauptkommissar vorwurfsvoll an. Er hatte alle seine Fragen zur Person des Toten gestellt und nichts erfahren, was sie dem Täter näherbringen konnte. Jetzt sah er zu Frank, der, so wie es die Männer vereinbart hatten, mit der Befragung fortfahren sollte.

Mittlerweile war der Kaffee fertig und der Schwager von Gisela Barus setzte sich zu ihnen.

»Sind Sie mit der Jagd vertraut?«, erklang Franks ruhige Stimme.

»Nicht besonders«, stammelte Gisela und auch die Schwester schüttelte mit dem Kopf.

»Und Sie?«, wandte sich der Polizist nun an den Schwager.

»Na ja, ich war ein paar Mal mit Walter draußen. Bin selbst aber kein Jäger, ist nicht meine Welt.«

»Hat er, als Sie dabei waren, auch einmal Wildkaninchen geschossen?«

»Ja, einmal«, der Schwager war jetzt nervös und sah Hilfe suchend zu seiner Frau.

Heerse wurde aufmerksam und fixierte den Mann.

»Und, wie war das? Was hat er mit den toten Tieren gemacht?«

»Er hat sie mit nach Hause genommen und dort ...«

»Mein Mann hatte sich im Keller einen Raum eingerichtet«, ergänzte Gisela.

»Hat er irgendetwas Besonderes mit den Tieren gemacht? Ich meine noch im Wald?«

Der Schwager fühlte sich immer unwohler.

Schließlich sprach seine Frau für ihn: »Mein Mann ist, wie er bereits gesagt hat, nicht für die Jagd geboren. Als er damals die toten Tiere sah, wurde ihm schlecht und er musste sich übergeben.«

»Ja, so war es. Walter hat daraufhin nie wieder etwas geschossen, wenn ich dabei war. Wir saßen dann einfach nur da und haben das Wild beobachtet.«

Heerse war enttäuscht. Das war also auch eine Sackgasse, trotzdem hakte er jetzt ganz direkt nach: »Es ist also keinem von Ihnen bekannt, dass Ihr Mann erlegte Wildkaninchen mit weißem Küchenpapier eingewickelt hätte, und zwar so, dass der Kopf noch zu sehen war?«

»Nein, wozu auch? Walter hatte seine Ausrüstung, spezielle Taschen zum Transportieren.«

»Aber er hatte Küchenpapier dabei?«

»Ja, aber nicht, um Wild darin einzuwickeln. Das war dafür gedacht, etwas abzuwischen oder zu reinigen. Sich die Hände abzutrocknen oder auch mal die Nase zu putzen, eben für den Notfall.« Gisela wurde ungeduldig. »Was spielt das überhaupt noch für eine Rolle?« Sie schluchzte laut und rief hysterisch: »Sie sollten lieber den Mörder finden, anstatt uns solche dummen Fragen zu stellen!«

Ein Heulkrampf schüttelte die arme Frau und Heerse bedeutete seinem Kollegen, dass es Zeit war, sich zu verabschieden.

Der Schwager brachte sie zur Tür. »Der Walter war einer der besten Menschen, dem ich jemals begegnet bin. Sie würden uns ein wenig Seelenfrieden zurückgeben, wenn Sie das Schwein finden, das ihm das angetan hat.« Jetzt liefen dem Mann Tränen über die Wangen und Heerse drückte ihm wortlos zum Abschied die Hand.

Danach waren er und Frank Dorthal zurück zum Präsidium gefahren. Sowohl Heerse als auch sein jüngerer Kollege hatten die große Last, die auf ihren Schultern lag, gespürt.

# KAPITEL 4

*»Das Edelste, was am Menschen ist,*
*das ist Blut, wenn es gut will.*
*Aber das Ärgste, das am Menschen ist,*
*das ist Blut, wenn es übel will.«*
*Meister Eckhart (1260-1328)*

**Präsidium der Kriminalpolizei, Baden-Baden**

Das Klingeln des Telefons riss Heerse aus seinen Erinnerungen, die Zentrale meldete einen Hauptkommissar Gerd Rieber.

»Ist das auch nicht irgendein Reporter, der sich mit einem Trick Zugang verschaffen will?«

Der Kollege aus der Zentrale lachte: »Der ist echt, Rolf, du siehst zu viele Filme!«

Heerse gab ein »blöder Schwätzer« zurück, was der Beamte am anderen Ende der Leitung wieder mit einem Lachen quittierte.

Dann hörte er ein Klicken und eine fremde Stimme: »Mein Name ist Hauptkommissar Gerd Rieber, Hamburg.«

»Was kann ich für Sie tun?«, antwortete Heerse höflich, aber ungeduldig. Er hatte hier schließlich jede Menge Arbeit zu erledigen.

»Ich denke eher, dass ich etwas für *Sie* tun kann.«

Der Mann sprach Hochdeutsch und Heerse versuchte seinen badischen Dialekt zu unterdrücken, als er antwortete: »Ich könnte Hilfe gebrauchen, schießen Sie los.«

»Es geht um Ihren Beilmörder.«

»Das dachte ich mir schon, aber was weiß Hamburg darüber?«

Jetzt zögerte der Mann auf der anderen Seite der Leitung. Fast stotternd kam die Antwort: »Nun, ich denke, wir könnten einen Mord haben, der zu den Ihren passt. Im Januar ...«

Weiter kam Gerd Rieber nicht, denn Heerse fuhr ungehalten dazwischen: »Im Januar? Wir haben die Datenbanken doch durchkämmt. Warum sind wir darauf nicht gestoßen?«

Wieder ein Zögern: »Als heute die Zeitungsmeldung kam, habe ich mich das auch gefragt und mich deshalb in die Datenbanken eingeloggt. Leider musste ich feststellen, dass wir ein kleines Computerproblem hatten. Der Fall ist nicht richtig erfasst worden, deshalb konnten Sie ihn nicht finden.« Nach einer kurzen Pause folgte noch ein: »Es tut mir sehr leid!«

Heerse war zornig. Was machte dieser ganze teure Computerquatsch für einen Sinn, wenn er die Hälfte der Zeit nicht richtig funktionierte? Natürlich würden die vom Rechenzentrum wieder sagen, dass ein Benutzerfehler der Grund für alles sei und ja eigentlich jeder Fünfjährige mit dem System umgehen könne.

Heerse stieß hörbar die Luft aus und konzentrierte sich wieder auf das Gespräch. »Wieso glauben Sie, dass es eine Verbindung zwischen Ihrem Fall und unseren Morden gibt?«

»Sicher bin ich mir nicht, deshalb wäre meine erste Frage folgende: War an den Tatorten etwas merkwürdig, abgesehen von der Tat selbst?«

Heerse schluckte. »Ich denke, Sie sollten mir die Unterlagen sofort per E-Mail schicken, ich melde mich dann wieder!«

* * *

»Mark Hanson, zweiundfünfzig, erfolgreicher Antiquitätenhändler aus Hamburg. In der Nacht vom 15. auf den 16. Januar brutal ermordet mit einem Beil. Seht euch die Fotos an. Bei ihm hat der Mörder regelrecht gewütet. Der wurde abgeschlachtet«, setzte Heerse eine halbe Stunde später seine beiden Mitarbeiter ins Bild.

»Drei Finger der linken Hand, zwei der rechten wurden abgetrennt. Der Kopf ist tatsächlich in zwei Hälften zerteilt. Der rechte Oberschenkel wurde fast vollständig vom Körper abgeschlagen. Unterhalb des Bauchnabels hat der Täter nur noch Matsch zurückgelassen«, sprach Frank Dorthal weiter und beschrieb das, was die Tatortfotos auf dem Bildschirm wiedergaben.

»Seine Genitalien sind komplett zerhackt, etwas Sexuelles?«, warf nun Lukas Bürg unsicher ein.

»Diese Informationen schicken wir jetzt gleich weiter an die Fallanalytiker, die sollen das auswerten«, antwortete Heerse.

»Obwohl der Leichnam von Walter Barus auch übel zugerichtet wurde, sieht das hier, bei diesem Hanson, total unkontrolliert aus. Bei Barus schien mir das koordinierter.«

»Gut beobachtet, das ist auch meine Empfindung. Bei den Bildern von Hanson denke ich an hemmungslosen Irrsinn.«

»Und wieso glauben Sie, dass dieser Mord mit unserem zusammenhängt?«

»Wegen zweier Details«, antwortete Heerse und sah die Anspannung seiner Männer. »Erstens, dieser Mark Hanson hatte Verbindungen zu Baden-Baden, und zweitens, seht euch die anderen Bilder an. Vor allem die Uhren ...«

»Das gibt es doch gar nicht. Ich nehme an, die waren erst nach dem Mord so, oder?«

Heerse nickte zur Bestätigung und sah selbst noch einmal auf die Fotos. Der Mord war in Hansons Laden begangen worden. Wobei diese Bezeichnung eine Untertreibung war. Hanson war ein sehr erfolgreicher Antiquitätenhändler gewesen. Sein »Laden« war ein großzügiges Atelier, eingerichtet in einem alten Fabrikgebäude, das aufwendig restauriert worden war. An den hinteren Teil des Verkaufsraumes grenzte ein Salon an, ausgestattet mit erlesenen Stücken, der sowohl als Büro als auch als Ruheraum für Hanson gedient hatte. Es gab sogar einen offenen Kamin in diesem Teil des Geschäfts. Marmor, moderne Teakholzmöbel und erlesene Antiquitäten ließen Hansons Rückzugsbereich mehr als luxuriös erscheinen. Offensichtlich hatte der Mann verstanden zu leben. Seine Ehefrau, eine Lydia Hanson, hatte ausgesagt, dass er dort auch gerne seine diversen Damenbekanntschaften empfangen hatte.

Jedenfalls waren sämtliche Uhren in dem Laden von Hanson beschädigt worden. Immerhin waren dort einige Exemplare von beträchtlichem Wert. Große Standuhren und kleinere für den Kaminsims und sogar zwei wertvolle Armbanduhren, die dem Opfer gehört hatten. Die Zifferblätter der großen Uhren waren zerschlagen worden, die Armbanduhren hatte der Täter zertrümmert. Der Mord war definitiv mit einem Beil begangen worden. Und dieses Mal konnte die Polizei sogar genau feststellen, um welchen Typ es sich handelte. Der Mörder hatte das Beil des Opfers benutzt, das bei den Holzscheiten neben dem Kamin gelegen hatte. Nach der Tat konnte besagtes Beil nicht aufgefunden werden, womit die Vermutung nahelag, dass der Täter es an sich genommen hatte. Die Tat geschah nachts, das Opfer kniete wohl gerade vor dem Kamin, um ihn anzuzünden. Dort bekam er den ersten Schlag ab. Zeugen gab es keine.

»Sie waren doch im Januar oben in Lübeck zur Fortbildung, oder?«

Frank Dorthal erschrak, es stimmte, er war dort gewesen, aber er dachte mit gemischten Gefühlen an diese Tage. »Ja, das ist richtig, das war sogar zu der Zeit, als der Mord passiert ist. Das Seminar dauerte vom 13. bis 17. Januar, aber ich habe damals nichts von dem Verbrechen mitbekommen.«

»War auch nicht möglich, die Kollegen haben das unter dem Deckel gehalten, um die Ermittlungen nicht zu gefährden.«

Frank war erleichtert, es wäre ihm peinlich gewesen, wenn ihm etwas entgangen wäre. Die Fortbildung selbst war zwar ganz in Ordnung gewesen, aber außerhalb des Seminargebäudes hatte er stets das Gefühl gehabt, er würde beobachtet werden. Aber wahrscheinlich war er zu dieser Zeit einfach nur gestresst gewesen, später hatte er sich selbst für seine Paranoia ausgelacht.

»Ich muss nach Hamburg, können Sie mich hier vertreten, Frank?«

Heerse gebrauchte in letzter Zeit öfter einmal die Vornamen seiner Mitarbeiter. Wenn sich eine Gelegenheit bieten würde, dann wollte er ihnen auch das Du anbieten. Ein positives Arbeitsklima war schließlich wichtig, gerade wenn solche schlimmen Fälle die eigene Gefühlswelt ins Wanken brachten.

»Natürlich, Chef«, antwortete Frank Dorthal und war für die Chance sich zu beweisen dankbar.

»Und Sie, Lukas, kommen mit mir. Sie hätten doch auch in Hamburg Ihren Dienst antreten können, dann lernen Sie jetzt einmal Ihren ›Beinahe-Arbeitgeber‹ kennen.«

Bürg nickte nervös, er war nicht besonders begeistert, seine vertraute Umgebung zu verlassen – und dann auch noch ausgerechnet Hamburg.

Es hatte schließlich Gründe gegeben, sich gegen diese Stadt zu entscheiden, deshalb zog es ihn auch jetzt nicht dorthin.

»Wir sind nur einen Tag fort«, sagte Heerse ein wenig belustigt, als er das Gesicht Bürgs sah, das wenig Begeisterung ausdrückte.

* * *

»Unfassbar, dass uns der Fall erst jetzt bekannt wurde«, sagte Bürg gerade, als die Maschine am »Flughafen Karlsruhe/Baden-Baden« Richtung Hamburg abhob.

»Ja, unfassbar.« Mehr erwiderte Heerse nicht.

Es war nicht gut in dieser Situation mit »hätte, würde« oder »könnte« zu arbeiten. Am Ende quälten sich sonst nur alle Beteiligten mit Vorwürfen. Außerdem glaubte der Hauptkommissar nicht, dass es ihnen wirklich gelungen wäre mit der Information über den Hamburger Fall, die Morde in Baden-Baden zu verhindern.

Er hatte sich noch einmal mit Gerd Rieber unterhalten. Der Mann war mehr als unglücklich über die neue Entwicklung. Nicht zuletzt deshalb, weil er bereits einen Tatverdächtigen festgenommen hatte. Der war drei Wochen in Untersuchungshaft gesessen und hatte sich dann erhängt. Rieber und seine Kollegen sahen das damals als Schuldeingeständnis, obwohl der Mann, ein gewisser Andreas Meiner, die ganze Zeit über die Tat geleugnet hatte. Heerse konnte sich vorstellen, wie es seinem Hamburger Kollegen ergangen war, als er in der Zeitung von den Morden in Baden-Baden gelesen hatte. Wahrscheinlich saß er gerade bei seinem Vorgesetzten und musste sich für das, was geschehen war, rechtfertigen.

Und die Computerpanne würde seine Position sicher auch nicht verbessern. Deshalb rechnete er es dem Kollegen hoch an, dass er den Beamten aus dem Schwarzwald volle Unterstützung zugesagt hatte.

**Untersuchung des Tatorts in Hamburg**

Die Begrüßung am Flughafen war kurz und die Männer ersparten sich unnötiges Geplänkel.

Ohne lange Einleitung sagte Heerse: »Am besten, wir fangen sofort an. Ich würde mir gerne zuerst den Tatort ansehen!«

Hauptkommissar Rieber war ein Typ, der auf den ersten Blick etwas distanziert wirkte. Ein Eindruck, der nicht zuletzt durch seine kühlen graugrünen Augen entstand, die ihr Gegenüber stets aufmerksam musterten. Heerse schätzte den Mann auf Anfang vierzig. Seine hellen Haare waren millimeterkurz rasiert und Riebers Gesicht wurde von einem ordentlich gestutzten Bart gleicher Farbe bedeckt, was ihm das Aussehen eines waschechten Hamburger Seemanns gab.

Während der Fahrt sprachen die Männer über den Fall. Riebers Gesichtsausdruck verhärtete sich bei den Schilderungen seiner Kollegen.

»Das hört sich nach einem Psychopathen an ...«

»Ja«, antwortete Heerse resigniert, »oder nach einer Psychopathin.«

»Aber ist das die Handschrift einer Frau?«, fragte der Hamburger etwas ungläubig.

»Warum nicht? Frauen können genauso gewalttätig sein wie Männer, wenn das auch seltener vorkommt. Das ist keine Frage der Emanzipation, das ist die Natur des Menschen. Die Tatwaffe, unser Beil, ist so leicht und handlich, dass es selbst eine Großmutter schwingen könnte.«

»Auch wieder wahr«, gab Rieber seinem Kollegen recht.

Das Atelier von Mark Hanson befand sich in einem kleinen Gewerbegebiet. Kein Wunder, dass es hier nachts keine Zeugen gab und niemand etwas gehört hatte.

»Ist das nicht ein bisschen abgelegen?«, stellte Bürg seine erste Frage, »Laufkundschaft verirrt sich da sicher nicht her ...«

»Stimmt«, antwortete ihm Rieber, »aber Hanson konnte sich diese Extravaganz leisten. Die Kunden kamen zu ihm, meistens nach vorheriger Terminvereinbarung. Er hatte einen erlesenen Stamm von kaufwilligen Klienten in seiner Kartei. Offensichtlich war er dafür bekannt, auch ausgefallene Stücke mühelos besorgen zu können. Ehrlich gesagt hatten wir ihn immer im Verdacht, nicht ganz sauber zu sein.«

»Ein Hehler?«, hakte Heerse überrascht nach.

»Ja. Allerdings hatten wir dafür nie irgendwelche Beweise.«

»Vorstrafen?«

»Nein, obwohl er Milieu-Kontakte hatte. Überdies haben wir nach dem Mord in seinem Schreibtisch ein Tütchen Kokain gefunden. War wohl für den Eigenbedarf bestimmt.«

Hauptkommissar Rieber öffnete nun die große, vergitterte Eingangstür des zweistöckigen Gebäudes. Den Schlüssel hatte er sich von der Ehefrau geben lassen.

»Natürlich sind die Räume längst wieder freigegeben. Alle Spuren des Mordes wurden bereits beseitigt. Allerdings stehen die meisten Sachen noch an ihrem ursprünglichen Platz. Die Witwe von Hanson sucht derzeit nach einem Käufer, der das alles übernimmt.«

»Wenigstens das«, erwiderte Heerse und betrat den dunklen Raum. Von den fast bodentiefen bunten Butzenscheiben fiel nur ein trübes Licht auf die endlos langen Reihen exklusiver Antiquitäten.

»Sieht aus wie in einer Kirche«, staunte Bürg.

Rieber, der einen Schalter betätigte und damit das Atelier in ein warmes Licht tauchte, nickte mit dem Kopf. »Ja, die Scheiben sind alten Kirchenfenstern nachempfunden, muss ein Vermögen gekostet haben.«

»Hat Hanson auch hier gewohnt?«

»Nein, oben ist nur ein Lager, gewohnt hat er in einer Villa in Blankenese, zusammen mit seiner Frau Lydia. Die werden Sie später noch kennenlernen. Die gnädige Frau erwartet uns zum Tee«, sagte Rieber nicht ohne eine gehörige Portion Sarkasmus in der Stimme.

»Hat die Ehefrau denn vom Tod ihres Mannes profitiert?«

»Ja und nein«, antwortete der Hamburger. Und als er Heerses fragendes Gesicht sah, sprach er weiter: »Finanziell sicherlich nicht, das Geld stammte von ihr. Sie hat ihrem Mann den Laden vorfinanziert. Später liefen seine Geschäfte dann ganz gut. Und sie hatte ein erstklassiges Alibi für den Mord.«

»Sie hätte jemanden engagieren können«, warf Lukas ein.

»Ja, aber ich denke nicht, dass sie das getan hat. Jedoch möchte ich nichts vorwegnehmen. Besser, Sie bilden sich später selbst ein Urteil.«

»Und worin lag dann der Vorteil, den Lydia Hanson aus dem Tod ihres Mannes gezogen hätte?«, wollte Heerse trotzdem noch wissen.

»Na, sie war ihn los. Mord ist schneller als Scheidung. Das reicht manchmal als Motiv.«

Während Lukas Bürg den Kollegen überrascht ansah, verzog Heerse lediglich sein Gesicht zu einem verstehenden Lächeln. Der Hamburger Kollege hatte recht, oft war es genauso einfach.

»Dann sehen Sie sich einmal um!«, forderte Rieber die Männer auf und machte eine einladende Handbewegung.

In der Halle waren wirklich prachtvolle Stücke untergestellt. Zauberhafte kleine Sekretäre, bei denen Heerses Frau sicher ihr Entzücken mit einem quietschenden Laut ausgedrückt hätte. Massive Vollholzschränke, reich verzierte Anrichten und filigran gearbeitete Kristallleuchter warteten darauf, in einem passenden Haus zum Star der Einrichtung zu werden. Mittlerweile lag eine dünne Staubschicht auf den teuren Möbeln.

Heerse schlenderte mit konzentriertem Blick durch die Reihen. Die erste Standuhr, die er sah, hatte ein zerbrochenes Zifferblatt.

»Ich nehme an, das war unser Täter?«

»So ist es. Er hat laut Spurensicherung das Beil benutzt.«

Heerse trat näher und konnte sogar noch eingetrocknetes Blut erkennen. So gründlich diese Stätte des Todes auch gereinigt worden war, so war es trotzdem nicht gelungen, alle Spuren der schrecklichen Tat zu beseitigen. Als hätte das Verbrechen in diesen Räumen feine Markierungen hinterlassen, auf dass man es ja nicht zu schnell vergessen würde.

Der Hauptkommissar schritt jetzt von Uhr zu Uhr, sah sich alles an und blieb dann vor dem Kamin im hinteren Bereich des Ateliers stehen.

»Hier ist es also geschehen«, sagte er leise, ohne eine Antwort zu erwarten.

Der Raum war elegant und doch gemütlich.

»Wir haben alles durchsucht, keine Hinweise«, sagte nun Rieber, der das Bedürfnis hatte, eine Erklärung abzugeben. »So kamen wir dann auch zu dem Schluss, dass die Tat keinen geschäftlichen, sprich finanziellen Hintergrund hat. Außer dem Beil ist nichts entwendet worden. Und die Zerstörung der Uhren gab keinen Anlass, an einen Raubmord zu glauben. Mark Hanson war ein Playboy, das war allgemein bekannt. Viel Rücksicht hat er bei seinen sexuellen Abenteuern nicht genommen und so dachten wir ...«

»Dass ihm ein eifersüchtiger Ehemann ein Beil in den Schädel gerammt hat.« Heerse sah, wie Rieber unter den harten Worten zusammenzuckte, und fügte versöhnlich an: »Ist ja durchaus logisch, das anzunehmen.«

»Zumal«, beeilte sich Rieber zu sagen, »wir schnell auf Zeugen gestoßen sind, die dabei waren, als Andreas Meiner dem Opfer gedroht hat. Es gab mehrere Szenen dieser Art, bei denen Meiner schrie, er wolle den Hanson töten, wenn der nicht die Finger von seiner Freundin, Sina Wieser, lasse. Er hat sogar davon gesprochen, seinen Nebenbuhler zu erschlagen. Und selbst gegenüber Lydia Hanson hat er sich in der Weise geäußert.«

»Ich weiß, ich habe die Akte gelesen«, beruhigte Heerse den Kollegen. »Wie ich gesagt habe, das war eine ganz logische Schlussfolgerung. Ich hätte Andreas Meiner auch unter dringenden Tatverdacht gestellt.«

»Ich konnte doch nicht ahnen, dass der sich einfach aufhängt!«, brach es aus Rieber heraus. Das war das erste Mal, dass der Mann seine professionelle Haltung aufgab. »So eine verfluchte Scheiße, das war meine Schuld.«

»Unsinn!«, blaffte Heerse mit Nachdruck, »bei der Beweislage hatten Sie gar keine andere Wahl, als den Kerl festzunehmen. Wir können nicht in den Kopf unseres Gegenübers sehen. Niemand hat ahnen können, dass sich der Kerl umbringt.«

Jedes weitere Wort war überflüssig. Heerse wusste, wie sich sein Kollege fühlte. Solche Dinge konnten passieren und niemand war hinterher in der Lage, etwas rückgängig zu machen. Schuldgefühle ließen sich nicht wegreden, selbst wenn sie vollkommen unbegründet waren. Wie viele andere Polizisten gehörten Heerse und offensichtlich auch Rieber zu denen, die sich die Dinge, die sie in ihrem beruflichen Alltag erlebten, zu Herzen nahmen. Ob sich überhaupt jemand außerhalb des Polizeiapparates vorstellen konnte, wie sehr die Beamten manchmal um ihren Seelenfrieden bangen mussten? Die Erfolge wogen die Enttäuschungen und die Momente der vollkommenen Ohnmacht nämlich selten auf.

Bevor er zu tief in Gedanken versinken konnte, warf Heerse einen Blick auf den kleinen Tisch neben dem Kamin. Er sah die Broschüren von Baden-Baden. Unter anderem gab es einen Prospekt von der Trinkhalle, ein Theaterprogramm und einen aktuellen Veranstaltungskalender.

»Das wäre also die Verbindung zu uns.«

»Jetzt im Nachhinein ist das natürlich auffällig, aber zum damaligen Zeitpunkt hätten hier Broschüren von jeder x-beliebigen Stadt liegen können.«

Heerse nickte. Die Tatsache, dass das Opfer einen Kontakt in Baden-Baden hatte, wurde von den Beamten lediglich zur Kenntnis genommen und schien zum damaligen Zeitpunkt nicht ermittlungsrelevant. Nachdem nun davon auszugehen war, dass eine Verbindung zwischen den Morden bestand, hatte man die Untersuchungen jedoch in diese Richtung gelenkt und war dabei auf Theo von Lohberg gestoßen, der dem Opfer auch die Werbebroschüren mitgebracht hatte. Frank Dorthal sollte sich mit dem Baden-Badener, der ebenfalls Antiquitätenhändler war, in Verbindung setzen.

Heerse warf noch einen letzten Blick auf den Kamin und nickte schließlich Rieber und Bürg zu. »Ich denke, wir haben alles gesehen.«

### Wohnung von Marion und Frank Dorthal, Baden-Baden

Zur selben Zeit war Marion Dorthal gerade damit beschäftigt, Pläne zu schmieden. Die letzten Tage war Frank besonders zuvorkommend gewesen. Letzte Nacht hatte er sie ganz zärtlich geliebt, so wie am Anfang ihrer Beziehung. Sie hatte sich ihm hingegeben und seine sanften Berührungen genossen. Letzte Nacht war sie ihm seit langer Zeit wieder richtig nahe gewesen. Der schlimme Fall, an dem er arbeitete, hatte ihn verändert, das konnte sie spüren. Mehr denn je war sie entschlossen, ihn so gut wie möglich zu unterstützen.

Nächste Woche hatte er Geburtstag und Marion würde eine kleine Feier vorbereiten. Natürlich hatte sie ihrem Mann noch nichts von der besonderen Überraschung erzählt, die sie bald für ihn hatte. Glücklich blätterte die junge Frau ein paar Deko-Kataloge durch, um sich Ideen für Franks Geburtstag zu holen. Dann zog wie eine dunkle Wolke ein Erinnerungsfetzen vorüber.

Sie war schon einmal so dagesessen und hatte eine Geburtstagsparty geplant. Nichts hatte sie damals dem Zufall überlassen, alles war perfekt gewesen. Bis auf die Freude ihres Vaters. Vor den geladenen Gästen hatte er sie für die in seinen Augen geschmacklose Tischdekoration getadelt.

»Ich bin ein seriöser Geschäftsmann und feiere hier keinen Kindergeburtstag!«

Die Worte trafen sie wie Schläge. Nur wenige der Gäste lachten amüsiert, den meisten war dieser Auftritt peinlich.

Marion erinnerte sich an die mitleidigen Blicke, die sie trafen. Den ganzen Abend über wurde ihr Vater nicht müde, ihr die gastgeberischen Fähigkeiten abzusprechen. Einmal bemerkte er sogar, dass er manchmal daran zweifelte, ob Marion überhaupt sein Blut in ihren Adern hätte. Eine der geladenen Damen versicherte ihr zwar später, dass der Abend nicht hätte schöner sein können, aber nach diesen Demütigungen war das kein Trost.

In jener Nacht weinte sie sich wieder einmal in den Schlaf und erlebte ein neues, bisher unbekanntes Gefühl. Ganz plötzlich war es da und breitete sich sofort rücksichtlos in ihr aus. Der Hass besuchte sie in dieser Nacht und er war intensiver als der Schmerz, den sie empfand. In dieser einsamen Stunde wünschte sie sich von ganzem Herzen, dass ihr Vater sterben würde. Ja, sie flehte sogar Gott an, ihn aus ihrem Leben zu tilgen. Zwei Monate später lag der Vater tot in seinem Arbeitszimmer.

Marion hatte das nie jemandem erzählt. Seither trug sie eine Schuld in sich und hoffte, dass dieser Hass nie wieder so stark in ihr werden würde. Aber manchmal, in den Nächten, vor allem, wenn Frank nicht da war, brodelte dieses Gefühl in ihrem Inneren. Dann fühlte sie sich, als bekäme sie hohes Fieber und könnte sich nicht mehr kontrollieren.

Marion schüttelte sich wie eine nasse Katze, als würden so diese lästigen Gedanken verschwinden. Dann entspannte sich ihr verkrampftes Gesicht und sie hörte auf, in dem Katalog zu blättern, während sie dachte: *Ich glaube, ich nehme apfelgrüne Stoffservietten.*

## Befragung von Lydia Hanson, Hamburg

Nach dem Besuch von Mark Hansons Atelier gingen die Männer in eine urige Hamburger Kneipe und aßen dort einen großen Teller deftige Aalsuppe.

Entgegen jedem Gerücht war tatsächlich Aal in dieser Suppe und die beiden Polizisten aus dem Schwarzwald genossen, sehr zur Freude von Hauptkommissar Rieber, dieses typische norddeutsche Gericht mit der süßsauren Note.

Während des Essens gingen die Beamten noch einmal die Berichte und Zeugenaussagen durch.

Eine gewisse Emma Rafalski hatte die Leiche gefunden. Die Frau war als Reinigungskraft im Atelier angestellt und fand am Morgen des 16. Januar die Tür unverschlossen, der Schlüssel steckte von innen. Befragt zu Mark Hansons Person, machte sie folgende Angaben: »Mark Hanson war ein charmanter Mann. Die Frauen machten es ihm leicht und er konnte keiner Versuchung widerstehen. Mit den Schlüpfern, BHs und Seidenstrümpfen, die ich beim Aufräumen im Laufe der Jahre im Atelier gefunden habe, hätte ich leicht ein Geschäft für Damenunterbekleidung eröffnen können.«

Heerse konnte sich bei dieser Beschreibung von Mark Hansons Liebesleben ein Grinsen nicht verkneifen.

Dann gab es noch die Aussage des Barmanns vom »Lula-Klub«, ein Lokal, in dem Mark Hanson regelmäßig verkehrt hatte und auch an dem Abend seines Todes gesehen worden war. Der Lula-Klub war eine In-Kneipe, die bis sechs Uhr morgens geöffnet hatte. Das Publikum war gemischt. Zwielichtige und schillernde Gestalten gingen dort ein und aus. Aber auch die, die einfach nur hipp sein wollten.

Bei der Befragung sagte der Barmann: »Mark ging allein, so gegen halb eins. Hat sich wie immer bei mir verabschiedet. In der Nacht war die Hölle los! Ich habe nicht gesehen, ob er jemanden dabei hatte, als er das Lula verließ.«

Genauso unergiebig waren auch die Zeugenaussagen der Angestellten und der anderen Gäste – keiner hatte etwas gesehen.

Nach Mark Hansons Frauenbekanntschaften gefragt, war das einhellige Urteil, dass der Hanson, wenn ihm eine gefiel, unnachgiebig wie ein Terrier war. Meistens übrigens erfolgreich.

Wenn die Affäre ihm dann zu ernst wurde, dann behauptete er, er könne seine Frau nicht verlassen, weil sie zu alt, zu krank oder zu verrückt wäre, und beendete die Sache.

Trotzdem beschrieben ihn alle als sympathischen Typ.

Bezüglich Andreas Meiner, dem mutmaßlichen Täter, gab es jede Menge Zeugenaussagen. Die Befragten bestätigten, dass Meiner Mark Hanson bedroht hatte, selbst als dessen Beziehung mit Sina Wieser längst vorbei gewesen war.

Heerse wusste zudem, dass bereits die meisten von Mark Hansons Affären von den Hamburger Kollegen aufgespürt worden waren. Tatsächlich hatten sich viele schockiert über den Tod ihres einstigen Liebhabers gezeigt. Die meisten hatten geweint und nur einige wenige ihn als Schwein bezeichnet. Die Damen waren bereits alle überprüft worden, ohne Ergebnis. Das Gleiche galt für etwaige eifersüchtige Partner.

Natürlich musste nun auch Gerd Rieber noch einmal von vorne anfangen und das Umfeld von Mark Hanson erneut durchleuchten. Dieses Mal galt es, Verbindungen zu den Opfern und Morden in Baden-Baden zu finden. Das war wie die sprichwörtliche Suche nach der Nadel im Heuhaufen. Am Tatort hatte man zwar jede Menge Spuren gefunden – aber was nützte das, wenn es dazu keine Vergleichsproben gab? Und die, die es gab, brachten die Beamten nicht weiter.

Lydia Hanson hatte ein Alibi, Emma Rafalski kein Motiv – alles Sackgassen.

»Können wir?«, fragte Rieber nach dem Essen und die Kollegen nickten. Ihr nächster Weg führte sie zu Lydia Hanson, der Frau des Opfers.

* * *

Die Villa von Lydia und Mark Hanson lag hinter einer hohen und dicken Mauer. Unverkennbar gab es hier ein modernes Sicherheitssystem. Über die Gegensprechanlage am Tor meldeten sich die Beamten an.

Heerse war gespannt, was sie gleich erwarten würde, und war überrascht, als ihnen die Haustür von Frau Hanson persönlich geöffnet wurde. Parallel dazu schossen ungefähr fünf Hunde in allen möglichen Größen und Fellvarianten mit lautem Gebell auf die Männer zu.

»Ach, haltet die Klappe, ihr verrückten Köter, das ist doch nur die Polizei!« Lydia Hanson übertönte mit ihrer rauen Stimme die Tiere.

»Ja, dreht eure Runde, na los«, gab sie den Vierbeinern zur Antwort, und als ihre Hand eine auffordernde Bewegung machte, stoben die Fellknäule davon.

Erst jetzt blickte sie zu ihren Besuchern. Lydia Hanson mochte Ende fünfzig sein. Ihr Haar war grau und zu einem festen Zopf geflochten. Ihr Gesicht hatte eine leichte Bräune und die stahlblauen Augen bohrten sich nun unbarmherzig in die Gesichter der drei Beamten.

»Was haben Sie erwartet?«, wandte sie sich nun spöttisch an den Hauptkommissar aus Baden-Baden, »eine durchgestylte Witwe im Chiffonkleid, die besonders zartbesaitet ist?«

Augenblicklich hatte Heerse verstanden, was Rieber mit seinen Bemerkungen gemeint hatte.

Er lächelte. »Ehrlich gesagt, ja, aber Direktheit ist mir in meinem Beruf eigentlich lieber. Das vereinfacht die Dinge.«

Lydia Hanson starrte ihr Gegenüber an, ohne zu blinzeln, dann sagte sie: »Ist das so?«, gab die Tür frei und bat die Männer einzutreten.

Das Haus war sehr geschmackvoll eingerichtet. Als die Polizisten das große Wohnzimmer betraten, sah Heerse, dass sie nicht alleine waren. Als wären sie ausgestopft, saßen völlig regungslos drei Katzen zwischen den Kissen. Lydia folgte Heerses Blick und brummte: »Falls jemand eine Katzenallergie hat, muss er auf die Terrasse.«

Ein kleiner schwarzer Kater nahm vor den Besuchern Reißaus und verschwand hinter einem Blumenkübel.

»Der ist noch scheu, wurde mir erst vor drei Tagen gebracht. Ausgesetzt auf der Autobahn, scheiß Menschen ...«, knurrte ihre Gastgeberin und zündete sich eine Zigarette an. Die Schachtel legte sie auf den Tisch und sagte: »Bedienen Sie sich!«

»Was heißt, man hat Ihnen das Tier gebracht?«, fragte Heerse neugierig. Am meisten erfuhr man über Menschen, wenn die über das sprachen, was sie bewegte.

»Ich bin eine von diesen hoffnungslosen Verrückten.«

»Tierschutz?«

Lydia grinste: »Das ist ein großes Wort. Mit den Jahren hat sich herumgesprochen, dass ich nicht Nein sagen kann. Also bringen mir diese Tierschutztanten ihre hoffnungslosen Fälle. Ich päppele sie auf und dann habe ich die Viecher auf Lebenszeit an der Backe.«

Heerse verstand. Hinter dieser ruppigen Fassade schlug also ein butterweiches Herz.

Ohne besondere Freundlichkeit knallte Lydia jedem eine gefüllte Teetasse vor die Nase und sah dann auffordernd in Heerses Richtung.

»Sie wissen, warum wir gekommen sind?«, fragte dieser.

Lydia drückte energisch ihre Zigarette aus. »Es geht um den Mord an meinem Mann. Der Meiner war es also doch nicht. Hätte mich ehrlich gesagt auch gewundert, der Kerl war ein Schlappschwanz.«

Lukas Bürg hatte gerade seine Tasse angesetzt, hielt aber mitten in der Bewegung inne, so verblüfften ihn diese Worte.

Heerse gab Lydia bezüglich Andreas Meiner keine Erklärungen, sondern sagte stattdessen geduldig: »Könnten Sie das etwas ausführen?«

Lydia warf einen Blick zu Rieber, dem man ansah, dass er sich in Gegenwart dieser Frau nicht wohlfühlte.

»Ich habe dem Herrn Hauptkommissar gleich gesagt, dass der Kleine das nicht bringen würde. Der war ein Schlappschwanz. Ist bei mir aufgekreuzt und hat sich die Seele aus dem Leib geheult. ›Meine Sina, meine Sina‹«, äffte sie jetzt Andreas Meiner in jämmerlichem Ton nach. »Wenn ich so etwas höre«, rief sie genervt, »diese Sina war eine Schlampe. Der Meiner war viel zu gut für die.«

»Aber er hat Ihrem Mann doch gedroht?«, hakte nun Lukas Bürg nach.

»Ja und? Ich drohe ständig irgendwelchen Menschen. Bisher habe ich noch nicht mal eine Ohrfeige verteilt und das wäre manchmal bei Gott notwendig gewesen«, antwortete sie voller Inbrunst.

»Und wieso war er dann ein Schlappschwanz?«, wieder stellte Lukas Bürg die Frage.

»Weil er dieser kleinen Schlampe hinterhergerannt ist wie ein Schoßhündchen. Hätte sie rausschmeißen sollen und sich eine andere suchen. Ich habe ihm gesagt, dass die Welt voller gebärfreudiger Singlefrauen ist, aber das war ihm offensichtlich kein Trost.«

Bevor jemand anderes etwas sagen konnte, mischte sich Heerse wieder ein. »Sie haben die Affären Ihres Mannes also toleriert? Nie den Gedanken gehabt, sich zu trennen?« Seine Stimme war freundlich und ohne Spott.

Lydia steckte sich eine neue Zigarette an. Ihre blauen Augen schienen jetzt sanfter.

»Wissen Sie noch, was ich Ihnen vorhin über die Streuner gesagt habe?«

Heerse nickte.

»Mark war genauso ein Streuner. Kam in mein Haus, ließ sich von mir aufpäppeln und blieb. Weiß der Teufel, warum. Wir hatten einen Ehevertrag, der ihn im Falle einer Scheidung großzügig bedacht hätte. Und bevor Sie fragen, wenn ich vor ihm gestorben wäre, hätte sich an der Summe nichts geändert. Den größten Teil meines Vermögens hinterlasse ich dem Tierschutz. Sie sehen also, aus finanziellen Gründen hätte er nicht verheiratet bleiben müssen. Im Gegenteil, nach einer Trennung wäre es ihm sicher besser gegangen. Hätte ja keine Aufpasserin mehr gehabt.«

»Verstehe ...«

»Ach wirklich?«, gab sie fast zornig zurück und plötzlich konnte man in diesem sonst so harten Gesicht eine erschreckende Verletzlichkeit erkennen.

»Er war Ihr Mann. Es tut mir sehr leid, dass wir Sie erneut belästigen müssen.«

Heerse legte ihr die Hand auf den Arm und drückte ihn kurz.

Lydia Hanson ließ es zu, blickte nicht auf und kämpfte gegen die Tränen an. Für diesen kurzen Moment war sie genau das, was jeder von ihr erwartete.

Eine trauernde Witwe, die noch nicht in der Lage war, das Schreckliche zu begreifen. Aber Lydia Hanson gewährte den Menschen keinen Einblick in ihre Seele. Diese Frau hatte schon vor langer Zeit eine schützende Distanz zu ihrer Umgebung geschaffen und gestattete nur den wenigsten, diese zu überwinden.

Sie räusperte sich kurz, straffte die Schultern und atmete durch. »Mark hat mich mit den Tieren immer unterstützt. Sie hätten sehen sollen, wie die auf ihn abgefahren sind. Tiere spüren, wie jemand ist. Und Mark war ein guter Mensch.«

Nun entspannte sie sich völlig und fand zu ihrer alten Form zurück. »Seine Weibergeschichten hätten natürlich nicht sein müssen, aber es war ja nicht so, dass er diese Tussis mit nach Hause gebracht hätte, so wie ich die Katzen.«

»Wussten Sie, wenn er mit jemandem zusammen war?«

»Manchmal.«

»Haben Sie eine Ahnung, ob er sich kurz vor seinem Tod mit jemandem traf?«

Lydia kaute an ihrer Unterlippe und überlegte. »Wenn ich so darüber nachdenke, dann würde ich sagen, das ist gut möglich. Aber Mark war ja immer irgendwie auf der Pirsch.«

Auf Heerses fragenden Blick hin verzog sie ihr Gesicht. »Er hatte stets ein Weibchen im Visier. Wenn Sie verstehen, was ich meine.«

»Aber wer es war, wissen Sie nicht?«

»Nein, leider. Aber vermutlich war sie jung und hübsch. So war sein Beuteschema. Ich habe mich oft gefragt, wie so ein alter Sack immer noch die jungen Mädchen rumkriegen kann. Aber offensichtlich war er darin sehr talentiert.«

»Was ist mit Baden-Baden? Fällt Ihnen dazu im Zusammenhang mit Ihrem Mann noch etwas ein?«

»Es geht um diese grausigen Morde aus der Zeitung, nicht wahr?«

Heerse machte eine entsprechende Geste und Lydia verstand.

»Fällt Ihnen zu Baden-Baden etwas ein?«, wiederholte Heerse seine Frage.

Lydia zuckte mit den Schultern. »Nur der unglückliche Schwule, Theo! Aber auf den werden Sie ja bereits alleine gekommen sein.«

Rieber stieß geräuschvoll die Luft aus und Lukas Bürg zündete sich eine Zigarette an.

Auch Heerse war erstaunt. »Wieso der Unglückliche?«

»Weil er hoffnungslos in meinen Mann verliebt war.«

»Wie kommen Sie darauf?«, fragte nun Lukas Bürg die Zeugin.

»So etwas merkt man einfach.«

»Und wusste Ihr Mann davon? Gab es Annäherungsversuche, bedrängte Herr von Lohberg Ihren Mann?«

»Gütiger Himmel, Herr Hauptkommissar. Sie müssen Theo kennenlernen, dann wissen Sie, wie absurd diese Frage ist. Theo ist eher der Typ ›Ich leide still‹. Ich glaube nicht, dass mein Mann davon wusste, und ich habe nichts gesagt.«

»Und warum nicht?«, fragte Lukas.

Mit einem spitzbübischen Lächeln antwortete sie: »Ich dachte, dass mein Göttergatte schon mit einem Geschlecht genug zu tun hätte.«

Als sich die Beamten von Lydia Hanson verabschiedeten, reichte ihr Heerse seine Hand und sagte: »Es tut mir wirklich aufrichtig leid.«

Lydia Hanson antwortete nur mit einem rauen »Danke«.

# KAPITEL 5

*»... Und der zweite Engel goss aus seine Schale ins Meer, und es ward Blut wie eines Toten ...«*
*Die Bibel*

**Zur gleichen Zeit in einem Waldgebiet, Baden-Baden/Stadtteil Geroldsau**

Die mühsam gesendeten Botschaften wurden bisher ignoriert. Was machte es für einen Sinn, den Schmerz und den Verrat in die Welt hinauszuschreien, wenn niemand da war, der zuhörte? So klar waren die Nachrichten gewesen, so, als hätte man die Worte direkt lauthals vor dem Ohr des Empfängers verkündet, aber das Verstehen blieb aus. Der einstige Schwur war gebrochen worden und so gab es nur noch den Weg des Handelns.

Das erste Mal würde es heute bei Tageslicht geschehen. Das Beil mit seiner blutverkrusteten, scharfen Schneide war wie immer ein treuer Begleiter. Vier Mal schon hatte es das vor langer Zeit begangene Unrecht angeprangert. Heute würde es wieder geschehen.

Einer spontanen Eingebung folgend, streifte das Beil erneut durch das Dickicht auf der Suche nach dem perfekten Gehilfen. Auch heute war es bereit, dem Zufall die Führung zu überlassen. Das Plätschern des Wassers rief Erinnerungen an die Kindheit wach. Die Kindheit, die eines Tages ihre Reinheit verlor, wie das Wasser, das klar aus dem Gebirge in die Täler floss, um sich dann dreckig und brackig seinen Weg über die Kanalisation ins nächste Klärwerk zu suchen. Aber nun mussten die Gedanken ruhen, denn es galt, eine weitere Nachricht zu senden.

Der Wald bot eine wunderbare Möglichkeit. Wer hätte das gedacht? Die fröhlichen Stimmen lockten das Beil an.

Auf der kleinen, versteckten Lichtung saßen sie wie Geschenke, die nur darauf warteten, endlich bestaunt zu werden. Es gab keinen Zweifel, der Mann und seine Begleiterin würden das ziellose Herumstreifen beenden. Hier und jetzt würde gleich ein wunderbares Fest stattfinden.

Ein Bild von Vertrautheit bot sich dem Augenpaar, das heimlich das Pärchen beobachtete. Wie die zwei so dicht beieinandersaßen, er den Arm um ihre Schulter gelegt, sie ergeben ihren Körper an ihn geschmiegt, war die Entscheidung gefallen. Diese beiden würden heute eine besondere Aufgabe erfüllen – sie waren nun auserwählt worden.

Sollten die einsamen Liebenden das leise Knacken und Knirschen hinter sich gehört haben, dann nahmen sie davon keine Notiz. Ihre Aufmerksamkeit galt nur ihrer eigenen Zweisamkeit. Das Beil war bereit, lag zappelnd vor Ungeduld in den führenden Händen. In letzter Sekunde hatte vielleicht einer der beiden die Gefahr geahnt, aber es war zu spät. Der Stahl hatte auf diesen Moment gewartet und ließ sich nicht mehr um das angenehm vertraute Gefühl des Tötens betrügen.

Die Schneide traf zuerst den Mann. Sein warmes Blut spritzte über das Gesicht seiner Begleiterin, die wie gelähmt dasaß, bereit, den eigenen tödlichen Schlag zu empfangen. Das Beil drosch auf ihre Köpfe ein. Abwechselnd, so als müsse es die tödliche Schneide gerecht zwischen den Opfern verteilen. Das Knirschen der berstenden Knochen vermischte sich mit dem Schmatzen der aufplatzenden Haut.

Das weiche Gewebe konnte keinen Widerstand leisten und wurde von der Schneide geprügelt, bis nur noch ein roter Klumpen übrig war.

Schwer hing der Blutgeruch über der Lichtung, die nun still dalag. Sogar das Blattwerk der Bäume schien erstarrt. Die unheimliche Ruhe machte die Inszenierung zu einem wahren Meisterwerk. Das Beil, das nun blutverschmiert im Gras lag, hatte seine Arbeit getan. Jetzt galt es, die Nachricht zu senden. Begleitet von einem leisen, fröhlichen Summen, machten sich fleißige Hände daran, alles präzise herzurichten. Dann folgte ein kehliges Lachen, als die letzte Requisite dieser makaberen Aufführung platziert wurde. Die Botschaft konnte nun empfangen werden.

**Befragung von Sina Wieser, Hamburg**

Sina Wieser, die Geliebte von Mark Hanson und Exfreundin des ehemals Verdächtigen Andreas Meiner, hatte es vorgezogen, das Gespräch auf dem Präsidium zu führen.

»Ich hatte in letzter Zeit genug Polizei im Haus und bei meinem Arbeitgeber will ich Sie schon gar nicht sehen«, hatte sie Rieber am Telefon schroff entgegnet.

Der Hamburger Hauptkommissar war freundlich geblieben und hatte das Präsidium vorgeschlagen, ohne die junge Frau daran zu erinnern, dass sie verpflichtet war, zu erscheinen.

Entsprechend kampflustig betrat Sina Wieser den Raum.

Heerse und Lukas Bürg wurden ihr vorgestellt.

»Und was wollen Sie von mir?«, fragte sie daraufhin ungehalten.

Heerse betrachtete die Zeugin genau. Ihr langes dunkles Haar war im Nacken zu einem Dutt zusammengebunden. Sie war sechsundzwanzig, schlank, fast schon mager und wirkte in ihrer dunklen Röhrenjeans und dem Kapuzenshirt wie ein junges Mädchen. Auf jeden Fall konnte man sie als hübsch bezeichnen. Sie hatte einen Rucksack dabei, den sie jetzt wie ein Schild mit beiden Händen vor den Bauch hielt.

Gerd Rieber hatte ihnen bereits von Sinas zweifelhaftem Ruhm in der Presse erzählt. Der Mord an Mark Hanson und der anschließende Selbstmord des Hauptverdächtigen hatten in der Hamburger Region mächtig Staub aufgewirbelt. Sina war für ein paar Wochen ein gefragter Interviewpartner der hiesigen Medien gewesen. Leider wurde die junge Frau regelrecht verheizt, bis sie als skrupellose Ehebrecherin und Schlampe gegolten hatte. Vermutlich war sie nichts von dem, was man ihr vorwarf, sondern einfach nur sehr, sehr dumm, dachte sich Heerse gerade, als sein Kollege ihnen Stühle und Kaffee anbot.

Er würde vorsichtig sein müssen, denn Menschen wie Sina Wieser neigten dazu, aus ihren Fehlern nicht zu lernen. Die junge Dame würde vermutlich erneut Interviews geben, wenn man sie darum bat und alles ausplaudern, was dringend unter Verschluss bleiben musste.

»Frau Wieser, wenn ein so tragischer Fall zum Abschluss gebracht werden soll, dann ist es manchmal notwendig, auch zu einem späteren Zeitpunkt noch einmal mit den Zeugen zu sprechen. Mein Kollege und ich, wir kommen von einer anderen Dienststelle, weil es gelegentlich angebracht ist, dass sich ein zweites Team ein Bild macht.«

Heerse und Rieber hatten sich auf diese Erklärung geeinigt. Mehr würden sie der jungen Frau nicht mitteilen. Blieb zu hoffen, dass Sina sich nicht selbst die wahren Hintergründe der erneuten Befragung zusammenreimen würde.

»Dann machen Sie sich ein Bild, damit ich heute noch nach Hause komme!«, antwortete die junge Frau schnippisch.

»Wie haben Sie Mark Hanson kennengelernt?«

Die Zeugin rollte mit den Augen und stöhnte: »Das habe ich doch alles schon x-mal erzählt.«

Während Lukas Bürg die Stirn runzelte, er mochte diese Art von Frauen nicht, blieb Heerse ganz ruhig. »Tun Sie mir den Gefallen, erzählen Sie es noch einmal.«

»Also schön«, motzte die junge Frau, begann aber schließlich gehorsam die Sätze herunterzuleiern. »Es war im Lula-Klub. Ich war mit Freundinnen dort. Letztes Jahr im Oktober. Ich war eigentlich gar nicht in Stimmung, an diesem Abend auszugehen. Andreas hatte mir wieder einmal eine Eifersuchtsszene gemacht. Das tat er immer, wenn wir Mädelsabend hatten. Jedenfalls saß ich an der Bar und plötzlich tauchte dieser Typ neben mir auf. Ich stehe im Prinzip nicht auf ältere Männer, aber Mark war irgendwie anders ...«

Sie stoppte und Heerse glaubte, Traurigkeit in ihrem Gesichtsausdruck zu lesen.

»Was heißt das?«, drängte er sie freundlich, weiter zu erzählen.

Sina tat sich schwer, immer noch die Unnahbare zu spielen. »Er war so unternehmungslustig und witzig. Es war wie im Film. Ich wies ihn zurück und er legte sich nur noch mehr ins Zeug. Rote Rosen ins Büro, kleine Geschenke, eine Einladung in ein Fünf-Sterne-Restaurant und dann überraschte er mich mit einem

Frühstück in Paris. Das war so romantisch ...«

Sie presste die Lippen aufeinander. Nach einem kurzen Augenblick fuhr sie fort: »Schließlich habe ich mich in ihn verliebt.«

*Das Mädchen ist wirklich dumm*, dachte Heerse, *ist auf eine uralte Masche hereingefallen.*

Irgendwie tat ihm die junge Frau beinahe leid. Warum gerieten die Sina Wiesers dieser Welt auch immer an Typen wie Mark Hanson.

»Was ist dann passiert?«

»Noch vor Weihnachten war es vorbei.«

»Warum?«

»Er hat gesagt, er könne mich nicht mehr treffen. Wegen seiner Frau.«

»Hat er das weiter erklärt?«

Jetzt schnaufte die Zeugin abfällig. »Die Alte wäre geistig nicht mehr auf dem Posten und hätte mit Selbstmord gedroht, wenn er die Affäre mit mir nicht beenden würde. Ist das nicht absurd?«

»Haben Sie ihm geglaubt?«

»Natürlich habe ich das! Wie ich ihm immer alles geglaubt habe!«, rief sie verärgert.

»Haben Sie ihn denn danach noch gesehen?«

»Ja, natürlich im Lula-Klub.«

»Hatte er jemanden dabei? Ich meine, eine Frau?«

Sina schnalzte verächtlich mit der Zunge und erwiderte: »Einmal habe ich gesehen, wie er irgend so eine Tussi an der Bar angequatscht hat.«

Diese Frage hatte ihr bisher niemand gestellt, deshalb hob sie überrascht die Brauen. »Warum, was spielt das jetzt noch für eine Rolle?«

»Beantworten Sie nur die Fragen meines Kollegen«, mischte sich Rieber ein und Sina antwortete: »Ich weiß nicht. Ich habe sie nicht genau gesehen und bin auch gleich gegangen. Verstehen Sie, ich war wütend!«

»Welche Haarfarbe hatte die Frau?«

»Woher soll ich das wissen?« Als die Zeugin bemerkte, wie Heerse sie fragend anstarrte, fuhr sie fort: »An dem Tag war ›Blondinen-Abend‹. Alle Mädels hatten blonde Perücken auf. Im Lula gibt es ab und zu solche Motto-Geschichten. Ist ganz witzig.«

»Haben Sie das Gesicht der Frau gesehen?«

»Nein, ich sah sie nur von hinten.«

»Aber Sie sind sicher, dass es eine Frau war?«

»Ich denke schon«, sagte die Zeugin nun etwas unsicher.

»Wissen Sie noch, wann das war?«

»Nein, irgendwann im Januar.«

»Macht nichts, wir fragen den Inhaber des Klubs wegen des genauen Datums.«

»Kann ich jetzt gehen?«, fragte Sina genervt.

Heerse stellte ihr, anstatt eine Antwort zu geben, seine nächste Frage: »Haben Sie eigentlich Zweifel daran, dass Ihr Exfreund Mark Hanson ermordet hat?«

Sina antwortete sehr sachlich: »Nein. Als ich mich von ihm getrennt habe, machte ich ihm den Vorschlag, dass wir Freunde bleiben könnten, aber das war ihm scheinbar nicht genug. Dann hat er Mark umgebracht. Andreas war verrückt nach mir.«

»Wollten Sie denn nach der Trennung von Mark Hanson wieder zu Ihrem Exfreund zurückgehen?«

»Um Gottes willen! Nein, ich hatte mich doch zwischenzeitlich total weiterentwickelt. Mark hat mir eine ganz andere Welt gezeigt. Andreas hätte mich doch nur wieder auf sein Niveau heruntergezogen.« Dann fügte sie noch theatralisch an: »Aber, dass er mich so geliebt hat, dass er bereit war, deshalb einen Mord zu begehen, das konnte ich wirklich nicht ahnen.«

Heerse schlug gedanklich die Hände vor sein Gesicht. Diese Naivität, gepaart mit maßloser Selbstüberschätzung, machte ihn fertig.

»Und sein Selbstmord? Geschah der auch aus Liebe?«, warf völlig unerwartet und in aggressivem Ton Lukas Bürg ein.

Heerse sah überrascht zu seinem jungen Kollegen. Er konnte dessen Gefühlsausbruch verstehen, allerdings war Bürgs Verhalten unangebracht.

Lukas‘ Kiefernmuskeln hatten sich verkrampft und er sah zornig zu Sina.

Diese schien die Anklage in den Worten des jungen Kommissars nicht gehört zu haben, denn mit einem angestrengten Gesicht, so als hätte sie über diese Frage lange nachdenken müssen, sagte sie schließlich: »Das wäre durchaus möglich. Vielleicht der Gedanke, mich nie wiederzusehen?«

Lukas wollte etwas erwidern und seinem Gesichtsausdruck nach zu schließen, etwas, das ihm womöglich eine Dienstaufsichtsbeschwerde einbringen könnte – also ging Heerse schnell dazwischen.

»Lukas, rufen Sie Frank an, fragen Sie, wie weit er ist.« Die Stimme des Hauptkommissars war gegen seine Gewohnheit nun laut und hart, auch als er ein scharfes »Sofort!« nachschob.

Lukas Bürg verließ das Zimmer und Sina sah verwirrt zu den Beamten, die aber nicht bereit waren, ihr eine Erklärung zu geben.

Rieber stellte schnell eine weitere Frage: »Waren Sie mit Mark Hanson auch in Baden-Baden?«

»Nein, aber ich weiß, dass er da manchmal hinfuhr.«

»Und kennen Sie die Stadt?«

»Nein, warum sollte ich?«

Als die Polizisten die Vernehmung beendeten und sich von der Zeugin verabschiedeten, sagte diese gereizt: »Ich hoffe, Sie haben jetzt alle Fragen an mich gestellt. Ich habe nämlich nicht die geringste Lust, nochmals hier aufzutauchen.«

Heerse blieb immer noch ruhig und ein kaltes Lächeln zeichnete sich jetzt auf seinem sonst so gutmütigen Gesicht ab, als er gefährlich leise antwortete: »Frau Wieser, Sie sollten sich darüber im Klaren sein, dass Sie uns so lange als Zeugin zur Verfügung zu stehen haben, wie wir das für nötig halten. Deshalb denke ich, wäre etwas mehr Zurückhaltung angebracht. Ich muss Sie sicherlich nicht daran erinnern, dass wir Sie das nächste Mal auch mit einem Streifenwagen von Ihrer Wohnung abholen können, anstatt uns wie freundliche Menschen, auf einen Termin zu einigen.«

Sina lief purpurrot an und zischte beleidigt: »Sie haben ja meine Nummer!« Damit verließ sie zornig den Raum.

Gerd Rieber sagte keinen Ton, sondern nickte zustimmend, woraufhin Heerse abwinkte und sich auf die Suche nach Lukas Bürg machte.

»Herrgott, Lukas, Sie können unsere Zeugen nicht so angehen!«

»Tut mir leid, Chef, aber diese Art von ...«, er brach ab.

»Von Frauen?«, setzte Heerse nun mit einem amüsierten Lächeln nach.

Lukas nickte.

»Sie meinen die Sorte, die eines Tages aufwacht und bemerkt, dass nichts so lief wie geplant und dass sie selbst daran schuld war?«

»Andreas Meiner ist tot, und diese Sina hat ihn auf dem Gewissen.«

»Das ist Unsinn. Auch unsere Geschlechtsgenossen neigen bisweilen dazu, selbst an ihrem Unglück schuld zu sein.«

Lukas hatte sich beruhigt und mittlerweile war ihm seine Unkontrolliertheit peinlich. »Tut mir sehr leid, das hätte nicht passieren dürfen«, stammelte er kleinlaut.

»Gut«, schloss Heerse das Thema ab und erkundigte sich nach Frank Dorthals Fortschritten.

»Dieser Theo von Lohberg wird erst morgen in Baden-Baden zurückerwartet. Er ist anscheinend noch auf einer Kunstmesse im Elsass. Frank wollte wissen, ob Sie morgen bei der Befragung dabei sein möchten.«

»Ja, natürlich. Wir fliegen heute mit der letzten Maschine zurück. Ich denke, wir haben, was wir brauchen. Alles Weitere können die Hamburger Kollegen übernehmen.«

* * *

Es war schon dunkel, als die Maschine Richtung Baden-Baden abhob. Heerse hatte sich zurückgelehnt und sah aus dem Fenster, während Lukas Bürg über seinen Notizen brütete.

Der junge Kommissar dachte an Lydia Hansons Worte bezüglich Theo von Lohberg. Der Baden-Badener hatte sich also in Mark verliebt und sie hatte das bemerkt. Lukas fühlte sich bei der Vorstellung, dass es Menschen mit so feinen Antennen geben sollte, unwohl. Sah man ihm vielleicht auch etwas an? Hatte ihn Lydia Hanson deshalb so spöttisch betrachtet, wusste sie mehr?

Das Piepen von Heerses Handy riss Lukas aus seinen Gedanken.

Das Gesicht des Vorgesetzten sprach Bände, als er die SMS las. Es hatte wieder einen Mord gegeben.

Als die beiden Polizisten in Rheinmünster landeten, wartete bereits ein Wagen auf sie. Mit heulender Sirene raste das Polizeifahrzeug Richtung Baden-Baden.

»Also wieder ein Mord«, sagte Lukas gerade, als sie den Ortsteil Geroldsau passierten. »Und wieder außerhalb des Stadtkerns.«

»Ja«, antwortete Heerse abwesend und massierte sich mit Zeigefinger und Daumen den Nasenrücken, »allerdings kann unser Täter unmöglich in der Fußgängerzone im Zentrum zuschlagen. Dort wäre er niemals ungestört.«

Lukas sah aus dem Fenster. Sie näherten sich jetzt einer Absperrung. Schon von Weitem konnte man die Polizeifahrzeuge und einen Krankenwagen erkennen.

Frank Dorthal kam ihnen entgegen, sein Gesicht machte es überflüssig, danach zu fragen. Offensichtlich hatte ihr Beilmörder erneut zugeschlagen.

»So viele Morde innerhalb weniger Tage und jetzt schon wieder ein neues Opfer«, begrüßte Heerse wütend seinen Mitarbeiter.

»Zwei Opfer, Chef«, antwortete dieser.

»Wie bitte?« Heerse sah ungläubig zu Frank Dorthal. Bisher hatte man ihm nur mitgeteilt, dass ihr Täter vermutlich erneut zugeschlagen hatte, Einzelheiten wusste er noch nicht.

»Ein Mann und eine Frau, Karin und Bernd Lauder, beide aus Baden-Baden. Sie dreißig, er fünf Jahre älter. Seit sechs Jahren verheiratet. Waren gerne in der Natur unterwegs. Sind am späten Vormittag zu den Geroldsauer Wasserfällen aufgebrochen und haben dann auf einer Lichtung Rast gemacht. Papiere, Geld, alles noch da.«

»Weiß man schon, wann es passiert ist?«, stellte Heerse seine nächste Frage und signalisierte mit einer Handbewegung, dass er nun zum Tatort gebracht werden wollte.

»Gefunden wurden sie um 21.00 Uhr von einer Gruppe Jugendlicher, die sich auf der Lichtung zum Feiern getroffen haben.«

»Hat man die schon befragt?«

»Ja, aber die haben niemanden gesehen. Laut erster medizinischer Untersuchung sind die Opfer schon seit mehreren Stunden tot. Vermutlich wurden sie um die Mittagszeit ermordet. Die ersten Schläge trafen sie von hinten. Der Täter hat sie offensichtlich überrascht.«

»Mitten am Tag bei hellstem Sonnenschein ...«, stieß Heerse geschockt hervor.

Die anderen schwiegen und so stapften die Männer mit Taschenlampen bewaffnet still durch den kühlen Wald.

Frank Dorthal war seit dem Fund der Leichen damit beschäftigt gewesen, die Untersuchungen zu koordinieren. Mittlerweile war es kurz vor Mitternacht.

»Ist sehr heftig«, sagte Frank Dorthal leise.

Heerse antwortete nicht darauf, sondern stellte sich auf das Schlimmste ein.

Im Schein der großen Strahler, die man um den Tatort herum aufgebaut hatte, bot sich den Beamten ein weiteres Bild des Schreckens.

»Zu wie viel Grausamkeit kann ein Mensch fähig sein?«, murmelte Heerse und sah mit vor Entsetzen geweiteten Augen auf die beiden Leichen. Ihre Schädel klafften weit auseinander. Münder und Nasen ließen sich unter den dunkelroten verkrusteten Gewebebrocken nur noch erahnen. Die Körper lagen ausgestreckt dicht nebeneinander. Im ersten Moment erkannte der Hauptkommissar die weitere Verstümmelung der Toten gar nicht, aber dann erfasste sein Gehirn, was seine Augen bereits registriert hatten.

Heerse stieß ein leises »Jesus Maria!« hervor.

Der Mörder hatte den Opfern kaltblütig jeweils die rechte Hand abgeschlagen.

»Wo sind die Hände?«, flüsterte Lukas neben ihm.

Frank Dorthal räusperte sich, und als ihn seine Kollegen anblickten, zeigte er mit versteinertem Gesicht auf eine ausgebreitete Picknick-Decke hinter sich.

Wortlos gingen die Männer zu der bizarren Anordnung, die der Täter für sie hinterlassen hatte.

»Was ist das für eine Scheiße?«, fluchte Heerse leise.

Auf der karierten Decke lagen, ineinander verschlungen, die abgetrennten Hände der Opfer. Der Täter hatte sie zum Mittelpunkt seines »Werks« gemacht. Wie Zuschauer waren dahinter verschiedene Lebensmittel platziert – ganz offensichtlich der Inhalt der Wanderrucksäcke von Karin und Bernd Lauder. Als hätte jemand ein Büfett angerichtet, lagen dort in einer Reihe Früchte, Brot, Käse, ein kleiner Salzstreuer neben zwei großen Tomaten und eine noch geschlossene Flasche Mineralwasser. Die Hände der Toten wirkten dabei wie eine teuflische Skulptur. Dann fiel Heerse noch etwas anderes auf. Ein ganzes Stück abseits auf der Decke lag eine zerschlagene Armbanduhr. Die Zeiger standen auf sechs.

»Was ist das?«, fragte er in die Runde, ohne wirklich mit einer Antwort zu rechnen.

»Die stammt vermutlich von Bernd Lauder.«

»Wieder eine kaputte Uhr«, sagte Lukas nachdenklich.

Heerse hatte genug gesehen. Jetzt kam es darauf an, ob die Spurensicherung etwas fand.

## Präsidium der Kriminalpolizei, Baden-Baden

Der Hauptkommissar und seine Mitarbeiter hatten sich nur wenige Stunden Schlaf gegönnt. Schon am frühen Morgen saßen sie im Präsidium und besprachen den Fall.

»Nichts, wir haben nichts!«, rief Heerse gereizt.

»Wir wissen wie und wann«, sagte Lukas Bürg.

»Ja, und eigentlich sind wir uns auch ziemlich sicher, dass die Opfer zufällig ausgewählt wurden«, setzte Frank noch nach.

Heerse nahm einen großen Schluck von seinem heißen schwarzen Kaffee und entspannte sich ein wenig. Dann richtete er sich auf und griff erneut nach den Tatortfotos.

»Also gut, gehen wir davon aus, dass die Opfer zufällig ausgewählt wurden. Worin bestand dann der Zufall? Haben alle etwas gemein?«

»Sie sind aus Baden-Baden«, antwortete Lukas Bürg, dann schob er unsicher nach, »bis auf Mark Hanson.«

»Vielleicht die berühmte Ausnahme, die die Regel bestätigt?«, warf Frank ein.

Heerse starrte den Oberkommissar kurz an und sprang auf. »Das ist es!«, rief er und ging zu ihrer kleinen Magnettafel an der Wand.

»Wenn wir davon ausgehen, dass Mark Hanson das erste Opfer war – und hoffen wir mal, dass in der Datenbank nicht noch weitere auftauchen –, dann könnte das für unseren Täter die Initialzündung gewesen sein.«

»Im Falle von Mark Hanson sprechen die Kollegen von der OFA von Raserei und Wut, während man bei den späteren Morden von einer wesentlich kontrollierteren Vorgehensweise ausgehen kann«, fasste Frank, der sich einen Ausdruck vom Schreibtisch geangelt hatte, den Bericht zusammen.

»Brutal ist jeder dieser Morde, aber bei Hanson hat der Mörder gewütet«, wiederholte Heerse. »Was, wenn er erst danach auf die Idee mit Baden-Baden kam? Vielleicht sind ihm die Broschüren aufgefallen ...«

»Oder wir haben es mit einem Baden-Badener zu tun, der, als ihn die Mordlust überkam, gerade in Hamburg war«, meinte Lukas.

Heerse nickte. »Das will ich gar nicht bestreiten. Unser Täter kann durchaus hier aus Baden-Baden oder aus der näheren Umgebung sein, aber warum sucht er sich die Opfer auch hier in Baden-Baden aus? Wäre es, wenn er hier lebt, nicht klüger, eine entfernte Stadt für die Taten auszuwählen?«

»Schon, aber hier kennt er sich aus. Die Tatorte sind abgelegen, die muss ein Fremder erst einmal finden«, hielt Lukas dagegen.

»Oder es ist ein Fremder, der viel Zeit damit verbracht hat, die Stadt zu erkunden«, warf Frank ein.

»Ich glaube, dass unser Täter zu Baden-Baden und der Region eine besondere Beziehung hat. Mein Bauchgefühl sagt mir, dass er seine Taten ganz bewusst hier begeht«, sagte Heerse überzeugt.

»Aber warum?«, hakte Lukas nach.

»Das ist eben die Frage. Ich denke, wenn wir diese Botschaften entschlüsseln könnten, dann kämen wir ein ganzes Stück weiter.«

»Die Botschaften sind doch eindeutig, Chef!« Frank Dorthal starrte wütend auf die Tafel. »Wir haben es mit einem kranken Schwein zu tun.«

»Sie haben recht, aber leider sind diese ›kranken Schweine‹ nicht so einfach zu erkennen.«

In diesem Moment wurde die Tür aufgerissen und ein Mitarbeiter der Zentrale steckte den Kopf herein.

»Rolf, das solltest du dir ansehen. Kommt mittlerweile auf allen Kanälen.«

Mit einem Kopfnicken deutete der Beamte auf den kleinen Fernseher in der Ecke des Raumes, dann sagte er noch: »Im Internet findest du es auch«, damit schloss er die Tür.

Lukas Bürg hatte bereits das Gerät eingeschaltet und sofort wussten die Männer, was ihr Kollege gemeint hatte.

»Diese verdammten kleinen Wichser!«, machte sich Frank Dorthal Luft. »Ich hätte deren Handys konfiszieren müssen.« Wütend warf er den Stoß Papiere, den er gerade in der Hand hielt, auf den Schreibtisch.

Offensichtlich hatten die Jugendlichen, die gestern die beiden Leichen gefunden hatten, nichts Besseres gewusst, als mit der Handykamera einen Film zu drehen und ihn zu veröffentlichen.

»Vergiss es«, sagte Lukas nun, »wenn die das gefilmt haben, dann war das Material schon im Netz, bevor ihr am Tatort angekommen seid.«

»Die kriege ich dran wegen Behinderung der Polizei!«

Dann verstummten die Männer, als im Fernsehen eine Sprecherin sagte: »Sieht aus, als hätte der Täter eine Nachricht hinterlassen. Wir sehen die abgetrennten Hände der Opfer, als wären sie zum Gebet gefaltet ...«

Heerse war geschockt, das hatte gerade noch gefehlt. Vermutlich würde man nun nur noch von den Botschaften des Mörders sprechen, den Beamten keine Ruhe mehr lassen und der Täter, der ab sofort bestens über den Ermittlungsstand informiert wäre, könnte sich gemütlich zurücklehnen und immer dreister seine grausamen Verbrechen begehen. Trotzdem sagte er zu Frank: »Vorwürfe helfen nicht weiter. Irgendwann wäre wahrscheinlich sowieso etwas durchgesickert.«

Die Worte des Hauptkommissars sollten sich noch in derselben Minute bestätigen, als Lukas Bürg auf den nächsten Sender umschaltete und plötzlich ein bekanntes Gesicht auf dem Bildschirm auftauchte.

»Was für ein dummes Mädchen«, kommentierte Heerse den Fernsehauftritt von Sina Wieser, die gerade verkündete, dass sie erneut von der Polizei befragt worden war. »Und ja«, antwortete sie, gestylt wie ein Hollywoodstar, »wir haben auch über Baden-Baden gesprochen!«

»Es sieht also tatsächlich so aus, als wäre Andreas Meiner unschuldig. Gestorben, weil ihn die Justiz in die Enge getrieben hat«, kommentierte ein Sprecher am Ende des Interviews.

Heerse zog mit einem lauten Fluch den Stecker und fragte sich, wie viel schlechter der Tag noch werden konnte.

Eine halbe Stunde später verließen er und Frank Dorthal das Präsidium, um sich mit Theo von Lohberg zu unterhalten. Lukas Bürg sollte einige Nachforschungen am Computer vornehmen. Alle drei stellten sich die gleiche Frage: Wohin würde sie dieser Irrsinn noch führen?

# KAPITEL 6

*»Blut (lat. sanguis) ist eine Körperflüssigkeit, die im Organismus zusammen mit dem Herz-Kreislauf-System lebenswichtige Funktionen übernimmt.«*

**Befragung Theo von Lohberg, Baden-Baden**

Als Frank Dorthal zusammen mit seinem Vorgesetzten das überfüllte Antiquitätengeschäft in der Baden-Badener Innenstadt betrat, dachte er sofort an seine eigene Wohnung. Auch dort standen einige wertvolle alte Stücke, die Marion bei verschiedenen Händlern zusammengekauft hatte. Ihr Elternhaus samt Einrichtung hatte sie sofort nach dem Tod ihres Vaters veräußert und keine Erinnerungsstücke behalten. Danach war sie in ein kleines Apartment gezogen. Als ihr Frank schließlich den Heiratsantrag gemacht hatte, war sie sofort einverstanden gewesen.

»Wir fangen ein neues Leben an. Mit eigener Wohnung und eigenen Möbeln«, hatte sie ihm daraufhin freudestrahlend verkündet.

Frank erinnerte sich gerne zurück. Es hatte viel Spaß gemacht, die Wohnung auszustatten, und Marions Geschmack war wirklich erstklassig. Jedenfalls hatte er von ihr genug über wertvolle Stücke gelernt, um zu wissen, dass man in diesem Laden sehr erlesene, aber auch entsprechend teure Dinge erwerben konnte.

Die Männer standen gerade vor einem kleinen Regal mit silbernen Spieldosen, als sie hinter sich eine freundliche Stimme vernahmen, die flötete: »Einen wunderschönen guten Tag. Darf ich Ihnen vielleicht behilflich sein?«

Die beiden Polizisten drehten sich langsam um und sahen in das Gesicht eines Mannes um die sechzig. Ihr Gegenüber hatte graues dichtes Haar und aufmerksame braune Augen. Er war beinahe schlank, bis auf das kleine Bäuchlein, das sich deutlich unter dem teuren Seidenhemd abzeichnete.

»Wir suchen Theo von Lohberg«, sagte Frank sachlich und zeigte seinem Gegenüber den Polizeiausweis.

Der Mann zog erschrocken eine Augenbraue in die Höhe, antwortete aber höflich: »Nun, den haben Sie gefunden.«

»Könnten wir uns irgendwo ungestört unterhalten? Es geht um den Mord an Mark Hanson ...«

»Das habe ich befürchtet, er wurde also auch von dem Baden-Badener Beilmörder getötet. Dieser Andreas Meiner war tatsächlich unschuldig. Gott, wie schrecklich! Kommen Sie«, sagte er nun fahrig, »wir gehen in die Wohnung.«

Der großzügige Wohnbereich über dem Geschäft erstreckte sich über zwei Stockwerke. Auch hier dominierten alte Möbel und wertvolle Kunstgegenstände. Alles war sehr liebevoll eingerichtet und die Männer saßen entspannt in bequemen Chippendalesesseln. Von Lohberg hatte ihnen einen hervorragenden Espresso in winzigen Tassen gereicht und erzählte nun von Mark Hanson.

»Mark war mehr als nur ein Geschäftspartner, das Wort ›Freund‹ wäre übertrieben, aber er war ein guter Bekannter. Ich mochte ihn. Das, was mit ihm passiert ist, das ist schrecklich.« Seine Augen füllten sich mit Tränen und er blinzelte sie schnell weg.

»Wann haben Sie ihn das letzte Mal gesehen?« Heerse überließ Frank die Vernehmung.

»Das war irgendwann vor Weihnachten. Ich mag Hamburg, und wenn ich das Geschäftliche mit dem Privaten verbinden kann, dann fahre ich schon auch mal selbst in den Norden.«

»Darf ich nach der Art des Geschäfts fragen?«

»Ja, natürlich. Hanson hat mir die Bilderserie eines Künstlers besorgt, der sich auf Motive des Schwarzwalds spezialisiert hatte. Ich habe die Gemälde für eine Russin geordert, die ganz vernarrt in Baden-Baden und die Region ist. Sie hängen jetzt in ihrem Apartment. Wenn Sie möchten, kann ich Ihnen die Quittungen und Papiere zeigen.«

»Das wäre hilfreich«, antwortete Frank höflich. »Hat Mark Hanson öfter etwas für Sie besorgt?«

»Nein, nur ab und zu. Manchmal hatte ich auch etwas für ihn.« Theo schaute an den Polizisten vorbei und kämpfte erneut gegen die Tränen an. »Er war so voller Lebensfreude ...«

Frank Dorthal schwieg und ließ dem Mann Zeit, sich zu sammeln.

»Wir kannten uns schon bestimmt seit fünfzehn Jahren«, sagte er schließlich.

»Sie haben ihm die Prospekte von Baden-Baden mitgebracht?«

»Ja, und dafür habe ich welche von Hamburg in meinem Geschäft ausgelegt.«

»Wir hätten gerne eine Liste von Mark Hansons Kontakten, wenn er in Baden-Baden war. Hotels, Lokale, Freunde. Und natürlich die Unterlagen über Ihre geschäftlichen Transaktionen.«

»Selbstverständlich. Ich schreibe alles zusammen, was ich weiß. Allerdings kann ich Ihnen nicht garantieren, dass ich jeden seiner Kontakte hier in Baden-Baden kenne«, er hob hilflos die Hände.

»Notieren Sie einfach alles, was Ihnen einfällt, dafür wären wir Ihnen sehr dankbar.«

Jetzt schaltete sich Heerse ein: »Eine Frage, Herr von Lohberg.«

Der Angesprochene blickte zu dem Hauptkommissar, überrascht, dass dieser plötzlich das Gespräch übernahm.

»Sie sagten, Mark Hanson war ein guter Bekannter. Wie standen Sie denn nun wirklich zu ihm?«

Theo lief rot an und machte einen ertappten Eindruck. Seine Antwort kam stotternd: »So wie ich gesagt habe, ein guter Bekannter ...«

»Sie waren nicht in ihn verliebt?«

Das nun knallrote Gesicht und die hilflose Mimik des Mannes beantworteten die Frage bereits.

Theo von Lohberg senkte den Kopf und sagte leise: »Ich mochte ihn sehr. Aber das ist kein Verbrechen, oder?«

»Haben Sie ihm das jemals gesagt?«

»Nein! Niemals, außerdem bin ich seit letztem Jahr verpartnert.«

Heerse gab sich vorerst damit zufrieden und wechselte das Thema. »Wo waren Sie gestern gegen Mittag?«

Von Lohberg sah den Hauptkommissar überrascht an. Offensichtlich kannte er noch nicht die neuesten Nachrichten über die Beilmorde, deshalb konnte er sich auf die Frage auch keinen Reim machen.

»Im Elsass, bei einer Kunstmesse.« Unsicher blickte er zu Heerse.

»Gibt es dafür Zeugen?«

»Ich denke schon, warum?«

»Wo waren Sie in der Nacht, als Mark Hanson ermordet wurde?«

Jetzt schreckte Theo sichtlich zusammen. »Wo ich war? Zu Hause, in meinem Bett.«

»Zeugen?«

»Oliver, mein Partner! Aber warum ...«

»Herr von Lohberg, wir werden Ihre Angaben überprüfen. Mein Kollege wird Ihnen noch drei weitere Daten nennen. Bitte geben Sie uns auch dafür Ihren genauen Aufenthaltsort an.«

»Werde ich verdächtigt?« Die Stimme des Mannes überschlug sich.

»Routine, Herr von Lohberg, Routine«, sagte Heerse und schwieg wieder, während sich Frank Dorthal die Angaben des Zeugen notierte.

Obwohl Heerse gegenüber Theo von Lohberg einen sehr harschen Ton angeschlagen hatte, konnte er ihn sich nicht als Täter vorstellen. Allerdings wusste er, dass man sich auch leicht täuschen konnte. Hinter einem Engelsgesicht verbarg sich oft ein Teufelsgemüt.

## Termin mit Doktor Clara Calliditas

Am Spätnachmittag hatte sich Rolf Heerse zu einem für ihn ungewöhnlichen Schritt entschieden. Er suchte Rat bei einem Außenstehenden. Deshalb öffnete ihm Clara Calliditas auch mit einem verschmitzten Lächeln die Tür. Sie und Heerse kannten sich bereits viele Jahre. Ihre Verbindung war beruflicher Natur und keineswegs immer harmonisch gewesen.

Clara Calliditas war mittlerweile in Rente. Gearbeitet hatte sie als Ärztin in der Psychiatrie und war unter anderem forensische Psychiaterin gewesen.

Der Anruf von Rolf Heerse hatte sie einigermaßen überrascht, aber auch gefreut und deshalb war sie gerne einverstanden gewesen, sich kurzfristig mit ihm zu treffen. Jetzt saßen sie vor einer Tasse Kaffee im Arbeitszimmer der achtzigjährigen Medizinerin, umgeben von jeder Menge Fachliteratur und Topfpflanzen.

Clara Calliditas war eine große, schlanke Frau, die trotz ihres hohen Alters immer noch aufrecht ging. Die Haare hellblond gefärbt, eine schwarz umrandete Brille auf der Nase, war sie mit einer Energie ausgestattet, um die sie so manche Dreißigjährige beneiden würde.

»Mein lieber Heerse, ich fühle mich geschmeichelt, das muss ich zugeben! Ich gehe davon aus, Sie möchten mit mir über diesen Beilmörder sprechen?«

Hauptkommissar Rolf Heerse schüttelte ergeben den Kopf. Diese Frau war ein Phänomen. Ohne bisher ein Sterbenswort über den Grund seines Besuches verloren zu haben, wusste sie längst über seine Beweggründe Bescheid. Er schlug die Augen nieder, er wusste, was jetzt folgen würde.

Clara Calliditas lachte. »Dass ich das noch erleben darf. Der berühmte Rolf Heerse glaubt plötzlich, dass ich helfen kann, ein Verbrechen aufzuklären. Wie haben Sie einmal zu mir gesagt?« Clara tat so, als müsste sie sich die Worte erst in Erinnerung rufen, dabei hatte sie Heerses Formulierung von einst noch genau im Ohr.

Sie wartete und der Hauptkommissar tat ihr den Gefallen und wiederholte seine Sätze von damals: »Ich sagte, die Psychiatrie sei zu nichts anderem gut, als die Verbrecher aus dem Gefängnis zu holen.«

»Und«, fuhr sie fort, »dass ich nichts anderes täte, als einen Gefängnisausbruch ohne Waffen zu organisieren.«

Heerse winkte ab und die Psychiaterin nickte ihm munter zu.

Obwohl sie sich gegenseitig beruflich sehr schätzten, war es bei einigen Gelegenheiten zu heftigen Auseinandersetzungen gekommen. Als forensische Psychiaterin hatte Clara Calliditas Gutachten über die Schuldfähigkeit von Tätern erstellt. In einem Fall war der Schuldige deshalb zu einem Klinikaufenthalt und nicht zu einer Haftstrafe verurteilt worden.

Heerse hatte das damals mehr als entsetzt. Diese Strafe war ihm aufgrund der Schwere der Tat vollkommen ungerecht erschienen. Das war vor sechzehn Jahren gewesen. Kurz danach hatte sich Clara Calliditas zurückgezogen und die beiden waren sich nur noch sporadisch begegnet.

»Sie wissen schon, dass ich kein Täterprofil erstellen kann, so wie im Fernsehen?«

»Natürlich weiß ich das«, knurrte Heerse verstimmt.

»Und natürlich wissen Sie auch, dass ich als forensische Psychiaterin nur die Schuldfähigkeit einer Person festgestellt habe, und nicht deren Motive.«

Heerse atmete geräuschvoll aus. »Ich entschuldige mich nochmals für meine ungerechten Worte von damals«, sagte er schließlich mit einer demütigen Verbeugung, wohl wissend, dass sie ihn ansonsten noch eine Weile zappeln lassen würde. »Und ich bitte Sie«, fuhr er fort, »mir einfach Ihre Einschätzung zu geben.«

Clara sah ihn ernst an. »Der Fall macht Ihnen zu schaffen, lieber Freund! Schlafen Sie überhaupt noch?«

Heerse verzog das Gesicht und signalisierte ihr, dass er darüber jetzt ganz bestimmt nicht sprechen wollte.

»Gut, ich verstehe. Dann erzählen Sie mir von dem Fall.«

Als Heerse dreißig Minuten später geendet hatte, sah ihn die Psychiaterin mit gespitzten Lippen an. Sie hatte sich ein paar Notizen gemacht und zog nun die Brille ab, als sie zu sprechen begann: »Im Prinzip kann ich Ihnen nichts Neues sagen. Ich sehe es wie Sie: Hamburg war der Anfang, eine Tat aus Wut, unkontrolliert, während alle späteren Morde vermutlich mit Vorsatz und überlegt geschahen. Dass der Täter oder die Täterin nicht dumm ist, das wissen Sie selbst, sonst hätte es mehr Spuren gegeben.

Für diese Erkenntnis braucht man nur ein wenig gesunden Menschenverstand. Möglich sind natürlich auch mehrere Täter. Da kann höchstens ein Blick in die Statistik helfen, wie wahrscheinlich ist ein Mann, eine Frau, ein Pärchen, zwei Männer, zwei Frauen und so weiter. Aber das sind alles Spekulationen. Hoffen wir, dass Ihre Experten doch noch einen Treffer landen.«

»Was ist mit diesen gottverdammten Botschaften?«, unterbrach er die Psychiaterin fast schon verzweifelt.

»Du lieber Himmel, Heerse, das weiß ich nicht. Das kann alles Mögliche bedeuten.« Als sie jedoch seine Enttäuschung sah, fuhr sie schnell fort: »Aber einen Tipp kann ich Ihnen vielleicht geben ...«

Heerse beugte sich jetzt ein wenig nach vorne und konzentrierte sich ganz auf sein Gegenüber.

»Für den Täter sind die Nachrichten eindeutig und einleuchtend. Und meistens ist es viel einfacher, als man denkt.«

»Wie meinen Sie das?«

»Nun, nehmen wir diesen letzten Mord, das aufgereihte Essen, an was erinnert Sie das?«

»An ein Büfett?«

»Genau, vielleicht soll es das auch darstellen.«

»Und die Hände und die Uhr?«

»Die Uhr ist die Zeit und die Hände sind zwei Hände, die sich festhalten. Sie sagten, die beiden Opfer waren verheiratet. Also, Mann und Frau.«

»Es waren jeweils die rechten Hände. Rechts trägt man den Ehering.«

Clara Calliditas zuckte mit den Schultern und sagte: »Sehen Sie! Denken Sie nicht zu kompliziert.«

Heerse fing bereits an, über die Inszenierungen der anderen Morde nachzudenken, als Clara Calliditas noch etwas einfiel. »Sie sagten doch, die Sachen, die für die Botschaften benutzt wurden, stammten alle von den

Tatorten. Entweder von den Opfern oder der Örtlichkeit.«

»Das ist richtig.«

»Nun, das spricht noch mehr dafür, sich nicht zu hinterdenken. Der Mörder nimmt das, was er findet. Dies kann dazu führen, dass die verwendeten Gegenstände bizarr wirken. Wenn man aber im Hinterkopf behält, dass sie nur Platzhalter für *irgendetwas* sind, dann entwirrt sich das Ganze leichter.«

»Das ist eine interessante Überlegung ...« Heerse ging in Gedanken die Tatorte durch, dann sagte er zögernd: »Wenn ich die Kaninchen nehme, die waren in weißes Küchenpapier eingewickelt, könnte es dann heißen, dass einfach weiße Tiere dargestellt werden sollten? Dass das Einwickeln an sich gar nichts zu bedeuten hatte?«

»Ja, das habe ich gemeint.«

»Und was würden die weißen Tiere dann bedeuten?«

»Pah! Keine Ahnung. Der Punkt ist, dass die Einfachheit dieser Botschaften erst dann sichtbar wird, wenn sie entschlüsselt sind.«

»Ich brauche Sie nicht zu fragen, wie ich das machen soll, oder?«

Clara Calliditas schenkte ihm ein trauriges Lächeln. »Nein, da kann ich nicht helfen. Mein einziger Rat ist nach wie vor, nicht zu kompliziert zu denken!«

»Was ist mit dem Motiv? Fällt Ihnen dazu etwas ein? Könnte es einen sexuellen Hintergrund für die Taten geben? Ist das überhaupt möglich?«

»Alles ist möglich.« Und mit einem ironischen Unterton sagte die Ärztin: »Es gibt Kollegen, die führen aggressives Verhalten grundsätzlich auf sexuelle Störungen zurück.«

»Aber was treibt so einen Menschen an?«

Die Psychiaterin stöhnte und erwiderte: »Sex, Hass, Liebe, Mordlust, Irrsinn, suchen Sie sich etwas aus. Ganz sicher trägt Ihr Täter eine große Wut in sich. So etwas kann viele Ursachen haben. Das geht von erlebter Gewalt bis Enttäuschung in der Partnerschaft oder sexuelles Versagen.«

»Doch nur reine Raterei«, antwortete Heerse resigniert.

»Das würde ich nicht sagen, aber da Sie dem Täter seine Störung nicht ansehen können, nützen Ihnen Erkenntnisse über seine Psyche auch wenig.«

»Da haben Sie wohl recht. Also bleibt uns nur die Spurensuche.«

## Präsidium der Kriminalpolizei, Baden-Baden

Die nächsten Tage verbrachten die Beamten mit Befragungen und Protokollauswertungen. Lukas Bürg sollte das Alibi von Theo von Lohberg für den Zeitpunkt des Mordes an Mark Hanson überprüfen und deshalb mit dem Lebensgefährten des Verdächtigen sprechen.

Die zusätzlichen Mitarbeiter, die Heerse angefordert hatte, waren ihm zum Glück bewilligt worden. Diese sollten sich um von Lohbergs Angaben bezüglich der anderen Morde kümmern. Frank machte sich daran, Mark Hansons Baden-Badener Kontakte abzuklären, und der Hauptkommissar brütete über den Berichten der OFA, der Labore und Mediziner. Jeden Morgen gab es eine Besprechung mit dem gesamten Team, um sich gegenseitig auf den neusten Stand zu bringen. Frustriert mussten sich die Polizisten jedoch eingestehen, dass sie nicht einen Schritt vorangekommen waren.

Es gab keine brauchbaren Fußspuren, Faserreste oder Fingerabdrücke an den Tatorten. Mit größter Wahrscheinlichkeit hatte der Täter Handschuhe getragen.

Die Hamburger Kollegen kamen ebenfalls nicht weiter. Auch im Fall Mark Hanson gab es keine neue Spur. An die Frau, mit der das Opfer laut Sina Wieser auf der Blondinen-Party gesprochen hatte, konnte sich niemand erinnern. Einzig das Datum wussten sie jetzt. Es handelte sich um den Abend des siebten Januar.

Jeder neue Ansatz, den sie verfolgten, führte in eine Sackgasse. Dass die letzten Morde so kurz hintereinander begangen wurden, setzte die Beamten zusätzlich unter Druck und die Männer rechneten täglich mit einer neuen Schreckensmeldung. Die Medien schlachteten die grausamen Taten rücksichtslos aus und Sina Wieser, die ständig über den Bildschirm flimmerte, nervte Heerse noch mehr als das Programm in den Verkaufskanälen.

* * *

Man hatte die Botschaft also endlich gehört. Wie viele waren es, die mittlerweile Bescheid wussten? Wieder war der Zufall ein großzügiger Verbündeter gewesen. Jetzt konnte es nicht mehr lange dauern und man würde verstehen.

Im Fernsehen zeigten sie gerade die karierte Decke mit den in sich verschlungenen Händen des Ehepaars und den angeordneten Speisen. Ein bösartiges Grinsen huschte über ein hassverzerrtes Gesicht.

»Verstehen heißt Strafe!«, zischte eine Stimme bedrohlich. Danach folgten die zornigen Worte: »Meine Erinnerung an Baden-Baden. Meine Erinnerung an ein Versprechen!«

Es blieben weitere neun. Das Beil hatte seine Arbeit längst noch nicht getan. Künftig musste es seine Mission jedoch sehr vorsichtig erfüllen. Bisher hatte es keine Zeugen und keine Spuren gegeben, sonst wäre schon längst einer dieser armen, hilflosen Polizisten mit

Handschellen aufgetaucht. Aber das lag in der Natur der Dinge. Während Liebe stets von Dummheit geleitet wurde, konnte der Hass sehr wohl von der Klugheit geführt werden.

Selbst in Hamburg hatte das Beil keine Spuren zurückgelassen. Und danach waren entsprechende Vorsichtsmaßnahmen getroffen worden. Das Beil war schlau und wusste, wie seine Feinde arbeiteten. Etwas, das unabdingbar war, denn die Botschaften mussten gesendet werden. Wenn nötig, noch weitere neun Male ...

**Wohnung von Marion und Frank Dorthal, Baden-Baden**

Karina sah sich neugierig in dem geschmackvoll eingerichteten Wohnzimmer um. Behaglich lehnte sie sich auf dem weißen Sessel zurück und streckte die Beine aus. Ihre Schwägerin war gerade in der Küche, um besonders hochwertigen Schwarztee, gezupft am Ende der Welt, in sündhaft teure, hauchdünne Porzellanteetassen zu gießen.

Aber Karina hielt sich mit einer entsprechenden Bemerkung zurück. Schließlich war Marion am Telefon sehr freundlich gewesen und sie hatte sich über die unerwartete Kontaktaufnahme gefreut. Jetzt konnte sie es kaum noch erwarten, endlich wieder ihrem Bruder Frank zu begegnen. So einfach hatte sie sich ein Wiedersehen wirklich nicht vorgestellt.

Marion werkelte nervös in der Küche. Es war nicht schwierig gewesen, Karina aufzuspüren. Schließlich hatte sie ihnen zur Hochzeit eine Karte mit Handynummer geschickt. Frank hatte die Glückwünsche weggeworfen, aber Marion war damals ihrem Instinkt gefolgt und hatte das zerrissene Papier aus dem Mülleimer gefischt, wieder zusammengesetzt und aufbewahrt.

Erst war es am Telefon ganz still geworden, als Marion mitgeteilt hatte, wer sie war. Fast hatte sie geglaubt, Karina würde auflegen, aber dann war schnell ein Gespräch in Gang gekommen. Erfreulicherweise lebte Franks Schwester mittlerweile ganz in der Nähe, nämlich in Pforzheim.

Als Marion nun das kleine Tablett auf den Couchtisch balancierte, versuchte sie, nicht zu verkrampft zu wirken. Karina war eine faszinierende Erscheinung. Marion wusste, dass sie 33 Jahre alt war. Ihre dichten langen schwarzen Haare fielen leicht gewellt über die schmalen Schultern und umrahmten das Gesicht mit den großen grünen Augen. Ihr Körper war zierlich, sie war nicht besonders groß, höchstens 1,65 m. Überhaupt wirkte Karina wesentlich jünger und hatte etwas Kindliches an sich, das vermutlich bei den Männern sofort den Beschützerinstinkt weckte. Die dunkle Kleidung bildete einen extremen Kontrast zu ihrer hellen Haut. So hatte sich Marion als Kind immer Schneewittchen vorgestellt.

Beim Einschenken des Tees zitterten die Hände der Gastgeberin.

»Du bist nervös, ich hoffe, es ist nichts Schlimmes vorgefallen und ich bin deswegen hier?«

Die Frage klang harmlos, aber Marion fühlte sich ertappt und kam ins Stottern. »Nein, es ist nur ...« Sie hatte sich die Worte bereits zurechtgelegt, aber jetzt empfand sie ihre vorbereitete Rede hohl und unglaubwürdig. »Es ist nur so, dass ich spüre, wie sehr Frank seine Familie vermisst. Du bist schließlich die einzige lebende Verwandte, dazu noch seine Schwester.«

»Stimmt schon«, sagte Karina leise, »als unsere Eltern starben, war Frank zwar bereits über 18 und ich bin ja nur 2 Jahre jünger, aber ab diesem Zeitpunkt waren wir alleine. Großmutter lebte ebenfalls nicht mehr. So hatten wir nur noch uns.«

»Eben. Und deshalb solltet ihr euch auch wieder vertragen. So schlimm kann man sich doch gar nicht zerstreiten. Schließlich seid ihr Geschwister!«

Karina lachte. Es war ein angenehmes, fröhliches Lachen. »Man merkt, dass du ein Einzelkind bist. Glaube mir, Geschwister können sich bis aufs Blut streiten.« Vorsichtig nippte sie an ihrem heißen Tee, bevor sie weitersprach. »Was genau hat dir Frank eigentlich erzählt? Ich meine, wie hat er erklärt, dass wir keinen Kontakt mehr zueinander haben?«

Marion spürte, wie sie rot wurde. Sie war davon ausgegangen, dass Frank unter dem Streit mit der Schwester mehr litt, als er zugab. Ihrer Meinung nach war auch das ein Grund für seine gelegentliche Unausgeglichenheit. Im Stillen hatte sie sich von der Familienzusammenführung Normalität, vor allem in ihrem Ehebett, erhofft. Allerdings hatte er seit jener Nacht keine »speziellen« Praktiken mehr von ihr verlangt. Deshalb war es ihr plötzlich unangenehm, sich hinter Franks Rücken mit Karina zu treffen. Andererseits war ihre Schwägerin nun hier und Marion wollte schließlich nur das Beste für ihren Mann.

Wahrheitsgemäß antwortete sie auf die Frage: »Er sagte, er habe nicht mehr ertragen, wie du an einer selbstzerstörerischen Beziehung festhalten würdest.«

»So hat er das also ausgedrückt?« Karinas Lippen umspielte ein feines Lächeln und ihre Augen funkelten.

Marion räusperte sich verlegen, aber ihre Schwägerin knabberte genüsslich an einem kleinen Stück Teegebäck und begann zu erzählen: »Ich habe einen Mann geliebt, der mich belogen hat.«

Marion schluckte. »Und Frank hat dich vor ihm gewarnt?«

»So etwas in der Art. Er wollte, dass diese Beziehung endet. Ich wollte das nicht.«

»Und was ist dann passiert?«, fragte Marion leise.

Karina verzog ihren hübschen Mund. »Der Kerl hat mich verlassen, das ist passiert.«

»Das tut mir leid. Also hatte Frank recht mit seinen Befürchtungen.«

»Vermutlich ...«

Marion konnte sich ihren Ehemann vorstellen. Er hätte sicher nur das Beste für die kleine Schwester gewollt. Offensichtlich war er dabei aber über das Ziel hinausgeschossen.

»Und wieso hattet ihr dann keinen Kontakt mehr? Ich meine, diesen Streitpunkt, also diese Beziehung, gibt es doch gar nicht mehr, oder?«

Die junge Frau sah an Marion vorbei und betrachtete das große Hochzeitsfoto, das auf dem Kaminsims stand.

»Ich habe diesen Mann geliebt, liebe ihn immer noch. Als die Beziehung auseinanderging, wäre ich fast gestorben.« Plötzlich war alles Fröhliche aus Karinas Gesicht verschwunden und es sah aus, als würde sie körperlichen Schmerz empfinden. Ihre Augen hatten sich mit Tränen gefüllt. »Außerdem waren zwischen mir und Frank böse Worte gefallen. Er hat mich nicht einmal zu seiner Hochzeit eingeladen.« Karina wurde ruhiger und brachte sogar ein kleines Lächeln zustande, als sie sagte: »Das sollte ich ihm eigentlich nicht verzeihen!« Dabei hob sie gespielt streng den Zeigefinger.

»Ihr werdet euch wieder vertragen und dann sind wir drei eine Familie«, erwiderte Marion leidenschaftlich.

»Wie schön«, flüsterte Karina – mit einem spöttischen Zug um den Mund, den Marion allerdings nicht bemerkte.

* * *

Als Frank Dorthal an diesem Abend nach Hause kam, war er müde und hungrig. Er freute sich auf seine kleine Welt mit Marion und sehnte sich nach ihrem Körper. Schon beim Betreten der Wohnung rief er nach seiner Frau.

Frank bemerkte ihren angespannten Gesichtsausdruck nicht, als sie im Türrahmen erschien, sondern plapperte einfach drauflos: »Die Kollegen haben zugesagt. Der Heerse kommt mit Frau und Lukas natürlich solo. Ach, und der Chef hat uns heute das Du angeboten. Ich glaube, so langsam weiß er auch, was er an mir hat.«

Erst jetzt fiel ihm auf, dass Marion nicht wie sonst war. Hoffentlich gab es keine schlechten Nachrichten. Vorsichtig fragte er deshalb: »Ist etwas passiert?«

»Nein, nein ...«, nun errötete seine Frau und schaute zu Boden wie ein Kind, das man bei etwas Ungehörigem erwischt hatte.

Frank hatte seinen Schwiegervater nicht gekannt. Damals, als er Marion das erste Mal traf, war dieser bereits verstorben. Aber aus den Erzählungen seiner Frau wusste er natürlich von dessen tyrannischem Wesen. Diese demütige Haltung von Marion stammte vermutlich aus dieser Zeit.

»Also was ist los?«, hakte er ungeduldig nach. Er hasste es, wenn er anderen Menschen die Antworten wie Würmer aus der Nase ziehen musste.

Das kostete ihn in seinem Beruf schon genug Kraft.

»Wir haben Besuch«, antwortete ihm Marion und schob trotzig das Kinn nach vorne. Sie hatte diese Sache angefangen, jetzt galt es, das auch durchzustehen. Allerdings musste sie ihrem Mann keine weiteren Erklärungen geben, denn in diesem Moment erschien hinter ihr Karina.

Frank Dorthals ganzer Körper spannte sich an, so als müsste er in der nächsten Sekunde um sein Leben kämpfen. Seine Lippen waren fest aufeinandergepresst und die Adern an seinem Hals traten stark hervor.

»Ich habe deine Schwester eingeladen, ihr solltet euch aussprechen.«

Frank fühlte sich, als hätte man ihm eben den Teppich unter den Füßen weggezogen.

»Hallo Frank«, hörte er die sanfte Stimme seiner Schwester. Ihr kindliches Gesicht war noch genauso schön und unschuldig, wie er es in Erinnerung hatte er sah, wie sich Tränen in ihren Augen sammelten.

Er hatte sie verstoßen, ja, das hatte er getan. Hielt das damals für die einzige Möglichkeit, sie zu retten. Aber war das richtig gewesen? Was, wenn er damit alles nur noch schlimmer gemacht hatte?

»Sie ist nicht mehr mit diesem schrecklichen Kerl zusammen«, flüsterte Marion neben ihm.

Dieser Satz sollte ihn vermutlich versöhnen, aber seine Frau hatte ja keine Ahnung. Karina würde sich niemals mit der Trennung abfinden. Dafür kannte er sie gut genug. Was diese Beziehung betraf, war seine Schwester wie eine Drogenabhängige, der man den erlösenden Schuss verwehrte. Diese Selbstzerstörung würde von Neuem beginnen und letzten Endes ihn und auch Marion mit in den Abgrund reißen.

Eine Träne kullerte langsam über Karinas bleiche Wange.

Frank kämpfte mit sich. Seine Vernunft riet ihm, Karina sofort die Tür zu weisen, aber seine Liebe zu ihr ließ das nicht zu.

»Frank?«, flüsterte sie zaghaft und unter Tränen, »es tut mir so entsetzlich leid.«

Marion hielt sich zurück, wollte den besonderen Moment zwischen Bruder und Schwester nicht stören.

Als Frank nun auf Karina zuging und sie ohne ein weiteres Wort in die Arme schloss, verließ Marion mit einem leisen Seufzer den Raum.

Eine ganze Weile standen sie still da. Es war eine feste, lang vermisste Umarmung. Das Gefühl von Zusammengehörigkeit erfüllte die Geschwister. Karina und Frank gegen den Rest der Welt, das war damals ihr Motto gewesen. So vieles war passiert – und dann, eines Tages, war das Band zwischen ihnen zerrissen. Ob es noch einmal zusammenwachsen würde? Trotz der bösen Worte, den Vorwürfen und den Anschuldigungen? Franks Bedenken waren mit einem Mal wie weggeblasen. Erst jetzt, als seine kleine Schwester schluchzend ihren Kopf an seine Schulter lehnte, erst jetzt wurde ihm bewusst, wie sehr er sie die letzten Monate vermisst hatte. Er hatte das Gefühl, nach einer langen Reise zu Hause angekommen zu sein. In diesem Moment zweifelte er mehr denn je daran, dass seine Entscheidung von damals die richtige gewesen war.

Als er seine Schwester nun sanft von sich schob und in ihr zartes Gesicht mit den verweinten Augen blickte, hatte er mit einem Mal starke Schuldgefühle. Er hätte Karina nicht ihrem Schicksal überlassen dürfen, ganz egal, wie halsstarrig sie auch gewesen war.

»Du hast mir gefehlt«, hauchte sie verlegen.

Frank drückte ihr einen Kuss auf die Stirn, nahm sie erneut in die Arme und antwortete leise: »Du mir auch, meine Kleine!«

Marion war mit sich zufrieden, als sie den Frühstückstisch am nächsten Morgen deckte. Sie hatte extra ihr neues Service aus dem Schrank geholt, die passenden Stoffservietten dazu arrangiert und frische Blumen hingestellt. Beim Brötchenservice war es ihr sogar noch kurzfristig gelungen, Croissants zu bestellen, und mit viel Hingabe hatte sie frischen Orangensaft ausgepresst. Karina war über Nacht geblieben, denn es gab viel nachzuholen. Zwar hatte sich Marion zeitweise etwas ausgeschlossen gefühlt, aber das hatte sie nicht wirklich gestört. Hauptsache, Frank war glücklich.

Hinter sich hörte sie ein Geräusch und drehte sich mit einem Strahlen im Gesicht um.

Etwas verblüfft blickte sie nun auf Karina, die splitterfasernackt im Türrahmen stand.

»Guten Morgen«, sagte diese fröhlich, lief um den Frühstückstisch herum und schnappte sich ein Croissant. »Hm, die sind ja lecker!«

Marion starrte immer noch perplex auf ihre Schwägerin. Karina hatte einen schönen Körper, trotzdem wäre es Marion lieber gewesen, sie wäre damit nicht ganz so freizügig in ihrer Wohnung herumspaziert.

»Ich wollte dich um ein Handtuch bitten«, sagte Franks Schwester nun leichthin und biss erneut von dem Croissant ab.

»Ja, natürlich«, stammelte Marion und setzte sich, gefolgt von Karina, in Bewegung. Vor dem Badezimmer trafen sie auf Frank.

Zuerst ließ sich sein Gesichtsausdruck nicht deuten, aber dann sagte er mit einem amüsierten Blick auf seine Schwester: »Hol dir keinen Schnupfen.«

Woraufhin Karina ihm die Zunge herausstreckte.

Marion fühlte sich plötzlich sehr verklemmt. Ihr war Nacktheit unangenehm. Sie war noch nie in der Sauna gewesen und genierte sich selbst vor Frank. Der wiederum hatte, genau wie seine Schwester, keine Probleme damit, seinen nackten Körper zu zeigen. Man merkte eben, dass das gleiche Blut in den Adern der Geschwister floss.

Als sie ihrer Schwägerin die Handtücher zurechtgelegt hatte, betrat sie das Schlafzimmer. Frank war nicht da, sondern im angrenzenden Ankleideraum. Sie hörte ein leises Keuchen und wusste, was er da drinnen gerade tat. Sie kannte sein Verlangen nach Sex und hatte bereits bemerkt, dass er sich gelegentlich selbst befriedigte. Anfangs war sie gekränkt gewesen, hatte aber geschwiegen. Mittlerweile war ihr das jedoch gar nicht mehr so unrecht. Längst hatte sie sich damit abgefunden, dass sie ihm in dieser Hinsicht nicht genug geben konnte. Das Keuchen wurde etwas lauter und Marion verließ leise den Raum.

Eine halbe Stunde später, beim gemeinsamen Frühstück, tat Marion so, als wäre alles in bester Ordnung und lenkte das Thema auf Franks Geburtstagsparty. Er hatte sich dazu entschieden, lediglich Rolf Heerse und Lukas Bürg einzuladen, ebenso war natürlich Karina unter den Gästen, die bei Marions Worten: »Du darfst auf keinen Fall fehlen«, zärtlich deren Arm drückte.

Marion hatte die Wünsche ihres Mannes verstanden. Bis dieser Fall mit den schrecklichen Morden zum Abschluss gebracht worden war, fühlte sich Frank unter seinen Kollegen am wohlsten. Und sollten sie plötzlich zu einem Einsatz gerufen werden, dann wäre wenigstens niemand vor den Kopf gestoßen. Also gab es eine kleine Feier, die sie bereits bestens organisiert hatte.

### Präsidium der Kriminalpolizei, Baden-Baden

»Wir müssen nochmals von vorne anfangen«, sagte Rolf Heerse gerade. Ein Satz, mit dem er mittlerweile jede ihrer Besprechungen einleitete. Der Hauptkommissar stöhnte: »Theo von Lohberg hat also ein einwandfreies Alibi für die Morde an Annemarie Müller, dem Zupf-Hans und unserem Jäger, Walter Barus. Die Bestätigung erfolgte durch glaubhafte Zeugen. Er war jedes Mal mit seinem Partner irgendwo zu Gast gewesen. Bei dem Mord an Mark Hanson in Hamburg allerdings gibt es nur den Lebensgefährten als Alibi. Der hat also die Aussage seines Partners bestätigt, die beiden waren in der Nacht zu Hause?«

Die Frage richtete sich an Lukas Bürg, der stumm nickte und auf seine Papiere starrte. Er fühlte sich nicht wohl und hatte plötzlich Angst. Angst entlarvt zu werden.

»Lukas?«, unterbrach Heerse schroff die Gedanken des jungen Kommissars, »was ist mit der Kunstmesse, bei der von Lohberg angeblich war, als der Doppelmord in Geroldsau begangen wurde?«

»Hat der Kollege Müller überprüft. Keine hundertprozentige Bestätigung. Er war wohl dort, aber niemand weiß wie lange, und ob er dazwischen einmal wegging.«

»Das ist keine große Entfernung«, warf Frank Dorthal ein, »er hätte die Morde begehen und wieder ins Elsass zurückfahren können. Und der Lebensgefährte könnte gelogen haben. Was denkst du, Lukas?«

Der junge Kommissar zuckte nur unsicher mit den Schultern und hoffte, dass ihm niemand etwas anmerken würde.

»Aber selbst wenn er der Täter im Fall Hanson und bei dem jüngsten Doppelmord war, die anderen drei Morde hätte er definitiv nicht begehen können«, sagte Frank, der noch einmal die Aussagen studierte.

»Zwei Täter«, murmelte Heerse.

»Wieso das?«, warf Lukas in so einem vehementen Tonfall ein, dass seine Kollegen überrascht aufblickten.

»Ich meine«, stotterte er, »der Lebensgefährte kann es nicht gewesen sein ...«

»Natürlich nicht«, entgegnete sein Chef gereizt, »der war ja mit auf den Veranstaltungen, das wissen wir. Aber es könnte ja sein, dass Theo von Lohberg noch einen anderen Partner hat. Einen mit einer mörderischen Leidenschaft.«

»Zwei Täter«, wiederholte Frank nachdenklich die Worte seines Vorgesetzten, »das wäre eine schöne Scheiße!«

# KAPITEL 7

*»Blut, sagt man, fordert Blut.«*
*William Shakespeare (1564-1616)*

**In der Innenstadt von Baden-Baden**

Lukas Bürg konnte in dieser Nacht nicht schlafen. Nicht, dass er sonst wie ein Murmeltier in die Welt der Träume eintauchen würde. Das war ihm meist sowieso nicht vergönnt, denn die bösen Erinnerungen ließen ihn in der Dunkelheit am wenigsten los.

Was sollte er nur tun? Die Situation schien ihm mit einem Mal völlig aussichtslos. Am liebsten hätte er sich in sein Bett gelegt, unter der Decke zusammengerollt und geweint. Aber würde das seine Schuld nicht noch mehr beweisen?

Leise schlich er nun an den halbhohen Hecken des Grundstücks vorbei. Über den Nachbargarten näherte er sich dem Haus. Das Geschäft war natürlich längst geschlossen, im oberen Stockwerk brannte jedoch Licht. Geduckt, hinter dem Stamm einer alten Tanne, bezog der junge Kommissar seinen Posten. Eine ganze Weile stand er reglos in der Dunkelheit. Wolken bedeckten den Mond und zur Rückseite des Hauses gab es keine Straßenlaternen.

Er hätte schon früher hierherkommen sollen, was hatte er sich nur dabei gedacht?

Endlich bewegte sich an dem beleuchteten Fenster etwas. Lukas sah die Silhouetten zweier Männer. Natürlich konnte er nicht verstehen, über was die beiden sprachen, aber ihre Gesten waren eindeutig genug. Sie stritten eine Zeit lang heftig. Dann legte der eine dem anderen beschwichtigend die Hände auf die Schulter, aber dessen schwarzer Schatten entzog sich der Berührung.

Es war wie in einem dieser Scherenschnitttheater. Schwarze Bewegungen auf weißem Hintergrund. Die Geräusche der sich zur Ruhe begebenden Stadt hatten die musikalische Untermalung des Schauspiels übernommen. Eine Weile kauerte Lukas noch unbeweglich in seinem Versteck und beobachtete mit einer Mischung aus Neugier und Angst die Schatten von Theo von Lohberg und dessen Partner.

## Geburtstagsfeier von Frank Dorthal

Marion hatte sich mit der Tischdekoration selbst übertroffen und Frank war begeistert, als er sah, welche Mühe sich seine Frau für ihn gegeben hatte. Das große Wohnzimmer mit dem edlen Esstisch strahlte im Kerzenschein und Frank trug voller Stolz die wunderschöne Armbanduhr, die ihm Marion heute Morgen überreicht hatte. Er wusste, dass deren Preis um die sechstausend Euro lag.

Gegen 19.00 Uhr trafen die Gäste ein. Karina war die Erste und Marion blickte die Schwägerin bewundernd an. Ihre schlanke Figur zeichnete sich verführerisch unter einem eng anliegenden roten Kleid ab. Das schwarze Haar, das sie offen trug, bot einen herrlichen Kontrast dazu. Die grünen Augen strahlten Frank entgegen, als sie diesen nun herzlich umarmte. Auch Marion wurde auf die Wange geküsst und Karina sprudelte geradezu vor guter Laune. Fast schien es der Gastgeberin, als sei die Schwägerin beschwipst. Frank wunderte sich nicht über die überdrehte Art seiner Schwester.

Rolf Heerse, der kurz darauf mit seiner Frau eintraf, entging jedoch Karinas Verhalten nicht. Obendrein kam ihm die junge Frau bekannt vor. Fast glaubte der Hauptkommissar, er wäre ihr schon einmal begegnet, aber sein Gedächtnis ließ ihn im Stich. Ansonsten fand er Franks Schwester äußerst interessant und das altmodische Wort »reizend« kam ihm in den Sinn. Er hatte schon einige Frauen wie Karina Dorthal getroffen, meistens im Rahmen seines Berufs. Diese reizenden Wesen sorgten nämlich gewöhnlich für jede Menge Probleme. Im Stillen seufzte er. Was wurden nicht schon für Dummheiten wegen solcher Frauen begangen?

Etwa zehn Minuten später erschien auch Lukas Bürg. Heute traf er sowohl Marion Dorthal als auch Karina zum ersten Mal. Ihm schienen beide Frauen so verschieden wie Feuer und Wasser und doch hatten sie eines gemeinsam, nämlich seinen Kollegen Frank. Lukas wünschte sich ebenfalls eine Familie, einen Ort, wo er sich geborgen fühlen konnte, wo man auf ihn wartete und wo man ihn liebte.

Seine Mutter hatte ihm so einen Ort niemals geschaffen. Oft hatte er gehört, wie sie bei anderen darüber referiert hatte, wie wichtig die eigenen Kinder doch seien, und dass er, Lukas, der Sinn ihres Lebens sei. Aber das war nicht die Wahrheit gewesen. Nur wenn sie alleine war, hatte sie ausgesprochen, was sie wirklich dachte. Und Lukas hatte es manches Mal gehört, wenn sie im Suff ihren Ekel nicht mehr unterdrücken konnte. »Ich habe verkommenes Blut zur Welt gebracht. Der Vater hat es verdorben.«

»Noch Wein?«, riss ihn Marion Dorthal aus seinen Gedanken. Sie blickte ihn freundlich an.

»Gerne«, sagte er verlegen und betrachtete die Frau verstohlen. Marion trug ein schlichtes Kleid, das sicher ein Vermögen gekostet hatte. Das blonde Haar war im Nacken zu einem Knoten verschlungen. Seitlich hatten sich ein paar Strähnchen gelöst. Sie wirkte völlig relaxed und war die perfekte Gastgeberin.

Frank und Karina bildeten den Mittelpunkt des Abends. Schon beim Aperitif unterhielten die beiden wie Entertainer die Gäste.

Auch Petra Heerse amüsierte sich prächtig. Ihr entging allerdings nicht, dass sich der junge Kommissar Bürg unter den ständigen Flirtversuchen und zweideutigen Sticheleien seiner Tischnachbarin Karina unwohl fühlte. Auch Marion hätte es lieber gesehen, wenn ihre Schwägerin den jungen Mann nicht so bedrängt hätte.

»Und wieso hast du keine Freundin?«, bohrte diese gerade weiter.

Lukas Bürg gab knappe Antworten und vermied es weitgehend, überhaupt mit Karina zu sprechen. Auch dieses Mal zuckte er nur stumm mit den Schultern und war sichtlich erleichtert, als sich Frank an seine Schwester wandte und das Thema gewechselt wurde.

Beim Essen war die Stimmung ausgelassen. Die Geschwister erzählten witzige Anekdoten und lieferten sich amüsante Wortgefechte. Marion konnte es kaum glauben, dass bis vor wenigen Tagen noch totale Funkstille zwischen den beiden geherrscht hatte. Frank und Karina erinnerten sie an die Geschichten über eineiige Zwillinge, die so verbunden miteinander waren, dass sie die Gefühle des anderen selbst über große Distanzen wahrnehmen konnten.

Petra Heerse unterbrach die Überlegungen der Gastgeberin und die Frauen sprachen eine Weile über die kommenden Theater- und Konzertveranstaltungen. Rolf Heerse, der im Gegensatz zu seiner Frau nicht allzu viel für die schönen Künste übrig hatte, warf mit einem vorwurfvollen Seitenblick auf Petra ein, dass er nur gezwungenermaßen ins Theater gehen würde.

Frau Heerse zwinkerte ihrer Gesprächspartnerin zu und sagte in vertraulichem Ton: »Letztes Jahr waren wir in einem Kriminalstück, da hat er am Ende sogar ›Bravo‹ gerufen!«

»Das war auch klasse«, erwiderte Heerse und schaufelte den letzten Löffel Karamellcreme in den Mund.

Zufrieden lehnte sich der Hauptkommissar zurück und dachte an die letzten Tage, die ihn und seine Mitarbeiter zusammengeschweißt hatten. Er war froh, dass ihr Verhältnis mittlerweile so gut war. Der heutige Abend bestätigte das umso mehr.

Was sie in den letzten Wochen hatten sehen müssen, war nur als Team zu ertragen. Obwohl er von Anfang an vermutet hatte, dass Frank Dorthal Karriere machen wollte, hoffte er nun insgeheim, dass der Oberkommissar es doch noch eine Weile in seiner Abteilung aushalten würde. Und als ob die Gedanken an die Arbeit auch gleich Folgen hätten, klingelte Heerses Diensthandy.

Mit einer entschuldigenden Geste stand er auf und zog sich in eine Ecke zurück. Das Gespräch dauerte nicht lange – als Heerse aufgelegt hatte, bat er Frank, den Fernseher einzuschalten.

»Das war die Zentrale, Neuigkeiten von unserer Freundin Sina Wieser.«

Mehr brauchte er nicht zu sagen. Seine Mitarbeiter hatten sich bereits neben ihm versammelt und gemeinsam starrten sie auf den Fernsehschirm. Zu sehen war die extravagant gestylte Sina, die von einem nicht minder hippen Talkmaster interviewt wurde.

*»Und Sie glauben, Sie könnten in diese Beilmorde etwas Licht bringen?«, fragte der Moderator seinen Gast von oben herab.*

*Sina Wieser lächelte verkniffen. Die Kamera hatte sie nun in der Totalen. »Das wird sich alles am Samstag zeigen.«*

*»Und Sie können uns nicht einen kleinen Tipp geben, um was für Informationen es sich genau handelt?«*

*»Tut mir leid. Meine Anwälte haben mir geraten, diese Dinge erst bei dem Exklusiv-Interview preiszugeben. Schließlich habe ich mit dem Sender einen Vertrag.«*

*Sie lächelte arrogant, was so viel heißen sollte, wie: »Sie waren ja nicht in der Lage, mich entsprechend zu bezahlen!«*

*Dann fuhr sie großspurig fort: »Ich möchte nochmals anmerken, dass ich alles auch schon der Polizei gesagt habe. Ich halte also keine Informationen zurück.«*

»Das zu sagen, haben ihr sicherlich auch ihre verdammten Anwälte geraten«, fluchte Frank ungehalten.

*»Sie denken also, dass die Polizei nicht in der Lage ist, die vorliegenden Informationen richtig auszuwerten?«, fragte der Talkmaster nun in freundschaftlichem Ton.*

*Allerdings ließ sich Sina Wieser nicht drauf ein. Man hatte sie für dieses Gespräch gut vorbereitet.*

*»Das habe ich nicht gesagt«, antwortete sie deshalb gelassen, »aber die Menschen können sich ja am Samstag selbst ein Bild machen! Ich fahre nach Baden-Baden, der Sender wird mich direkt vor Ort interviewen. Wir werden die Original-Tatorte aufsuchen.«*

»Himmel noch mal!«, polterte Heerse los, »diese blöde Kuh hat uns gerade noch gefehlt! Am liebsten würde ich die wegsperren.« Der Hauptkommissar rieb sich mit beiden Händen über das Gesicht. »Das ist zum Kotzen! Erstens stehen wir jetzt wie unfähige Idioten da und zweitens machen die aus dieser Mordermittlung einen Rummelplatz.« Er unterbrach sich und mit weniger Zorn, dafür aber mit umso mehr Sorge, fuhr er fort: »Und drittens hat sich diese Sina Wieser damit gerade selbst zur Zielscheibe gemacht. Was, wenn der Mörder glaubt, sie wüsste tatsächlich etwas?«

»Tut sie sicher nicht«, antwortete Lukas gereizt.

»Natürlich nicht, das ist nur Show und eine Möglichkeit, schnelles Geld zu verdienen«, erwiderte Frank. »Und für das ›Crashen‹ meiner Geburtstagsparty können wir sie ja schlecht drankriegen.«

Die Männer entspannten sich, allerdings verrieten die Gesichter der Frauen weniger Gelassenheit.

Petra Heerse war zu lange schon mit einem Polizisten verheiratet, um nicht zu wissen, wie sich ihr Mann gerade fühlte. Diese Wieser machte ihm das Leben schwer und das konnte sie als Ehefrau kaum gutheißen, deshalb schickte sie in Gedanken ein paar unschöne Verwünschungen in Richtung der jungen Frau.

Auch Marion dachte über Sina Wieser nach. Ihr Vater hatte solche Menschen als Abschaum bezeichnet. »Schlechtes Blut hat Geltungssucht«, pflegte er dann in einem angewiderten Tonfall zu sagen.

Karina, die mittlerweile reichlich dem Alkohol zugesprochen hatte, hielt sich mit Äußerungen zurück, hatte aber die Frau im Fernsehen mit einem geringschätzigen Blick bedacht.

Damit die Stimmung nicht anfing zu kippen, servierte Marion schnell den Espresso und einen zwanzig Jahre alten Grappa. Die öligen Schlieren, die er am Glas zurückließ, wenn man dieses langsam drehte, zeugten von der Hochprozentigkeit des Getränks.

Frank bot seinen Gästen Zigarren an und verschwand dann mit den Rauchwilligen auf dem großen Balkon.

Die kleine Gruppe besann sich wieder auf den Grund ihres Zusammentreffens und bald schien Sina Wieser vergessen.

Den ganzen Abend über sprang Marion zwischen den Gästen wie ein Geist hin und her. Niemand bemerkte ihre Betriebsamkeit, und als ihr Petra Heerse in der Küche behilflich sein wollte, lehnte sie das strikt ab.

Während sie grob Ordnung schaffte, die Cateringfirma würde morgen den Rest erledigen, hörte sie von draußen Stimmen. Es gab auch von der Küche einen Ausgang auf die Terrasse, und da es eine warme Nacht war, standen die Türen offen.

Marion erkannte Frank und musste lächeln, als sie hörte, wie er seine kleine Schwester ermahnte: »Karina, du solltest dich mit dem Alkohol etwas zurückhalten.«

»Schon gut, großer Bruder«, erwiderte diese nun gut gelaunt, »ich werde brav sein.«

Daraufhin wurde es still und Marion glaubte schon, die beiden wären wieder zu den anderen Gästen zurückgekehrt, als sie erneut Frank etwas sagen hörte. Sie verstand ihn nicht, scheinbar schien er zu flüstern, während seine Schwester nun weniger leise antwortete: »Ich rede, mit wem ich will! Wann ich will! Ich lasse mir von dir nichts mehr verbieten.«

»Er ist mein Kollege, also was soll das?«

Nun wusste Marion, worum es ging. Also war Frank doch aufgefallen, wie aggressiv Karina versucht hatte, mit dem schüchternen Lukas Bürg zu flirten.

»Eifersüchtig?«, hörte sie die Schwägerin sagen, woraufhin Frank mit einem müden »Oh Gott, Karina!« antwortete.

Marion schüttelte den Kopf und lächelte erneut. Wenn sie eines Tages Kinder haben würde, und sie wollte auf alle Fälle mindestens zwei, dann musste sie sich wohl erst noch an diese Geschwisterstreitereien gewöhnen.

* * *

Es war nicht dasselbe, wenn es ohne den Zufall geschah. Aber dieses eine Mal sollte es eben so sein. Die Botschaften mussten schließlich gesendet werden und nur ihnen hatte die gesamte Aufmerksamkeit zu gelten. Mühsam war das Beil seiner Bestimmung gefolgt, zu mühsam, um jetzt beiseitegeschoben zu werden.

Leider fehlte dieser Nacht der Reiz, denn alles war so einfach gewesen. Das Beil war heute wütend. Seine Pläne wurden durchkreuzt, das würde der neue Gehilfe zu spüren bekommen.

Endlich näherten sich die Lichter des Fahrzeuges.

Als sich die Tür öffnete und die Fahrerin die Beine lässig auf den Asphalt schwang, entlud sich die Wut. Blut spritzte, als die Schneide den Hals der Frau traf. Das Opfer fasste sich mit beiden Händen an die eigene Kehle und stürzte aus dem Wagen. Mit einem gequälten Röcheln wälzte sich die Sterbende auf den Rücken. Noch bevor sie ihren letzten Atemzug tat und ihre Augen durch den Tod getrübt wurden, traf die Schneide mitten in das hübsche, junge Gesicht.

»Du hast geglaubt, dir meinen Platz nehmen zu können? Dazu hattest du kein Recht«, flüsterte jetzt eine heisere Stimme. Dann hörte man mehrmals hintereinander den unverkennbaren Klang der tödlichen Waffe, die schnell durch die Luft sauste.

Erst als von dem Gesicht des Opfers nichts mehr übrig war, hatte auch die Wut ein Ende. Nun galt es, sich wieder auf die Botschaft zu konzentrieren. Dieses Mal war es einfach und passend. Wieder wurden Knochen durchtrennt und wieder lief dunkles, frisches Blut aus einem noch warmen Körper.

Das Lachen, das dem mörderischen Werk Applaus zollte, hallte unheimlich durch die Nacht. Kurz darauf war es wieder still, so als wäre nichts geschehen.

**Auf einem Parkplatz,**
**nahe der Innenstadt von Baden-Baden**

Zwei Tage nach Franks Geburtstagsparty war Sina Wieser tot. Ein Jogger hatte die junge Frau neben ihrem Auto gefunden. Der Wagen stand auf einem Parkplatz, nicht weit von der Innenstadt entfernt, aber doch abgelegen genug, sodass es keine Zeugen gab.

Heerse hatte Sina Wieser noch einen Tag zuvor gebeten, auf sich achtzugeben und eventuell Personenschutz in Anspruch zu nehmen. Aber die junge Frau wollte nichts davon hören.

Widerwillig nährten sich die Männer nun dem Tatort.

Ein Polizist trat auf sie zu. »Leihwagen. Hat ihr ein Fernsehsender zur Verfügung gestellt.« Dann gab er den Blick auf den roten Sportflitzer frei, der nun das Zentrum des Geschehens bildete.

Heerse riss sich zusammen und trat zur Fahrerseite. Die Leiche von Sina Wieser lag neben dem Wagen. Er hörte, wie Lukas Bürg hinter ihm einen erschrockenen Laut von sich gab.

Der Kopf der jungen Frau war fast vollständig vom Körper abgetrennt worden und nur noch an einigen Sehnen mit dem Rumpf verbunden. Außerdem hatte der Täter das Gesicht brutal zerstückelt.

In einiger Entfernung hörten die Beamten das Schlagen von Autotüren und aufgeregte Stimmen. Die Polizisten brüllten etwas und plötzlich wurde sich Heerse des Tumults, der hinter ihm ausbrach, bewusst.

Eine Gruppe Reporter hatte den Parkplatz erreicht und drängte nun vor, Richtung Tatort. Die Absperrbänder würden die Presse kaum aufhalten können.

Der Einsatzleiter der Streife griff durch und gab seinen Leuten entsprechende Anweisungen. Die Gruppe kam zum Stehen. Heerse erinnerte sich an seine Anfangszeit im Polizeidienst. Ein Schauder überlief ihn, als er an diverse Großeinsätze dachte, bei denen er gezwungen gewesen war, zusammen mit seinen Kollegen große Menschenmassen in Schach zu halten. Mit einem Blick auf die junge tote Frau fragte er sich deshalb wieder einmal, ob die Menschheit überhaupt noch zu retten wäre.

»Jetzt kommen auch noch Schaulustige«, fluchte Frank Dorthal neben ihm, und wie zur Bestätigung schlugen weitere Autotüren zu.

Der Hauptkommissar drehte sich nicht um und versuchte die lauten Rufe der Reporter zu ignorieren.

»Was hat man dir nur angetan?«, murmelte Heerse und konzentrierte sich ganz auf den Leichnam von Sina Wieser. Der jungen Frau war unterhalb des Knies das linke Bein abgetrennt worden. Der Körperteil lag nicht bei der Leiche.

Jedoch gab es dieses Mal Fußabdrücke. Blutige Spuren zeichneten das Profil eines Damensportschuhs auf den Asphalt. Wäre Heerse ein gläubiger Mensch gewesen, dann hätte er sich jetzt bekreuzigt. Die Beamten folgten den Abdrücken, die vom Körper wegführten. Hinter dem Kofferraum des Wagens endete die Spur. Heerse hörte, wie Lukas Bürg zur Seite trat und sich übergab.

Auch der Hauptkommissar schloss für einen Moment die Augen und kämpfte gegen das Rauschen in seinen Ohren an.

»Das ist doch total krank!«, keuchte Frank Dorthal neben ihm.

Heerse antwortete nicht, sondern blickte verzweifelt auf das mit Blut nachgezeichnete Pentagramm, in dessen Mitte das abgetrennte Bein von Sina Wieser stand. Hier also hatten sie die blutigen Abdrücke hinführen sollen.

**Präsidium der Kriminalpolizei, Baden-Baden**

»Das Bein wurde ihr post mortem abgeschlagen. Dann hat der Täter damit, wie mit einem Stempel, die Abdrücke auf dem Boden verteilt. Das Blut, mit dem das Pentagramm nachgezeichnet wurde, stammte ebenfalls vom Opfer«, las Frank Dorthal einen Tag später den Bericht vor. Kurz schwieg er und überflog die nächsten Zeilen. »Das hier könnte vielleicht interessant sein.«

Heerse und Bürg blickten ihren Kollegen erwartungsvoll an.

»An der Jacke des Opfers hat man ein blondes, langes Haar gefunden. Stammte von einer Perücke.«

Der Hauptkommissar rieb sich über das Gesicht. »War eine blonde Perücke in ihrem Gepäck?«

»Nein.«

»Gut, dann informiert Rieber in Hamburg, er soll in der Wohnung der Toten nach einer suchen. Wenn Sina Wieser auf der Blondinen-Party war, hat sie vermutlich selbst eine Perücke. Rieber soll das Teil ins Labor schicken, vielleicht kommen wir damit weiter. Was noch?«

»Da war ein Anruf, der vielleicht etwas bedeutet. Er ging über die Rezeption ihres Hotels.«

»Mann oder Frau?«

»Keine Ahnung!«

Heerse riss die Augen auf. »Wie das?«

»Die Empfangsdame hat gesagt, dass sich die Anrufe für Sina Wieser seit ihrer Ankunft immer mehr gehäuft hätten. Aber das Opfer hatte bereitwillig alles durchstellen lassen. Der Hotelangestellten ist dieses Telefonat nur deshalb im Gedächtnis geblieben, weil der Anrufer sich definitiv mit verstellter Stimme gemeldet hat. Im ersten Moment hatte die Rezeptionistin geglaubt, dass da so ein keuchender Perverser dran sei. Entsprechend hatte sie sich gegenüber der Wieser geäußert, die jedoch meinte: ›Fans sind immer gut!‹ Daraufhin hat sie das Gespräch durchgestellt.«

»Wann war das?«

»Am Abend ihres Todes so gegen zwanzig Uhr.«

»Können wir feststellen, woher der Anruf kam?«

»Wissen wir schon.«

Heerse sah verblüfft zu Frank Dorthal. Aber der zarte Hoffnungsschimmer verschwand sofort, als er seinen Kollegen abwinken sah.

»Die Telefonanlage des Hotels speichert die eingehenden Anrufe, soweit die Anrufernummer angezeigt wird.«

»Also, von wo kam der Anruf? Restaurant, Bar?« Heerse ahnte bereits, dass sie wieder keine Spur hatten.

»Öffentliche Telefonzelle, Innenstadt.«

Ein wüster Fluch rutschte dem Hauptkommissar über die Lippen, und als Frank sagte: »Ich habe trotzdem ein Team hingeschickt«, hielt Heerse das für reine Zeitverschwendung.

* * *

Die Regenbogenpresse hatte Baden-Baden zwischenzeitlich zu ihrem Lieblingsthema gemacht und der Mord an Sina Wieser war das sprichwörtliche Tüpfelchen auf dem i.

Heerse und seine Männer kämpften an allen Fronten. Der Druck von oben stieg, die Presse wollte Informationen, die Bevölkerung war verängstigt, die Angehörigen der Opfer forderten verständlicherweise Gerechtigkeit und eigentlich rechnete der Hauptkommissar jeden Tag damit, dass man ihn ablösen würde. Die Zusammenarbeit mit den anderen Abteilungen und Behörden lief dagegen hervorragend. Das Team um Heerse bekam jede Unterstützung. Die Labore, die operative Fallanalyse, die Gerichtsmedizin, jeder gab sein Bestes und doch konnten sie keinen Durchbruch verzeichnen. Ihr Täter schien ein Geist zu sein.

## In Karinas Wohnung, Pforzheim

Sie hatte es gewusst. Eines Tages würde er es nicht mehr ohne sie aushalten. Endlich war sein Anruf gekommen.

Wie hatte damals ihr Bruder Frank gesagt? »Eine selbstzerstörerische Beziehung«. Aber er hatte unrecht gehabt. Karina hatte viel über seine Worte nachgedacht und war immer wieder zu demselben Schluss gekommen. Ja, es gab eine Zerstörung – Karinas Seele war zerstört worden. Aber erst als die Beziehung, diese große einzige Liebe, mitleidlos auseinandergerissen worden war. Sie hatte es Frank bei ihrem letzten großen Streit entgegengeschrien. Für sie würde es immer nur diese Liebe geben und niemand könnte sie vom Gegenteil überzeugen. Und jetzt schien das Glück zu ihr zurückzukommen. Sie hatte es tief in ihrem Inneren gespürt. Er würde nicht ohne sie leben können. Keine Frau konnte ihm das geben, was sie ihm gab. Nur bei ihr konnte er sein, wie er wirklich war.

Karina hatte sich nicht die Mühe gemacht, etwas anzuziehen. Als es jetzt an der Tür klingelte, öffnete sie nackt. Seine Blicke ruhten kurz auf ihren kleinen, runden Brüsten und ihrer rasierten Scham, dann stürzte er sich auf sie, so als wäre er am Verhungern, als könnte sie ihm wieder Leben einhauchen, als wäre sie seine einzige und letzte Hoffnung.

Ihr Sex war zügellos, wild. Den Zärtlichkeiten folgte Brutalität. Ihre Körper waren schweißgebadet, klatschten immer wieder aufeinander, quälten sich gegenseitig und überschritten alle Grenzen. Ohne Tabus hatten sie ihre Lust aneinander gestillt und jetzt, wo der Rausch vorbei war, schien es, dass eine wunderbare innere Ruhe von ihnen Besitz ergriffen hatte.

Die Minuten vergingen, in denen sie nur dalagen, schweigend, die wunden Körper aneinandergepresst.

Karina war glücklich. Jetzt war es wieder so wie früher, so wie es sein sollte.

»Das hätten wir nicht tun dürfen«, sagte er nun unvermittelt und zerstörte damit den Augenblick des vollkommenen Glücks.

»Unsinn, das hätten wir schon viel früher wieder tun müssen, oder kommt jetzt die übliche Predigt?«, und mit einer graziösen Bewegung richtete sie sich auf und spielte die Belehrende, indem sie ihre Stimme auf schulmeisterhafte Art verstellte.

»Diese Beziehung ist zum Scheitern verurteilt!«

»Du solltest dir diese Worte tatsächlich zu Herzen nehmen. Schließlich weißt du doch, dass es so ist.«

Karinas Augen verengten sich und zornig blitzte sie ihn an. »Das ist nicht wahr. Hörst du, es ist nicht wahr!« Ihre Stimme wurde schrill. »Niemand muss von uns erfahren. Glaubst du, ich will mit dir Hand in Hand durch die Straßen ziehen? Wenn du bei mir bist, dann bin ich glücklich, das genügt und das muss ich mit niemandem teilen. Das will ich nicht einmal teilen.«

»Aber das ist doch kein Leben. Auf Dauer ist das doch nicht normal, verstehst du das denn nicht?«

»Normal?«, schrie sie jetzt fast hysterisch. »Blümchensex mit deiner Frau, das ist für dich normal? Oder das, was wir hier haben? Sag mir, dass du es nicht genießt, mich zu ficken, bis ich schreie, bis ich ...«

Die klatschende Ohrfeige ließ Karina abrupt verstummen.

»Es tut mir leid«, flüsterte er verlegen und wollte sie berühren, aber sie drehte sich weg. »Verzeih mir, bitte.« Dieses Mal griff er nach ihrem Arm, und sie begann sich zu wehren. Sein Griff wurde härter, sie schrie vor Schmerz und trat nach ihm. Er bekam ihre Beine zu fassen und zog sie zu sich.

»Lass mich, du Schwein!«, schluchzte Karina.

Doch, als er sie küssen wollte, gab sie nach. Ihre Lippen pressten sich aufeinander. Der Sex, der nun folgte, war hart und fordernd und am Ende blieb Karina alleine zurück. Wieder einmal hatte er sich für immer verabschiedet.

»Du kannst mich nicht verlassen, du hast mir ein Versprechen gegeben«, hatte sie ihm erst wütend, dann flehentlich hinterhergerufen.

Er wollte sich nicht einmal mehr nach ihr umdrehen und ließ einfach leise die Tür ins Schloss fallen. Sie wagte es nicht, ihm ins Treppenhaus zu folgen. Die Tränen kamen ganz automatisch. Aber noch bevor sie von heftigen Weinkrämpfen geschüttelt wurde, richtete sie sich auf, straffte die Schultern und drückte energisch das Kinn nach vorne. Was ihr blieb, war die Hoffnung.

»Er wird wiederkommen, er kann nicht von mir lassen«, flüsterte sie ihrem verschwitzten, verheulten Gesicht im Spiegel zu. »Er wird wiederkommen, dafür werde ich sorgen!«

**»Trinkhalle«, Baden-Baden**

Heerses Leute arbeiteten rund um die Uhr und der Hauptkommissar musste sie regelrecht dazu zwingen, ein paar Stunden freizunehmen. Auch er selbst ließ sich nur widerwillig aus dem Präsidium vertreiben. Trotzdem folgte er seinem eigenen Ratschlag und gönnte sich einen halben Tag Auszeit. Petra Heerse bestand darauf, diesen außerhalb der Wohnung zu verbringen. So führte sie ihren Mann durch den Kurgarten in der Innenstadt zur Baden-Badener Trinkhalle.

Da hier nicht allzu viel Betrieb herrschte, schien ihr das prachtvolle Gebäude mit der offenen Front, die durch korinthische Säulen unterbrochen wurde, genau der richtige Ort zum Entspannen.

Um ihren Mann, der sich von der Architektur alleine nicht ablenken ließ, aus seinen Grübeleien zu holen, sagte sie: »Und nachher hast du die Wahl zwischen lauwarmer Thermalquelle mit Salzgeschmack oder einem heißen schwarzen Kaffee mit Schwarzwälder Kirschtorte.«

Heerse ließ endlich von seiner Arbeit los und grinste. »Ich glaube, heute nehme ich Letzteres.«

Damit legte er einen Arm um seine Frau und fing an, sich auf die herrlichen Gemälde zu konzentrieren, die von den Sagen der Region erzählten. Die riesigen Fresken hatten Petra Heerse immer schon beeindruckt und daher war die Trinkhalle auch eines ihrer beliebtesten Ausflugsziele. Unter den Bildern gab es Texttafeln, die mit wenigen Worten den Kern der Geschichten wiedergaben, die so kunstvoll in den Gemälden dargestellt wurden.

Petra plapperte munter drauflos und kommentierte die einzelnen Szenen. Rolf Heerse hörte ihr mit halbem Ohr zu und versuchte abzuschalten.

Plötzlich versteifte sich der Körper des Hauptkommissars. Irgendetwas war gerade aus seinem Unterbewusstsein an die Oberfläche geschwappt.

»Was hast du gerade gesagt?«, fuhr er ungeduldig seine Frau an. Sie standen vor einem der Bilder mit dem Titel *Engels- und Teufelskanzel.*

»Ich sagte«, antwortete Petra nun etwas beleidigt, »dass der Teufel heute sicher nicht mehr vor Zorn mit dem Fuß auftreten müsste, weil ...«

Aber Heerse hörte nicht mehr zu. Er rannte den circa neunzig Meter langen Gang der Trinkhalle entlang und hielt immer wieder vor den einzelnen Gemälden an. Die wenigen Besucher schauten ihm verwundert hinterher, wie er hektisch vor- und zurücklief und dabei immer blasser wurde.

Verschwitzt blieb er schließlich neben seiner Frau stehen.

»Du musst zurück ins Büro, nicht wahr?«, sagte diese leise.

Rolf Heerse nickte. »Du brauchst nicht auf mich zu warten, es wird sicher spät.«

# KAPITEL 8

*»Gewaltsam ist der Zwang des Bluts!*
*Mit Qual gebiert das Weib*
*und quält sich für's Geborne!«*
*Johann C. Friedrich von Schiller (1759-1805)*

**Präsidium der Kriminalpolizei, Baden-Baden**

Als Heerse ins Präsidium stürmte, gab er Frank und Lukas ein Zeichen, ihm ins Büro zu folgen. Erst als er hinter ihnen sorgfältig die Tür geschlossen hatte, schmiss er drei Hochglanzbroschüren auf den Tisch. *»Besuchen Sie Baden-Baden und lassen Sie sich von den Trinkhallen-Sagen verzaubern!«* stand auf der Titelseite.

Verblüfft starrten ihn seine Mitarbeiter an.

»Aufschlagen«, kommandierte ihr Vorgesetzter. Die Broschüre bildete die Gemälde und die erklärenden Texte der Trinkhallen-Sagen ab.

Heerse hielt sich nicht mit einer Vorrede auf, sondern kam direkt zum Punkt. »Die Sage von der Engels- und der Teufelskanzel. Der Teufel tritt wütend mit dem Fuß auf, als ihm die Menschen nicht mehr zuhören, sondern sich einem Engel zuwenden.« Der Hauptkommissar schritt zur Magnettafel und schrieb in seiner krakeligen Handschrift den Namen von Sina Wieser darauf.

»Ihr wurde das Bein unterhalb des Knies abgeschlagen und in die Mitte eines Pentagramms gestellt. Der Täter hat damit eindeutig auf den Teufel anspielen wollen.«

Frank und Lukas schwiegen, lasen die Geschichte in der Broschüre, betrachteten das abgedruckte Gemälde und starrten dann geschockt zur Tafel.

»Titel: ›Die Geisterhochzeit zu Lauf‹«, sprach Heerse gehetzt weiter, seine Kollegen blätterten an die entsprechende Stelle. »Erst bekommt ein vorbeiziehender Ritter in einem Spukschloss ein Festmahl aufgetischt, danach will er den Geist der Burgprinzessin heiraten. Bei Sonnenaufgang ist alles vorbei.«

Wieder griff Heerse zum Stift, dieses Mal notierte er die Namen des Ehepaars Karin und Bernd Lauder, die in Geroldsau getötet wurden. »Das aufgereihte Essen ist das Festmahl, die verschlungenen Hände symbolisieren die Ehe und die Uhr steht auf sechs, die Zeit, zu der es hell wird.« Es folgte ein kurzes Räuspern, dann fuhr der Hauptkommissar mühsam beherrscht fort: »Titel: ›Die Felsen‹, ein Jäger sieht ein weißes Reh, trifft dann auf eine geheimnisvolle Frau, die das hilflose Geschöpf schützt, und wird fortan ein Freund der Tiere und des Waldes.«

»Die in weißes Papier eingewickelten Kaninchen. Die Taschenlampe als Heiligenschein. Walter Barus, der Jäger«, flüsterte Lukas.

»Titel: ›Die Nixe des Wildsees‹«, erklang erneut Heerses Stimme. Wieder kratzte der Stift über die Tafel, als er den Namen des Zupf-Hans notierte. »Ein junger Mann folgt der lieblichen Musik einer Nixe und stirbt am Ende in den Tiefen des Sees. Und falls sich jemand fragt, was mit der Tulpe im Mund des Opfers ist, von der hier nichts steht, dann ...«

Lukas beobachtete fasziniert seinen Chef, während Frank mit versteinerter Miene auf die Broschüre starrte.

Heerse war ungehalten und ergänzte: »Dann können wir auf eine äußerst bekannte Version dieser Geschichte zurückgreifen, nämlich, dass der arme Kerl eines Tages nach einer Blume im Wasser gegriffen hat, als die Nixe nicht da war, und daraufhin in die Tiefe gezogen wurde.«

»Das würde die nasse Kleidung und die Tulpe erklären. Und natürlich die Gitarre als das Symbol für Musik«, sagte Lukas, als wäre noch eine Erklärung nötig.

Heerse hörte nicht einmal zu, sondern notierte den nächsten Namen auf der Tafel. »Annemarie Müller.« Der Kommissar wurde von einem unglaublichen Zorn getrieben, als er die Erklärung wie eine Kampfansage zwischen den Lippen hervorpresste. »›Schloss Hohenbaden‹«, nannte er laut den Titel der Sage. »Eine Markgräfin erfleht Rettung vor der Pest. Daraufhin erscheint ihr die Jungfrau Maria und sagt ihr, sie solle das Wasser der heißen Quellen durch die Straßen von Baden-Baden fließen lassen, um die Menschen vor der Krankheit zu bewahren. Aus Dankbarkeit verspricht die Markgräfin, ihre beiden Kinder ins Kloster zu schicken.« Heerse war noch nicht fertig. Erschöpft fügte er hinzu: »Seht euch das dazugehörige Bild an. Dort liegen die schlafenden Kinder der Markgräfin und jetzt denkt an den Tatort in der Schrebergartenkolonie.«

»Die Gartenzwerge!«, rief nun Lukas, der beinahe eifrig dabei war, die Botschaften zu entschlüsseln. »Die Gartenzwerge, das sind die Kinder. Die Verbrennungen mit dem heißen Wasser. Eine Anspielung auf die heißen Quellen und …«, jetzt kam der junge Kommissar ins Stocken, »die Frau hatte doch diese starke Hautkrankheit, Neurodermitis – ob der Täter das Opfer bewusst deshalb ausgewählt hat, ich meine als Symbol für die Pest?«

In diesem Moment krachte Frank Dorthals Stuhl geräuschvoll auf den Boden. Der Oberkommissar war aufgesprungen. Sämtliche Farbe war aus seinem Gesicht gewichen, als er nun, ohne ein Wort zu verlieren, aus dem Raum stürmte.

Als Frank Dorthal die Waschräume erreichte, musste er sich das erste Mal seit Jahren übergeben. Die Bilder der Opfer waren plötzlich vor seinem inneren Auge erschienen. Er konnte sogar ihr Blut riechen, so stark war die Erinnerung an die Tatorte gewesen. Alles wirbelte in seinem Kopf durcheinander. Die gespaltenen Schädel, die abgetrennten Gliedmaßen, die eingewickelten Kaninchen mit ihren kalten, leblosen Augen.

Erneut drehte es ihm den Magen um. Es gelang ihm nicht, seine Gedanken zu kontrollieren. Ein starkes Zittern überkam ihn, so als hätte er Schüttelfrost. Die Toten ließen ihn nicht in Frieden, der Zupf-Hans mit der Tulpe im Mund, die aus seinem blutverkrusteten Gesicht herausragte, vermischte sich mit Erinnerungen an die Rosen, die er Marion geschenkt hatte. Er sah nackte Frauenkörper vor sich, sah sich beim Sex mit ihnen und spürte wie nie zuvor, was richtig und was falsch war.

Eine Hand legte sich auf seine Schulter. »Geht es wieder?«

Das war Heerse.

Frank, der in gebeugter Haltung über dem Waschbecken lehnte, atmete jetzt langsam durch. Dann streckte er seinen Kopf unter den Hahn. Das kalte Wasser ließ sein Gehirn zur Ruhe kommen. Die Gedanken ordneten sich, das Zittern seiner Hände hörte auf.

»Manchmal kommt der Schock erst später, manchmal sogar erst, wenn ein Fall abgeschlossen ist«, sagte Rolf Heerse verständnisvoll.

Frank nickte dankbar und der Hauptkommissar ließ seinen Mitarbeiter mit den Worten »Das ist völlig normal« wieder alleine.

Als Frank Dorthal in das Büro zurückkam, stand noch ein weiterer Name auf der Tafel: Mark Hanson, markiert als erstes Opfer in Hamburg. Dahinter stand der Titel seiner Geschichte: »Der Mummelsee«.

Es war Lukas Bürg, der dem Kollegen unaufgefordert die Erklärung lieferte. »In dieser Sage geht es um Zeit. Zu einer bestimmten Zeit müssen die Nixen des Mummelsees ins Wasser zu ihrem Vater, dem Seekönig, zurückkehren. Das wäre die Verbindung zu den zerschlagenen Uhren in dem Atelier. Uhren als Symbol für die Zeit.«

»Ist das nicht zu weit hergeholt?« Das war das erste Mal, dass sich Frank überhaupt zu Wort meldete, und er sprach ohne Überzeugung. Heerse hatte recht, die Sagen der Trinkhalle waren der Schlüssel.

»Es ist genauso, wie unsere Frau Doktor Calliditas gesagt hat: ›Meistens ist es viel einfacher, als man denkt.‹«

»Was machen wir jetzt?«, fragte Lukas nun seinen Chef. »Ich meine, hier steht, es gibt vierzehn dieser Sagenbilder in der Trinkhalle. Heißt das, der Mörder schlägt noch weitere acht Mal zu?«

»Wenn wir ihn nicht aufhalten«, antwortete Heerse gereizt, »dann ist das leider wahrscheinlich. Wenn wir nur das Warum kennen würden! Gehen wir davon aus, dass unser Mörder eine starke Verbindung zu Baden-Baden hat. Er ist bei Hanson in Hamburg, aus irgendeinem Grund greift er zum Beil und erschlägt diesen, sieht die Prospekte der Trinkhalle und ...«

»Womöglich jemand, der die Stadt hasst?«, überlegte Lukas.

»Womöglich«, erwiderte Heerse und traf schließlich eine Entscheidung. »Wir müssen alles überprüfen, was mit Ereignissen rund um die Trinkhalle zu tun hat. Sachbeschädigungen, Übergriffe auf Besucher und so weiter. Gleichzeitig möchte ich, dass ihr die Dateien durchkämmt. Gab es in letzter Zeit irgendwelche Drohbriefe, gibt es Prozesse gegen die Stadt, vielleicht auch städtische Mitarbeiter, die entlassen wurden und sich ungerecht behandelt fühlen. Dieser ganze Bereich muss abgeklärt werden.«

»Warum denkt ihr, dass ein Beil benutzt wurde?«, hakte Lukas noch einmal nach, während er sich Heerses Anweisungen notierte.

»Weil es da war«, antwortete Frank abwesend, »weil es zufällig gerade da war ...«

## Wohnung von Marion und Frank Dorthal

Als Frank an diesem Abend nach Hause kam, war er sehr still. Marion hatte sich eine besondere Überraschung für ihren Mann ausgedacht. Sie trug einen langen weißen Seidenbademantel und darunter feine Spitzendessous, die sie extra für diesen Abend besorgt hatte. Etwas unsicher lächelte sie ihren Mann nun an und schob schüchtern den Bademantel zur Seite.

Sich Frank auf diese Art zu öffnen, hatte sie einiges an Überwindung gekostet, aber das gemeinsame Glück war es ihr wert. »Ich habe gedacht, ich überrasche dich«, hauchte sie ihm verlegen entgegen.

Franks Gesicht wirkte verbissen, er sah sie kaum an. Normalerweise bedrängte er seine Frau ständig – und jetzt? Marion war verunsichert. Trotzdem trat sie näher an ihn heran und wollte ihre Arme um seinen Hals schlingen.

Genervt stieß er sie zur Seite. »Was für eine Überraschung soll das sein?«, fuhr er sie grob an, »willst du künftig als Nutte arbeiten, oder was?«

Marions Augen füllten sich sofort mit Tränen. Mit offenem Mund starrte sie entsetzt zu ihrem Mann.

Instinktiv wickelte sie den Bademantel fester um sich. Ihre Fäuste umklammerten hilflos den zarten Stoff.

»Wie kannst du so etwas sagen?«, rief sie mit zitternder Stimme. Es gelang ihr nicht, die Tränen zurückzuhalten.

»Weißt du was«, brüllte Frank nun wütend, »dieses Geheule ist unerträglich!« Damit griff er nach seiner Jacke, stapfte wütend aus der Wohnung und schlug die Tür laut hinter sich zu.

Marion schluchzte und sank auf die Knie. Wie hatte er sie nur so demütigen können. Niemals zuvor hatte sie sich so klein und elend gefühlt. Die junge Frau zog geräuschvoll die Nase hoch. Das stimmte natürlich nicht. Sie hatte sich schon oft so gefühlt. Früher, als ihr Vater noch lebte ...

Sie stand auf und schlurfte ins Schlafzimmer. Mechanisch zog sie die teuren Dessous aus und schlüpfte in einen ihrer bequemen Sportanzüge.

Die Tränen ließen sich nicht stoppen und Marions Hände zitterten, als sie jetzt voller Wut nach der Schere griff. Ohne zu zögern, rammte sie deren Spitze in das kleine Häufchen Unterwäsche auf dem Boden. Sie zerrte und riss an dem Seidenbademantel, zerschnitt das Höschen und die Korsage und stach dann immer und immer wieder mit der Schere auf die Stofffetzen ein, bis sich die weiße Seide rot verfärbte.

Keuchend hielt sie inne. »Immer mache ich alles falsch!«, schrie sie verzweifelt. Der Schnitt an ihrer Hand brannte. Das Blut tropfte auf den hellen Teppich und sie wurde von einem entsetzlichen Heulkrampf durchgeschüttelt.

Plötzlich wurde Marion still. Etwas hatte sich verändert, ein Gefühl kroch in sie hinein. Erst schlüpfte es durch ihre Haut, dann durch die Muskeln und Sehnen bis in die Knochen.

Jede Faser ihres Körpers war nun durchdrungen von einem unglaublichen Hass. Wenn Frank jetzt zur Tür hereingekommen wäre, sie hätte ihm, ohne zu zögern, die Schere in sein Gesicht gerammt. Wie hatte er ihr das nur antun können? Wieso hatte er sie dazu gebracht, erneut zu hassen? Der Hass verschmutzte ihr Blut, machte es unrein. Das würde sie ihm nicht so schnell verzeihen.

**Präsidium der Kriminalpolizei, Baden-Baden**

Am nächsten Morgen war Rolf Heerse sehr früh in seinem Büro. Die Verbindung der Morde zu den Trinkhallen-Sagen war ein Durchbruch gewesen. Trotzdem hatte der Täter immer noch einen gewaltigen Vorsprung. Die Theorie mit den Stadtgebieten abseits der Innenstadt konnten sie nach dem Mord an Sina Wieser vergessen. Es gab kein Muster bei der Auswahl der Tatorte. Sie stimmten auch nicht mit den Schauplätzen überein, an denen die Sagen spielten, sondern waren einfach willkürlich ausgesucht worden. Das Gleiche hatte bisher auch für die Opfer gegolten. Sina Wieser war jedoch eine Ausnahme. Sicher hatte man sie mit einem Trick auf den Parkplatz gelockt. Heerse machte sich Vorwürfe, er hätte auf eine Überwachung der jungen Frau bestehen müssen.

Dass der Mörder die Trinkhallen-Sage mit dem Teufel gewählt hatte, der erzürnt war, weil man ihm nicht zuhörte, und deshalb wütend mit dem Fuß auftrat, konnte sicher kein Zufall gewesen sein. Sina hatte mit ihren Fernsehauftritten und Interview-Ankündigungen dem Täter die Show gestohlen. Im Übrigen hatte der Mörder nicht ausschließen können, dass die junge Frau doch etwas wusste. Darum wurde sie aus dem Weg geräumt.

Heerse hatte seine Entdeckung nur den engsten Mitarbeitern, seinen Vorgesetzten und dem Team der OFA mitgeteilt. Keinesfalls sollte von der Verbindung zu den Trinkhallen-Sagen etwas an die Presse gehen. Während sich der Hauptkommissar auf die Kooperation der regionalen Zeitungen verlassen konnte, machten ihm diese Sensationsblätter, die bundesweit verkauft wurden, das Leben schwer. Jeden Tag zerrten sie neue Halbwahrheiten an die Öffentlichkeit und hetzten die Menschen auf.

Als ihm der Kollege Müller mit besorgtem Gesicht die heutige Ausgabe überreichte, war er auf einiges gefasst und doch traf ihn die Schlagzeile wie ein Faustschlag:

*»Homosexueller Kunsthändler mordet sich durch die Republik! Irres Mörder-Duo im Blutrausch?«*

Heerse schnaubte ungehalten und spürte sofort einen dumpfen Kopfschmerz. Müller stand immer noch vor dem Schreibtisch, wissend, dass er gleich Anweisungen bekommen würde.

»Hol mir sofort die Zeugenaussage von Lohbergs Lebensgefährten.«

Der Beamte trat etwas nervös auf der Stelle, bevor er zögerlich antwortete: »Ich habe mir schon gedacht, dass du die sehen willst. Es tut mir leid, es gibt keine.« Er kannte Heerse schon lange, sie arbeiteten immer mal wieder zusammen und verstanden sich gut. Jetzt fuhr er leise fort: »Ich habe gleich bei den hiesigen Kliniken angerufen. Es stimmt, der Lebensgefährte war vom 14. bis 20. Januar wegen einer OP stationär untergebracht. Ich habe bisher mit niemandem darüber gesprochen ...«

Heerse war außer sich.

Seine Stimme drang durch die gesamte Etage, als er brüllte: »Schaffe mir sofort Kommissar Lukas Bürg hierher, und wenn du ihn nackt aus der Dusche zerren musst. Und Dorthal soll sich einen Durchsuchungsbeschluss für Geschäft und Wohnung dieses Theo von Lohberg besorgen und mit Verstärkung dort antanzen, und zwar sofort!«

Im Präsidium war es nun mucksmäuschenstill. Wer Heerse kannte, der wusste, dass viel geschehen musste, um den Mann so in Rage zu bringen. Wer konnte, beschloss deshalb, die nächsten Stunden dem Hauptkommissar aus dem Weg zu gehen.

Als Heerse wieder alleine in seinem Büro war, stützte er die Ellenbogen auf den Tisch und vergrub das Gesicht in seinen Händen. Was hatte er übersehen? Dieser ganze Mist war seine Schuld, er hatte als Vorgesetzter versagt. Wütend las er erneut den Zeitungsartikel auf der ersten Seite:

*»Theo von Lohberg, ein dubioser Kunsthändler aus Baden-Baden, steht nach unseren Informationen im dringenden Verdacht, an den Beilmorden in der Kurstadt Baden-Baden beteiligt zu sein. Laut vertraulichen Quellen vermutet die Polizei, dass der Mann einen Komplizen hat. Deshalb kann er auch für einige Morde ein Alibi aufweisen. Das gilt allerdings nicht für die Zerstückelung des Baden-Badener Ehepaars an den Geroldsauer Wasserfällen und den Mord an dem zwielichtigen Hamburger Geschäftsmann Mark Hanson.*

*Hanson und von Lohberg soll mehr als nur die Leidenschaft zur Kunst verbunden haben. Insider berichten von einer sehr vertraulichen Beziehung der Männer. Besonders brisant ist das Ganze, wenn man bedenkt, dass von Lohberg den Mord begangen haben könnte, während sich sein Lebensgefährte O. gerade zur Behandlung in einer Klinik befunden hat. Hamburg ist nur wenige Autostunden von Baden-Baden entfernt. Die Bevölkerung fragt sich nun natürlich, warum dieser Kriminelle nicht bereits verhaftet wurde. Müssen erst noch mehr Menschen sterben?«*

Lukas Bürg saß in sich zusammengesackt auf dem Stuhl in einem der Vernehmungszimmer. Heerse knallte ihm die Zeitung vor die Nase.

»Lies!«, brüllte er wütend, »lies und erkläre es mir!«

Lukas blinzelte ein paar Mal, als er den Artikel gelesen hatte, dann hob er den Kopf.

* * *

Frank Dorthal war gerade auf dem Weg zum Präsidium gewesen, als der Anruf kam. Mit wenigen Worten setzte ihn der Beamte ins Bild. Anscheinend hatten Theo von Lohberg und sein Lebensgefährte bezüglich des Alibis für den Mord an Mark Hanson gelogen. Von Lohbergs Partner war zu diesem Zeitpunkt nicht in der gemeinsamen Wohnung gewesen. Deshalb konnte er natürlich auch nicht die Anwesenheit von Theo bezeugen. Mehr hatte ihm der Kollege Müller nicht sagen wollen, er sollte später alles von Heerse direkt erfahren.

Eine Hausdurchsuchung bei Theo von Lohberg. Frank atmete auf. Vielleicht war der Antiquitätenhändler doch in die Verbrechen verstrickt? Für den Mord an Sina Wieser hatte er wieder ein hieb- und stichfestes Alibi gehabt, deshalb waren sie eigentlich versucht gewesen, ihn als Verdächtigen zu streichen.

In der Wohnung von Theo von Lohberg schluchzte der Lebensgefährte Oliver laut, während die Beamten die Zimmer durchsuchten. Von Lohberg sagte nichts und ging mit den Polizisten von Raum zu Raum. Meistens schaute der Antiquitätenhändler aus dem Fenster. Als sie nun das Schlafzimmer betraten, fiel Frank zuerst gar nichts auf. Da überall in der Wohnung Gemälde hingen, entging ihm im ersten Moment ein wesentliches Detail.

Das Schlafzimmer war puristisch eingerichtet und ganz in Weiß gehalten. An den Wänden hingen mannshohe Kunstdrucke, die von kleinen Lämpchen angestrahlt wurden. Jetzt erst registrierte Frank, was für Bilder das waren. Heute musste sein Glückstag sein. Vielleicht waren seine Befürchtungen doch unbegründet ...

Mit einem Gefühl aus Scham und Verzweiflung dachte er an den gestrigen Tag. An Heerses Entdeckung bezüglich der Trinkhallen-Sagen, an seinen Aussetzer bei der Besprechung und an diesen schrecklichen Streit mit Marion. Was hatte er ihr damit nur angetan? Fieberhaft dachte er über eine Wiedergutmachung nach, während er die Nummer seines Vorgesetzten wählte.

* * *

Lukas Bürg saß Rolf Heerse gegenüber. Er war also in eine Falle getappt. Wie dumm er gewesen war. Die Stimme der Mutter dröhnte in seinem Kopf und ließ sich voller Eifer über die Versager der gleichen Blutlinie aus.

»Lukas!«, fuhr ihn Heerse an, »ich frage dich das nur ein einziges Mal: Hast du eine Verbindung zu Theo von Lohberg?«

Der junge Kommissar rang nach Worten. »Nein«, stotterte er nun hilflos.

»Dann erkläre mir«, zischte der Vorgesetzte zwischen den Zähnen hervor, »warum du ihn gedeckt hast?«

»Aber das habe ich nicht!«, antwortete Lukas beinahe empört.

»Ich muss aus irgendeinem Käseblatt erfahren, dass einer der Verdächtigen uns ein falsches Alibi angegeben hat. Gleichzeitig stellt sich heraus, dass mein Kommissar, der das hätte überprüfen müssen, dies nicht getan hat. Aber noch viel schlimmer ist, dass du mich belogen hast.«

Wütend warf Heerse nun eine Akte auf den Tisch. »Ich habe dich gefragt, ob der Lebensgefährte von diesem Theo von Lohberg bestätigt hat, dass sein Partner in der Nacht von Hansons Ermordung zu Hause war. Du hast mir geantwortet, dass er das hätte. Jetzt stellt sich heraus, dass du ihn überhaupt nicht befragt hast. Warum? Weil du wusstest, dass es eine Lüge war? Deckst du Theo von Lohberg?«

Lukas Bürg lief rot an. Seine Stimme überschlug sich, als er antwortete: »Nein, um Gottes willen. Ich kenne ihn doch gar nicht. Ich schwöre dir, ich wollte ihn befragen, aber ...« Er brach mitten im Satz ab.

»Sag mal, spinnst du?« Heerse war nahe dran, den jungen Kollegen zu schütteln. Er mochte Lukas, daher war diese Situation umso schlimmer.

Bürg sah verzweifelt zu seinem Vorgesetzten. Seine Gedanken überschlugen sich, was konnte er antworten? Was würde ihn noch retten? Sollte ihn der Hauptkommissar bei einer weiteren Lüge erwischen, dann war es aus. »Ich war in Panik!«, rief er verzweifelt.

In diesem Moment klingelte Heerses Handy.

An seinem Gesicht konnte Lukas ablesen, dass sich etwas ergeben hatte.

»Ich komme sofort«, raunzte der Vorgesetzte in sein Telefon und an Lukas gewandt, sagte er streng: »Gib mir deinen Dienstausweis.«

Das leise »Aber« des jungen Kommissars ignorierte Heerse.

»Du meldest dich krank, sofort. Ich will dich hier nicht mehr sehen. Dann marschierst du direkt nach Hause und dort bleibst du, bis du von mir hörst. Wenn du dich nicht an meine Anweisungen hältst, dann stehst du morgen als Hauptverdächtiger auf unseren Fahndungslisten.«

Lukas Bürg nickte stumm und blieb alleine in dem kahlen Raum zurück.

* * *

Noch auf dem Weg zum Parkplatz griff Heerse erneut zum Telefon. Er wusste sehr wohl, dass er sich gerade auf äußerst dünnem Eis bewegte.

»Ja, hallo?«, meldete sich eine ruhige, tiefe Stimme.

»Martin? Ich bin's Rolf!«

»Rolf, das ist ja ...« Weiter kam Heerses Gesprächspartner nicht, denn der Hauptkommissar unterbrach ihn hektisch und schilderte im Telegrammstil sein Anliegen.

»Du weißt schon, was du da gerade tust?«, hörte er seinen Freund und mittlerweile pensionierten Kollegen Martin fragen.

»Ich riskiere gerade meinen Job. Ja, ich weiß. Also, machst du es?«, erwiderte Heerse ungeduldig.

»Keine Sorge, ich kümmere mich darum.«

Rolf Heerses Anspannung ließ ein wenig nach. Auf seinen alten Freund Martin Grunder war eben Verlass.

* * *

Theo von Lohberg schien äußerlich ganz ruhig, als ihm Heerse gegenüber Platz nahm. Sie saßen wieder in dem Wohnzimmer des Antiquitätenhändlers, nur dieses Mal ohne Espresso.

»Sie können mir ruhig Ihre Fragen stellen, meine Herren«, sagte von Lohberg um eine feste Stimme bemüht. »Ich bin bereit zu antworten, auch wenn mir mein Anwalt dringend davon abgeraten hat.«

Heerse zögerte kurz, bevor er ansetzte: »Kennen Sie einen Lukas Bürg?«

Frank Dorthal blickte überrascht zu seinem Vorgesetzten, blieb aber still.

Theo von Lohberg schüttelte den Kopf. »Nein, den Namen habe ich noch nie gehört. Sagen Sie nicht, dass ich den auch umgebracht haben soll!«

Heerse gab darauf keine Antwort, sondern kramte den Dienstausweis von Lukas aus der Tasche. »Kennen Sie den Mann auf dem Bild?«

Der Antiquitätenhändler kniff die Augen zusammen und überlegte angestrengt, dann antwortete er: »Noch nie gesehen. Ist das ein Polizist? Dieser Lukas Bürg?«

Wieder gab Heerse auf die Frage seines Gegenübers keine Erwiderung. Stattdessen wechselte er das Thema. »Was haben die Bilder in Ihrem Schlafzimmer zu bedeuten?«

Theo von Lohberg lächelte matt. »Sie meinen die Kunstdrucke?«

Der Hauptkommissar nickte.

»Das sind Nachbildungen der Wandbilder aus der Baden-Badener Trinkhalle. Sie als Einheimischer sollten die eigentlich kennen.« Jetzt seufzte der Antiquitätenhändler vernehmlich. »Es ist immer das Gleiche. Man kennt die Sixtinische Kapelle in Rom in- und auswendig, aber die Sehenswürdigkeiten seiner Heimatstadt? Ein Jammer.«

»Ich bin durchaus ein häufiger Gast unserer Trinkhalle und damit sind mir auch die Bilder bekannt. Was ich jedoch von Ihnen wissen möchte: Welchen Bezug haben *Sie* dazu? Wieso hängen diese Gemälde in Ihrem Schlafzimmer?«

»Wieso nicht?«, erwiderte von Lohberg nun etwas genervt. »Ich bin Kunsthändler und verkaufe Antiquitäten. Ist es da so verwunderlich, dass ich auch meine privaten Räume entsprechend gestaltet habe? Was wäre denn Ihrer Meinung nach passender gewesen? Wanddekoration aus einem Einrichtungskatalog?«

»Warum die Trinkhallen-Sagen?«, ließ der Hauptkommissar nicht locker.

Theo von Lohberg antwortete ungeduldig: »Also schön. Warum nicht. Kennen Sie die Geschichten dahinter?«

Als Heerse nichts erwiderte, fuhr von Lohberg fort: »Das sind einfache, aber sehr schöne Geschichten von Mut und Dankbarkeit, der Liebe und dem Glauben an Gott. Manche sind unheimlich, andere geradezu mystisch. Die Bilder geben all das wieder. Warum also sollte ich ihnen nicht meine Aufmerksamkeit schenken?«

Heerse betrachtete von Lohberg einen Moment. Es fiel im schwer, diesen Mann für einen Mörder zu halten. Er hatte so gar nichts Bösartiges an sich. Der Hauptkommissar konnte von Lohbergs Erklärung absolut nachvollziehen. Er selbst hatte mit seiner Frau einige der Orte besucht, die in den Sagen beschrieben wurden.

»Wie lange haben Sie diese Bilder schon?«

Der Antiquitätenhändler überlegte. »Das ist noch nicht so lange her. Vielleicht zwei Jahre. Die Drucke stammen aus dem Nachlass eines Baden-Badener Unternehmers.«

Als Theo von Lohberg den Namen nannte, konnte Frank Dorthal einen erstaunten Ausruf nicht unterdrücken. Sein Vorgesetzter warf ihm einen warnenden Blick zu und der Oberkommissar schwieg daraufhin. Auch Heerse war überrascht. Die Bilder stammten ganz offensichtlich aus dem Erbe von Marion Dorthal. Wie es aussah, hatte deren Vater ebenfalls eine Schwäche für die Sagenwelt der Baden-Badener Trinkhalle gehabt.

»Die Erbin hat alles verkauft und das noch zu einem verboten günstigen Preis. Leider haben mir die besten Stücke andere Kollegen vor der Nase weggeschnappt.«

»War auch Mark Hanson einer dieser Kollegen?«

»Ja, er kam damals extra nach Baden-Baden, als der ›Ausverkauf‹ losging. Er hat eine wunderschöne Kaminuhr erstanden.«

Die Entwicklung, die diese Sache so langsam nahm, gefiel Heerse ganz und gar nicht. Frank Dorthal im Sessel daneben wirkte jetzt extrem angespannt.

»Warum haben Sie uns ein falsches Alibi gegeben, was den Tod an Mark Hanson betrifft?«, wechselte Heerse erneut das Thema.

»Mein Gott, das war kein falsches Alibi. Ich war zu Hause. Allerdings allein. Oliver war in der Klinik. Ich weiß, ich hätte ihn nicht als Zeugen benennen dürfen, aber als Sie mich gefragt haben, war ich in Panik.« Hilflos hob Theo von Lohberg die Schultern.

*Das ist das zweite Mal, dass ich heute diese Antwort bekomme*, dachte Heerse ratlos.

»Aber warum haben Sie das danach nicht richtiggestellt?«, bohrte der Hauptkommissar weiter.

»Niemand kam und hat mich oder Oliver danach gefragt.« Ein trauriges Lächeln umspielte von Lohbergs Mund. »Ich hatte angenommen, dass die Polizei so klug wäre, mich nicht ernsthaft für einen Serienmörder zu halten. Ich dachte, Sie würden mich nicht weiter verfolgen. Schließlich habe ich ja für die meisten Morde ein Alibi.«

Heerse hätte Lukas Bürg immer noch für das entstandene Schlamassel ohrfeigen können.

»Sie können mir übrigens glauben, dass ich bereits über Gebühr für diese kleine Unüberlegtheit bestraft wurde«, fuhr Theo von Lohberg verbittert fort. »Mein guter Ruf ist ruiniert, wahrscheinlich kann ich das Geschäft bald schließen und mein Partner Oliver wird mich verlassen. Er glaubt, ich hätte eine Liebesbeziehung mit Mark gehabt.« Die Lippen des Mannes begannen zu zittern und seine Augen wurden feucht.

Heerse spürte, wie er Mitleid mit dem Verdächtigen bekam. Sein Instinkt sagte ihm, dass Theo von Lohberg nur ein Opfer der Umstände war. Sie hatten eigentlich nichts gegen ihn in der Hand. Gut, beim Alibi für den Hanson-Mord hatte er gelogen. Andererseits wiederum nicht besonders gut. Wenn der Mann so ein gerissener Mörder wäre, hätte er sich dann nicht wesentlich besser für den Fall der Fälle abgesichert? Den Partner als Zeugen anzugeben, war weder besonders fantasievoll noch besonders glaubhaft gewesen. Das sah zwar wirklich nach einer Panikreaktion aus, aber andererseits hatte von Lohberg definitiv einen Bezug zu den Trinkhallen-Sagen.

»Sind Sie tatsächlich der Meinung, dass ich mal eben so nach Hamburg gerast bin, dort einen Menschen massakriert habe und dann zurück, Nonstop, alles in einer Nacht?«

Es war Frank Dorthal, der jetzt nicht ohne Schärfe sagte: »Ihr Geschäft ist von elf Uhr morgens bis fünfzehn Uhr am Nachmittag geöffnet. Sie haben keine Zeugen, die Sie nach fünfzehn Uhr am 15. Januar und vor elf Uhr morgens am 16. Januar gesehen haben. Also warum sollte es Ihnen nicht möglich gewesen sein, die circa 700 Kilometer hin- und wieder zurückzufahren. Zeit war theoretisch genug ...«

»Ich habe das nicht gemacht!« Von Lohbergs Stimme wurde laut, dann riss er sich zusammen und flüsterte noch einmal: »Ich habe niemanden getötet und ich habe auch keinen geheimen Liebhaber, der mit einem Beil durch Baden-Baden streift und Menschen umbringt.«

Jetzt war seine Stimme flehentlich, dann winkte er ab, drehte sich zur Seite und ließ den Tränen seiner Verzweiflung freien Lauf.

Im Nebenzimmer wartete der Lebensgefährte. Oliver war vollkommen aufgelöst. Gab an, dass er keinen Lukas Bürg kenne, bestätigte seinen Klinikaufenthalt sowie die Aussage seines Partners, was den Kauf der Bilder anging, und betonte, dass sein »Ex« mit Sicherheit kein Mörder sei, aber ein mieser Ehebrecher.

Es war, wie von Lohberg gesagt hatte: Der Zeitungsbericht hatte die Partnerschaft der beiden zerstört.

Lahm murmelte Heerse, dass ihm die ganze Sache leidtue, was bei Oliver allerdings auf taube Ohren stieß.

Als die beiden Polizisten wieder im Wagen saßen, gab Heerse über Funk die Anweisung, Theo von Lohberg ab sofort zu überwachen.

»Ich sollte jetzt mit deiner Frau sprechen«, sagte der Hauptkommissar zu seinem Mitarbeiter.

»Ich wäre dankbar, wenn du das nicht auf dem Präsidium machen würdest. Die Kollegen würden sich dann nur das Maul zerreißen ...«

»Natürlich. Fahr mich zu eurer Wohnung. Ich muss lediglich darauf bestehen, mit ihr alleine zu sprechen.«

»Selbstverständlich«, gab Frank zur Antwort, dem allerdings nicht ganz wohl bei der Vorstellung war.

Eine Weile schwiegen die Männer, dann stellte Frank die Frage, die die ganze Zeit im Raum lag:

»Was hat Lukas damit zu tun?«

Heerse sah aus dem Fenster und raufte sich gedanklich die Haare. Verstimmt antwortete er schließlich dem Kollegen: »Der hat Mist gebaut, schlampig gearbeitet. Vorerst ist er krankgemeldet. Mehr gibt es über diese Angelegenheit nicht zu sagen. Ich werde mich darum kümmern, wenn der Fall abgeschlossen ist.«

»Es wird also ein Disziplinarverfahren geben?«, schloss Frank aus der Antwort und schien eine gewisse Genugtuung zu empfinden.

Das wiederum ärgerte Heerse, deshalb antwortete er gereizt und lauter als beabsichtigt: »Ich denke, wir haben jetzt andere Sorgen. Ich werde mich später darum kümmern, damit ist das Thema beendet.«

Franks Kiefermuskeln verkrampften sich, allerdings verkniff er sich einen weiteren Kommentar.

Als Marion Dorthal die Tür öffnete, sah der Hauptkommissar gleich, dass etwas nicht in Ordnung war. Obwohl die junge Frau alles dafür getan hatte, ihr Äußeres perfekt zu stylen, konnte das nicht von den geröteten Augen ablenken. Heerse hatte in seiner Dienstzeit schon zu viele verweinte Frauen gesehen, um das nicht sofort zu erkennen.

»Oh, Herr Heerse«, sagte Marion nun überrascht und lächelte freundlich, dann veränderte sich ihr Gesichtsausdruck und blankes Entsetzen lag in ihrer Stimme, als sie flüsterte: »Frank?«

Heerse hätte sich am liebsten selbst in den Allerwertesten getreten. Wie hatte er das nur vergessen können! Partner von Polizisten lebten ständig in der Angst, dass der geliebte Mensch im Dienst verletzt oder sogar getötet werden könnte.

»Alles in Ordnung, Frank wartet unten im Wagen«, sagte er deshalb schnell.

Marion atmete durch und bat den Hauptkommissar herein.

»Es tut mir leid, ich wollte Sie nicht erschrecken.«

»Schon gut«, antwortete die junge Frau höflich und fragte: »Um was geht es denn?«

Heerse war sich jetzt ganz sicher, dass die Tränen, die Marion vergossen hatte, mit ihrem Ehemann zusammenhingen. Nachdem nämlich feststand, dass ihm nichts passiert war, fragte sie weder nach ihm, noch wollte sie mit ihm sprechen.

Nun, Heerse würde sich keinesfalls in die Eheprobleme seiner Mitarbeiter einmischen – als er allerdings Marions Verband an der Hand sah, hakte er besorgt nach.

»Oh, die Küche kann manchmal genauso gefährlich sein wie der Polizeidienst«, erwiderte sie charmant und der Hauptkommissar wusste sofort, dass sie ihm nicht die Wahrheit sagte.

Der Tag schien nicht besser zu werden.

»Frau Dorthal, ich bin als Polizist hier.«

Marion sah überrascht zu ihrem Gegenüber und bat den Gast mit einer Geste Platz zu nehmen.

»Es geht um Ihren Vater beziehungsweise seinen Nachlass.«

Heerse war nicht entgangen, dass die Erwähnung von Marions Vater zu einer Veränderung führte. Die junge Frau war plötzlich angespannt und ihr Körper versteifte sich.

»Der Nachlass meines Vaters?«

»Ja, genauer gesagt, die vierzehn Kunstdrucke mit den Motiven der Trinkhallen-Sagen.«

Marion schluckte schwer.

Heerse versuchte, ihre Reaktion zu ergründen.

»Was ist damit?«, fragte sie fast abweisend.

»Können Sie sich noch an den Käufer erinnern?«

»Nein.«

»Was heißt das?«, hakte Heerse nach.

Marion war gereizt. Trotzdem antwortete sie: »Ich habe die Abwicklung des Verkaufs einer Firma übergeben. Ich war nicht dabei, als der ganze Kram veräußert wurde.«

Heerse hob überrascht die Brauen.

Marion seufzte: »Sie können das nicht wissen, aber mein Vater war kein einfacher Mensch.«

Heerse wusste das sehr wohl. Marions Vater war für sein herrisches Wesen sowohl in der Firma wie auch im Privatleben bekannt gewesen. Aber er schwieg und nickte der jungen Frau auffordernd zu, damit diese weitersprach.

»Jedenfalls duldete er im Haus nur seinen eigenen Stil. ›Das Alte ist von Wert‹, pflegte er dann zu sagen. Vielleicht war es undankbar von mir, nach seinem Tod das Haus samt Inhalt so zu verramschen. Aber ehrlich gesagt, die Sachen haben mich erdrückt. Ich wollte sie nicht mehr haben.«

»Das kann ich verstehen«, antwortete Heerse mechanisch und fragte sich, was für eine Kindheit diese Frau gehabt haben musste, dass ihr jedes Erinnerungsstück an den Vater unerträglich geworden war.

»Ich könnte Ihnen die Adresse der Firma geben, die das damals alles geregelt hat.«

»Ja, bitte«, erwiderte Heerse in Gedanken. »Kennen Sie eigentlich Theo von Lohberg?«

»Den Mordverdächtigen?«, rief sie nun überrascht. Eine leichte Röte überzog ihr Gesicht, als sie sagte: »Ich gebe zu, dass ich manchmal nicht an der Klatschpresse vorbeikomme.«

Heerse lächelte freundlich. »So geht es wohl den meisten. Kannten Sie den Mann?«, fragte er erneut.

»Flüchtig, vom Sehen. Ich war vielleicht ein, zwei Mal in seinem Laden, habe dort aber nichts gefunden.«

»Und Mark Hanson?«

»Das Opfer aus Hamburg?«

Heerse nickte.

»Nein, nicht, dass ich wüsste. Allerdings sage ich gleich dazu, dass ich schon vielen Leuten vorgestellt wurde, vor allem, als mein Vater noch lebte, mich aber nicht mehr an alle Namen und Gesichter erinnern kann. Aber ich denke nicht, dass ich Mark Hanson schon einmal begegnet bin. Warum?«

»Er hat eine Kaminuhr aus dem Nachlass Ihres Vaters erworben.«

Marion schien ungerührt und zuckte nur mit den Schultern.

Heerse stand auf und die junge Frau begleitete ihn zur Tür. Der Hauptkommissar wusste selbst nicht, warum er die Frage stellte, aber irgendetwas trieb ihn dazu. »Hatte Ihr Vater eigentlich eine besondere Verbindung zu diesen Trinkhallen-Sagen?«

Marion verzog ihren Mund geringschätzig. »Diese Kunstdrucke waren für ihn wie heilige Kühe. Ihm ging es allerdings nicht um die Geschichten, sondern nur um die Gemälde. Ich weiß nicht, wie oft wir vor den Originalen gestanden haben. Als Kind verliert man dann irgendwann die Begeisterung.«

»Ich danke Ihnen, Frau Dorthal.«

»Sie werden mir vermutlich nicht sagen, um was genau es geht, oder?«

»Tut mir leid«, antwortete Heerse und verabschiedete sich mit einem freundlichen Gruß.

Marion blieb nachdenklich zurück.

Auf der Rückfahrt zum Präsidium erzählte Heerse von seinem Gespräch.

»Also wieder nichts Konkretes?«, fragte Frank Dorthal, als sein Chef geendet hatte.

»Nein!« Heerse rieb sich müde die Augen. »Alles, was wir machen, fühlt sich halb gar an.«

»Wie meinst du das?«

»Nehmen wir Theo von Lohberg. Der Mann soll siebenhundert Kilometer nach Hamburg gefahren sein, Mark Hanson erschlagen haben und dann wieder siebenhundert Kilometer zurück? Wer macht denn so was?«

»Vielleicht hat er einen Überraschungsbesuch geplant. Der Partner liegt schließlich im Krankenhaus. Warum das nicht ausnutzen und schnell mal nach Ladenschluss nach Hamburg fahren? Er ruft bei Mark Hanson an, sagt, er sei unterwegs, und da er voraussichtlich erst nach Mitternacht ankommt, verabreden sich die beiden in Hansons Atelier. Bis zu diesem Zeitpunkt hat unser Verdächtiger noch keinen Mord geplant. In Hamburg kommt es zum Streit und ...« Frank Dorthal machte ein entsprechendes Gesicht, was so viel heißen sollte wie: »Damit ist alles klar!«

»Es kam zum Streit und Theo greift einfach so zum Beil?« Heerse drängte Frank, ihm zu widersprechen.

»Bei dem Streit ging es sicher um nichts Geschäftliches. Nehmen wir an, Theo hat Mark bedrängt – sexuell. Mark hat ihn zurückgewiesen, vielleicht sogar ausgelacht oder ihm gedroht, anderen Kollegen von seinen Annäherungsversuchen zu erzählen. Ein abgewiesener Liebhaber wäre durchaus zu so einer Tat fähig. Oder ...« Frank schien Gefallen an der Rolle des Anklägers zu finden. »Oder die beiden hatten bereits eine Beziehung und Mark hat ihm an diesem Abend den Laufpass gegeben.«

»Gut«, erwiderte Heerse, »dann hätten wir das Motiv. Verschmähte Liebe. Theo erschlägt Mark in einem Anfall von Raserei. Dann packt er das Beil ein und fährt zurück nach Baden-Baden. Aber vorher zerschlägt er noch alle Uhren und spielt damit auf eine der Trinkhallen-Sagen an. Aber ein Mord reicht ihm nicht, sondern nun will er für jede einzelne Sage auch ein Opfer präsentieren.«

»Genau. Wir haben doch gehört, wie dieser von Lohberg von den Sagen geschwärmt hat. Er hat eine besondere Verbindung dazu, das war doch offensichtlich.«

»Also, so offensichtlich ist die Verbindung auch wieder nicht. Der Mann interessiert sich für Kunst und Geschichte. Das ist noch lange keine Besessenheit und außerdem könnte er laut seinen Alibis lediglich Mark Hanson und das Ehepaar in Geroldsau umgebracht haben. Die Frage ist doch, wer die anderen Morde begangen hat. Wenn die Tötung von Mark Hanson ungeplant war, wie ist es von Lohberg dann gelungen, anschließend einen Partner zu finden, mit dem er sich beim Morden abwechseln kann? Nein, diese Theorie ist einfach zu dünn. Ich bin mir ziemlich sicher, dass Theo von Lohberg nicht unser Beilmörder ist.«

Frank schnaufte ungeduldig.

»Du siehst das anders?«

»Ehrlich gesagt ja. Meiner Meinung nach laufen genug Spinner herum. Man muss doch bloß im Internet nach denen suchen. Warum soll von Lohberg nicht nach Hamburg auf den Geschmack gekommen sein. Nehmen wir an, er findet in irgendeinem dubiosen Chatroom einen Partner und instruiert den entsprechend. Und dann macht er sich einen Spaß daraus, uns an der Nase herumzuführen.« Die letzten Worte hatte Frank wütend hervorgestoßen.

Heerse gab zu, dass das natürlich eine Möglichkeit war, allerdings blieb er skeptisch. »Wir werden sehen, was die Überwachung bringt.«

Als die beiden Polizisten das Präsidium betraten, drückte ihnen ihr Kollege Müller einen Bericht in die Hand.

»Das blonde Kunsthaar, das man bei Sina Wieser gefunden hat, stammte nicht von deren Perücke. Das Labor hat das gerade durchgegeben: Sina Wieser hatte eine Echthaarperücke!«

Heerse sah zu Frank. »Vielleicht unsere erste Spur.«

»Das Haar kann von überall herstammen. Schließlich hat sich die Wieser doch mit diesen Fernsehleuten herumgetrieben. Da gibt es jede Menge Schminke, Kostüme und Perücken«, hielt Frank Dorthal dagegen.

»Ich denke, wir können das trotzdem nicht ignorieren. Sina Wieser hat ausgesagt, dass Mark Hanson ein paar Tage vor seinem Tod angeregt mit einer Frau mit blonder Perücke gesprochen hat, und jetzt finden wir ein Perückenhaar an ihrer Kleidung.«

»Sie hat aber auch gesagt, dass sie nicht hundertprozentig sicher sei, dass die Person mit der Perücke eine Frau gewesen war.«

»Sie war sich ziemlich sicher«, entgegnete Heerse, fuhr dann aber nachdenklich fort, »aber es stimmt, was du sagst. Es könnte auch ein Mann gewesen sein.«

»Und es muss nichts zu bedeuten haben, dass ein Weiberheld wie Mark Hanson auf einer Blondinen-Party mit einer Blondine spricht«, schob Frank fast trotzig hinterher.

Heerse musste seinem Kollegen recht geben, eine wirkliche Spur hatten sie dadurch nicht.

# KAPITEL 9

*»Danach fragt keiner, wie viel Blut es kostet.«*
*Michelangelo (1475-1564)*

Heute war endlich wieder der Abend des Zufalls. Das Beil streifte voller Ungeduld durch die Baden-Badener Innenstadt. Es schien, als wäre niemand erschreckt, niemand ängstlich. Das Leben ging einfach weiter, trotz der gesendeten Botschaften. Aber das war gut so, denn das Beil brauchte einen neuen Gehilfen.

Das laute Gegröle der angetrunkenen Gäste war bis auf die Straße zu hören. Das Lokal platzte aus allen Nähten, ein großartiger Ort für die Jagd. Eine Verkleidung war heute nicht nötig. In dem düsteren Gewimmel blieb ein fremdes Gesicht kaum in Erinnerung. Das Beil drängte in die Menge und konnte es kaum erwarten, sich seiner Kunst zu widmen. Wie hilflose Schafe standen sie an der Bar, so als warteten sie nur auf den Augenblick, an dem sie zur Schlachtbank geführt wurden.

* * *

Völlig unbekleidet stand er da, grinste anzüglich und schwitzte wie ein Schwein. Seine Worte waren nichts anderes als geiles Gegrunze. Er lachte lüstern beim Anblick des durchsichtigen Plastikanzugs und glotzte gierig auf den nackten Körper, den er umhüllte. In seiner schmutzigen Fantasie malte er sich aus, wie er gleich auf seine Kosten käme. Durch die Schläge mit der Reitgerte auf seinen wabbeligen Hintern hatte er bereits eine Erektion. Der Schmerz törnte ihn an. Als er nun auf allen vieren geifernd vor Lust auf dem Boden kniete, hörten die Schläge auf.

Seine weiße Haut glänzte fettig, die schmierigen Haare hingen ihm unappetitlich ins Gesicht.

»Mehr, mehr«, hechelte er mit starkem Akzent. Noch einmal hinterließ die Gerte rote Striemen auf dem bleichen, massigen Leib. Als er die Worte »Ich habe eine Überraschung für dich« vernahm, steigerte sich seine widerliche Geilheit ins Unermessliche.

Endlich war es so weit. Das Beil empfand eine seltsame Genugtuung, als seine Schneide durch die Schädeldecke drang. Es knirschte wunderschön. Genauso wie eine dicke weiße Schneedecke in der Wintersonne, über die man am Weihnachtsmorgen langsam mit den neuen Stiefeln stapfte. Das Beil holte erneut aus und genoss das Konzert der splitternden Knochen. Das Blut spritzte auf den Plastikanzug und hinterließ ein kunstvolles Muster. Zu schade, dass er nachher entsorgt werden musste. Obwohl der fette Koloss bereits in seinem eigenen Blut schwamm, konnte sich das Beil nicht zügeln. Noch ein paar Sekunden wollte es die schmatzenden Geräusche, die beim Zerhacken des fetten Gewebes entstanden, genießen, dann hieß es innehalten. Die Botschaft war auch so schon eindeutig, aber der Empfänger sollte nicht durch Fantasielosigkeit enttäuscht werden.

»So viel mehr hast du sicher nicht erwartet?«, äffte nun eine Stimme den ausländischen Akzent des Toten nach. Alles war perfekt, das Beil hatte seine Arbeit getan.

* * *

Rolf Heerse hatte einen langen Tag gehabt. Weitere Berichte waren eingegangen, vieles aus den medizinischen Laboren. Leider war auch dieses Mal keine heiße Spur dabei. Nun hatte der Hauptkommissar noch einen schweren Gang vor sich.

Als Heerse an der Wohnungstür von Lukas Bürg klingelte, öffnete ihm niemand.

Er versuchte es erneut und fing an, unruhig zu werden. Martin Grunder, der Lukas überwachte, hatte ihm bestätigt, dass der junge Kommissar das Haus nicht verlassen hatte. In der Wohnung brannte Licht – der Hauptkommissar war alarmiert. Warum schloss Lukas nicht auf? Sein Hämmern gegen die Tür blieb natürlich nicht unbemerkt. Schon blickte jemand neugierig aus der Nachbarwohnung.

»Was wollen Sie denn von dem jungen Bürg?« Eine kleine alte Dame trat in den Hausgang und sah den Hauptkommissar herausfordernd an. Trotz ihres hohen Alters waren ihre Augen klar und funkelten nun ungehalten in Heerses Richtung.

Eigentümlicherweise fühlte sich der Hauptkommissar ertappt wie ein Schuljunge und stotterte, bis er die richtigen Worte fand. »Ich bin ein Kollege von Herrn Bürg. Er erwartet mich, macht aber nicht auf ...« Während er sprach, hatte er seinen Dienstausweis aus der Tasche gezogen und hielt ihn der Frau hin, die ihn studierte, als würde sie vor einem kniffeligen Kreuzworträtsel sitzen.

Endlich sagte sie: »Scheint wohl in Ordnung. Warten Sie, ich mache Ihnen auf.«

Heerse sah ihr verdutzt hinterher, wie sie kurz in ihrer Wohnung verschwand und dann mit einem klappernden Schlüsselbund zurückkehrte.

»Ich habe einen Zweitschlüssel von Lukas. So ein netter Junge. Er hört wahrscheinlich Musik.«

Sie bemerkte Heerses zweifelnden Gesichtsausdruck und fügte etwas schnippisch hinzu: »Natürlich mit Kopfhörern. Deshalb können wir ihn nicht hören, und er hat keine Ahnung von Ihrem hysterischen Geklopfe. Kapiert?«

Heerse hoffte, die Frau hätte recht, und war froh, als sie endlich den passenden Schlüssel gefunden hatte.

»Lukas?«, rief er beim Eintreten – die Nachbarin ließ er mit einem Dankeschön draußen stehen und zog hinter sich schnell die Tür zu.

»Lukas?«

Heerse nährte sich dem Wohnzimmer und sah den Hinterkopf seines Mitarbeiters, der unbeweglich in einem Sessel saß.

Er trat näher und starrte für einen Moment fassungslos auf den kleinen Tisch neben dem jungen Polizisten, dessen Augen fest geschlossen waren. Auf der Glasplatte stand eine halb leere Whiskyflasche mit Glas, daneben ein Röhrchen Tabletten und unter Lukas‘ Brieftasche lag ein beschriebenes Blatt Papier.

Dem Hauptkommissar wurde es heiß und kalt. Wie gelähmt, als wäre er nur ein Zuschauer in einem Theaterstück, versuchte er die Szene zu begreifen. Durch die Kopfhörer drang leise Musik an seine Ohren. Heerse blinzelte, als könnte er sich damit zurück ins Hier und Jetzt holen, und reagierte.

Grob griff er mit beiden Händen nach Lukas‘ Schultern und fing an, ihn heftig zu schütteln, während er gleichzeitig dessen Namen rief.

Keine Sekunde später fielen ihm die Kopfhörer ein, doch noch bevor er danach greifen konnte, schrak Lukas mit einem panischen Aufschrei hoch.

*Gott sei Dank, er lebt*, war alles, was Heerse durch den Kopf ging. Dann erst wurde ihm die Absurdität der Situation bewusst.

Lukas starrte seinen Chef wie ein verschrecktes Eichhörnchen an. »Verflucht noch mal, ich hätte beinahe einen Herzinfarkt bekommen!«, rief er atemlos, »wie bist du überhaupt hereingekommen?«

»Nachbarin«, antwortete Heerse einsilbig.

»Herrgott«, fluchte Lukas erneut und nahm einen Schluck von dem Whisky. »Auch einen?«, nuschelte er in die Richtung seines Vorgesetzten, der zustimmend nickte.

Als Lukas aufstand, um ein Glas zu holen, nutzte Heerse die Gelegenheit und griff nach dem Röhrchen. Erleichtert stellte er fest, dass es sich um einfachen Baldrian handelte.

Lukas, der nicht mehr ganz nüchtern war, hatte seinen Chef beobachtet.

»Ich bin zwar ein Vollidiot und habe meine Zukunft als Polizist in den Sand gesetzt, aber ein Selbstmörder bin ich noch nicht. Diese Genugtuung würde ich meiner Mutter niemals gönnen.«

Der Hauptkommissar beobachtete den jungen Mann mit scharfem Blick. Ihm entging nicht, dass er zitternde Hände und rot geäderte Augen hatte.

Als sie sich nun gegenübersaßen, griff Lukas umständlich nach dem Blatt Papier auf dem Tisch und reichte es Heerse.

»Sind zwar nicht meine letzten Worte, aber meine Alibis für die Morde.« Er räusperte sich und versuchte seine vom Alkohol schwere Zunge in den Griff zu bekommen. »Entweder hatte ich Dienst oder war bei Mandy. Bei dem Doppelmord war ich mit dir in Hamburg. Für den Mord an Sina Wieser habe ich kein Alibi, ich war zu Hause. Vielleicht hat mich meine

Nachbarin gehört.« Lukas nippte an seinem Glas und schwieg.

Heerse stand auf und griff nach seinem Handy. Ohne sich die Mühe zu machen, das Gespräch vor Lukas geheim zu halten, ließ er sich mit einem Beamten verbinden und bat diesen, die angegebenen Daten von Lukas mit den gespeicherten Dienstplänen zu vergleichen. Erleichtert hörte er die Bestätigung des Kollegen.

Lukas sah nicht auf und verzog auch keine Miene.

»Ich wusste gar nicht, dass du eine Freundin hast«, sagte Heerse, bemüht, dem Gespräch so viel Normalität wie möglich zu geben.

»Nutte!«

»Wie bitte?«

»Sie ist eine Nutte, eine Prostituierte. Mehr Freundin bekomme ich nicht hin.«

Heerse war verblüfft, kommentierte das eben Gehörte aber nicht, sondern fragte nach der Adresse. Dann griff er erneut zum Hörer.

Martin Grunder war über die neue Bitte seines Freundes fast amüsiert.

»Du schickst mich zu einer Zeugenbefragung? Und das mitten in der Nacht?«

Als Heerse sich dafür entschuldigen wollte, unterbrach ihn Grunder und fragte lediglich: »Wo wohnt die Dame?«

Lukas starrte jetzt trotzig vor sich hin und nahm einen kräftigen Schluck aus seinem Glas.

»O. k.«, begann Heerse das Gespräch, »gehen wir davon aus, dass du weder von Lohberg decken willst, noch irgendwas mit den Morden zu tun hast. Dann bitte«, seine Stimme war jetzt fast flehentlich, »erkläre mir, warum, in drei Teufels Namen, bist du nicht zu diesem Lebensgefährten und hast dessen Aussage aufgenommen?«

»Wenn dieser Oliver gesagt hätte, er wäre zu Hause gewesen, anstatt im Krankenhaus, dann hätten wir das mit der Klinik vielleicht auch erst aus der Presse erfahren. Was für einen Unterschied macht das also?«

»Das ist jetzt nicht dein Ernst.« Heerse wurde ungehalten. »Ich brauche dir kaum zu erklären, dass es einen himmelgroßen Unterschied macht, ob uns ein Zeuge anlügt, und wir das nicht merken, oder ob ein Kommissar die Vernehmung eines wichtigen Zeugen einfach nicht durchführt und behauptet, er hätte es getan. Und zu deiner Information, ich gehe davon aus, dass der Lebensgefährte die Wahrheit gesagt hätte. Uns, aber auch von Lohberg wäre dann vielleicht einiges erspart geblieben. Also, warum hast du das getan?«

Lukas sah Heerse immer noch nicht an, woraufhin der Hauptkommissar die Geduld verlor. »Noch habe ich die Angelegenheit unter Verschluss gehalten, aber wenn du mir nicht sofort sagst, was hier los ist, dann nehmen wir den Dienstweg. Nun, um was geht es? Geld, Drogen, Erpressung, Korruption?«

Heerse wollte noch mehr aufzählen, aber Lukas unterbrach ihn: »Mein Vater.«

»Sag mir jetzt nicht, Theo von Lohberg ist dein Vater ...«, rief Heerse ungläubig.

Lukas schüttelte traurig den Kopf.

»Nein, aber so ähnlich.«

Heerse stöhnte: »Los, fang endlich an zu erzählen!«

* * *

Man musste einen Blick für den richtigen Gehilfen und ein gutes Timing haben. Schon stand das Beil wieder im Freien, abseits der Laternen und des Trubels. Dieser »Spielplatz« war perfekt gewesen und, welch ein Zufall, nicht einmal verschlossen.

Oh, diese Typen waren alle so naiv. Ein paar Versprechungen und schon konnten sie nicht widerstehen. Und der fette Kerl mit seinen besonderen Vorlieben war genau der Richtige gewesen. Ein vergnügtes Lachen erklang in der Dunkelheit. Das Beil hatte die Hälfte der Arbeit erledigt. Eigentlich wäre das ein Grund zum Feiern, wenn es da nicht diese Blindheit gäbe, mit der alle geschlagen waren. Wann würde der Empfänger die Botschaften erkennen? Wann käme das Begreifen? Vielleicht wäre es jetzt an der Zeit, das Risiko zu erhöhen, damit der Verrat endlich aufgedeckt werden konnte.

* * *

»Lukas!«, die Stimme des Hauptkommissars war bestimmt.

Der junge Mann kämpfte mit sich. Die Scham, die er empfand, fraß ihn beinahe auf. Es auszusprechen, würde die Sache nur noch schlimmer werden lassen. Heerse würde über ihn lachen, ihn sogar verachten und als Versager beschimpfen, so wie es seine Mutter getan hatte.

»Ich habe verkommenes Blut«, flüsterte Lukas leise.

Heerse rutschte unruhig auf seinem Stuhl hin und her. Mit so einer Aussage hatte er nun wirklich nicht gerechnet. Abgesehen davon konnte er sich keinen Reim auf diese Worte machen, deshalb schwieg er und wartete auf weitere Erklärungen.

»Meine Mutter hat immer gesagt, ich hätte verkommenes Blut. Mein Vater ...« Lukas räusperte sich. Es war offensichtlich, dass er mit den Tränen kämpfte. »Mein Vater hat es verdorben.«

Rolf Heerse schnaubte laut und fragte sich, was ihm Lukas damit sagen wollte. Vielleicht ging es um eine Erbkrankheit? Aber damit hätte er wahrscheinlich nicht die Einstellungstests der Polizei geschafft. Der Hauptkommissar war ratlos und blickte mit einer Mischung aus Sorge und Mitleid zu seinem Mitarbeiter.

»Ich habe versucht, alles richtig zu machen«, brach es jetzt aus Lukas Bürg heraus. »Ich habe es doch versucht!«, schrie er noch einmal laut, dann sackte er in sich zusammen und weinte wie ein kleines Kind.

Rolf Heerse wünschte sich, er wäre nicht alleine hier. Die Verzweiflung des jungen Mannes berührte ihn schmerzlich; etwas linkisch legte er Lukas seine Hand auf die Schulter und drückte sie fest.

Jedoch dachte er auch daran, dass er die Wahrheit erfahren musste, und versuchte in einem ruhigen Ton, das Gespräch fortzuführen. »Ich bin mir sicher, dass du dein Bestes gegeben hast«, begann Heerse freundlich. »Wie genau hat denn dein Vater das Blut verdorben?«

Lukas blickte seinen Vorgesetzten unsicher an, dann wandte er den Blick ab und begann endlich zu erzählen: »Ich war noch sehr klein, als mein Vater uns verließ. Den Abend, als er meiner Mutter sagte, er würde für immer gehen, werde ich nie vergessen. Es war, als hätte man ihr die Nachricht seines Todes überbracht. Sie hat geschrien, geweint und gebettelt.«

»Trennungen sind für den, der zurückbleibt, immer schmerzhaft«, warf Heerse verständnisvoll ein.

Aber Lukas schüttelte langsam den Kopf. »Das war es nicht allein. Mein Vater ist nicht einfach nur gegangen.«

Der junge Kommissar atmete tief durch, dann sagte er mit so viel Ruhe, wie er aufbringen konnte: »Er hatte auch einen neuen Partner.«

»Das macht die Sache natürlich noch schwerer«, warf Heerse ein, der offensichtlich nicht zu verstehen schien.

Lukas Züge veränderten sich und ein trauriges Lächeln huschte über sein Gesicht. »Ich meine das ganz wörtlich, er hatte *einen* neuen Partner«, und als er sah, dass sein Gegenüber die Situation immer noch nicht erfasste, fügte er hinzu, »Partner, nicht Partnerin.«

Heerse begriff endlich, was Lukas ihm die ganze Zeit sagen wollte, und ärgerte sich über die eigene Schwerfälligkeit. Jetzt fing das Ganze an, einen Sinn zu ergeben.

»Dein Vater ist also homosexuell?«

»Ja, er war schwul. Er lebt nicht mehr.«

»Das tut mir leid.«

»Was genau? Dass er schwul war oder nicht mehr lebt?«, rief Lukas nun zornig.

»Herrgott, Lukas«, entgegnete Heerse schroff, »natürlich das Letztere. Homosexuell zu sein, ist doch kein Verbrechen.«

»Das hat meine Mutter aber anders gesehen!«, kam es giftig aus dem Mund des jungen Kommissars.

»Über was reden wir hier? Hast du einen Hass auf Schwule, konntest du deshalb nicht mit dem Partner von Theo von Lohberg sprechen? Meine Güte, wir leben im 21. Jahrhundert.«

»Ich habe keinen Hass«, antwortete Lukas heftig, »ich habe Angst.«

»Angst?«

»Ich habe Angst, eines Tages so wie mein Vater zu sein. Ich habe eine Heidenangst davor.«

»Aber, Lukas, das ist doch Unsinn. Homosexualität ist doch nichts, wovor man Angst haben muss. Jeder ist, wie er ist. Und vererben lässt sich die geschlechtliche Ausrichtung schon drei Mal nicht.«

Lukas schluchzte wieder. »Ich weiß das alles, ich sage mir das jeden Tag. Ich habe Dutzende von Büchern zu dem Thema gelesen und kenne alle Internetseiten auswendig und trotzdem ... Ich werde das nicht los.«

Er dachte an seine Mutter und ihre Warnungen. An den Drang, den er seit seines Erwachsenenlebens verspürte, sich ständig zu beweisen, dass er nicht wie sein Vater war. An seine Besuche bei Mandy, die ihn beschämten, ohne die er aber nie zur Ruhe kommen würde.

»Bist du denn homosexuell?«, fragte Heerse nun ganz direkt.

»Nein!«, stieß Lukas hervor und flüsterte dann leise: »Jedenfalls noch nicht.«

Heerse atmete zweimal tief ein und aus. Gerne hätte er seiner Meinung über Lukas Bürgs Mutter Luft gemacht. Ihm fiel Marion Dorthal und deren Vater ein. Was taten manche Menschen ihren Kindern nur an.

»Hast du schon einmal daran gedacht, mit jemandem darüber zu sprechen? Ich meine einen Profi?«

Lukas lachte verächtlich. »Damit ich als psychisch Kranker in den Datenbanken lande? Du solltest mal mit Leuten sprechen, die sich psychiatrisch haben behandeln lassen. Die bekommen nicht einmal mehr eine Hausrat-versicherung.«

Heerse hielt das für eine maßlose Übertreibung, wollte aber keinesfalls eine Diskussion darüber anfangen. Er wusste aus seinem beruflichen Alltag, dass die meisten Menschen immer noch Hemmungen und Vorurteile hatten, wenn es darum ging, einen »Seelen-doktor« aufzusuchen. Das galt auch heute noch als Schwäche, daher litt man lieber still vor sich hin.

Heerse wurde durch das Klingeln des Handys aus seinen Gedanken gerissen. Martin Grunder meldete sich zurück. Er war bei Mandy gewesen, die Lukas‘ Alibis bestätigt hatte. Heerse fühlte die Erleichterung. Wie es schien, hatte die Pflichtverletzung des jungen Kommissars nichts mit dem Fall selbst zu tun. Trotzdem konnte er das natürlich nicht einfach übergehen.

»Du hast es also nicht fertiggebracht, mit einem homosexuellen Zeugen zu sprechen?«, fuhr er deshalb ernst fort.

»Ich wollte hingehen, ich war sogar einmal bei Nacht dort. Schließlich habe ich es immer weiter herausgeschoben und dann ...«

Heerse war ein wenig ratlos, als er den jungen Kollegen betrachtete.

»Ich habe mich da reingesteigert. Es tut mir entsetzlich leid. Ich wollte dich nicht enttäuschen. Aus dem gleichen Grund habe ich auch die Stelle in Hamburg nicht annehmen können. Mein Vater hat dort bis zu seinem Tod gelebt, das war mir einfach zu ...« Der junge Mann brach ab und zuckte hilflos mit den Schultern.

Heerse hätte gute Lust gehabt, sich einfach neben Lukas zu setzen und ebenfalls den Kopf in den Sand zu stecken. Der Fall machte ihn fertig, seit Wochen hatte er kein Privatleben mehr, sein Oberkommissar Dorthal vermutlich Eheprobleme und sein jüngster Mitarbeiter litt an einer Homosexuellen-Paranoia. Es konnte kaum schlimmer werden.

Er riss sich zusammen und fällte eine Entscheidung. »Du wirst vorläufig zu Hause bleiben. Das heißt, du wirst deine Wohnung nicht verlassen, bis auf eine Ausnahme.« Rolf Heerse durchsuchte umständlich seine Taschen und zog eine verknitterte Visitenkarte heraus.

»Dort wirst du hingehen. Ich werde das in die Wege leiten.«

Lukas blickte seinen Vorgesetzten mit großen Augen an. Aber bevor er etwas sagen konnte, fuhr dieser in strengem Ton fort: »Du wirst dich behandeln lassen, regelmäßig, und alle ärztlichen Anweisungen befolgen. Ich werde das überprüfen. Das ist deine letzte Chance. Davon wird es keine Wiederholung geben. Ein Fehler, und du bist raus.« Seine Augen fixierten den jungen Mann, der nun schwer schluckte.

»Ich weiß nicht, was ich sagen soll. Ich mache alles, versprochen, ich ...« Lukas Bürg weinte, dieses Mal vor Erleichterung. »Vielen Dank, das werde ich dir nie vergessen!«

Rolf Heerse entgegnete etwas Undefinierbares und verließ kurz darauf die Wohnung.

Als er wieder auf der Straße war und zu Martin Grunder ins Fahrzeug stieg, stöhnte er vernehmlich.

»Was macht die drohende Arbeitslosigkeit?«, fragte ihn sein alter Kollege mit einem belustigten Unterton.

»Wächst und gedeiht«, gab Heerse müde zurück.

»Du bist viel zu weich für den Job.«

»Ja, das habe ich von dir gelernt.«

Daraufhin folgte ein herzhaftes Lachen von Martin.

»Ich kann dem Jungen doch nicht wegen einer Dummheit das Leben versauen!«, stieß Heerse voller Überzeugung hervor.

»Ist er denn ein guter Polizist?«

»Ja, das ist er. Und ein noch besserer Mensch.«

Eine Zeit lang schwiegen die Freunde, dann sagte Grunder: »Geh nach Hause und schlaf dich aus. Ich bleibe hier, solange du mich brauchst.«

Heerse machte sich mit gemischten Gefühlen auf den Heimweg. Hoffentlich hatte er die richtige Entscheidung getroffen.

## Wohnung Marion und Frank Dorthal, am nächsten Morgen

Frank war am Vorabend spät nach Hause gekommen. Das war seit einigen Wochen fast täglich so – eigentlich, seit diese Morde begonnen hatten. Manchmal kam er erst weit nach Mitternacht, und wenn er früher Dienstschluss hatte, dann war er oft unruhig und machte noch einen »Nachtspaziergang mit Zigarre«, wie er es gerne ausdrückte. Er hatte sich offensichtlich noch niemals gefragt, was Marion in dieser Zeit tat. Er nahm es einfach als selbstverständlich hin, dass sie zu Hause im Bett lag.

Marion hatte sich gestern Nacht schlafend gestellt und nicht reagiert, als er ihr zärtlich über die Wange gestreichelt hatte.

Jetzt, am Morgen, hielt sie die Augen geschlossen und lauschte den vertrauten Geräuschen. Frank war bereits in der Küche und schaltete gerade die Cappuccino-Maschine ein. Marion würde erst aufstehen, wenn er zur Arbeit gegangen wäre. Noch konnte sie ihm nicht gegenübertreten, dafür hatte er sie zu sehr verletzt.

Endlich bewegte sich ihr Ehemann durch den Gang, griff nach seinem Schlüsselbund und verließ die Wohnung. Die junge Frau war darüber erleichtert.

Was war nur mit ihnen geschehen? Zu Anfang hatte sie ihn gar nicht gehen lassen wollen. Jede Minute ohne Frank schien ihr verlorene Zeit. Und heute? Vielleicht war sie doch zu empfindlich gewesen und hätte ihm verzeihen müssen. War es gerecht, Frank die Schuld zu geben? Er hatte dafür gesorgt, dass all diese schlimmen Gefühle wieder in ihr hochgekommen waren. Diese Gefühle, die das Blut heiß werden ließen, die es verdarben. Oder war sie einfach doch nur unfähig, dankbar für das zu sein, was sie hatte? Das war ein Vorwurf ihres Vaters gewesen. Sollte das stimmen?

Lustlos und in düsterer Stimmung schwang sie sich aus dem Bett. In der Küche stand ein wunderschöner Strauß roter Rosen mit einer Karte. In gerader Handschrift hatte Frank ein »Verzeih mir« darauf geschrieben. Es war ihr kein Trost, deshalb schob sie die Vase beiseite und ging ins Bad.

Keine Stunde später klingelte es an der Haustür. Als Karina hereingestürmt kam und ihr sofort mit einem lauten Schluchzen um den Hals fiel, rechnete Marion mit dem Schlimmsten.

»Um Gottes willen, Karina! Was ist denn passiert?«

»Er!«, antwortete die Schwägerin hitzig und löste sich aus der Umarmung.

»Er, er, er!«, stieß sie wütend hervor, »er ist vor ein paar Tagen wieder aufgetaucht, hat mich angerufen, kam zu mir in die Wohnung und wir hatten Sex.«

Marion war eigentlich nicht in der Stimmung für ein solches Gespräch, sie hatte momentan selbst genug Probleme. Andererseits konnte sie die arme Karina, die immerhin die einstündige Fahrt von Pforzheim nach Baden-Baden auf sich genommen hatte, schlecht abweisen, deshalb sagte sie: »Komm, ich mache uns erst einmal einen Kaffee.«

Karina, die heute ein luftiges Sommerkleid trug und mit einem passenden Haarband ihre dunkle Mähne gebändigt hatte, sah aus wie ein junges, verletzliches Mädchen. Neugierig betrachtete sie die Vase mit den roten Rosen; als Marion nicht hinsah, griff sie heimlich nach der Karte.

Mit einer gewissen Genugtuung nahm sie zur Kenntnis, dass in Franks Ehe nicht nur eitler Sonnenschein herrschte.

»Also, wer ist bei dir aufgetaucht? Der Mann, wegen dem du dich mit Frank überworfen hast?«, griff Marion das Thema wieder auf, nachdem sie sich und ihrem Gast ein dampfendes Glas Latte macchiato vor die Nase gestellt hatte.

»Frank hat sich mit mir überworfen«, antwortete Karina scharf.

»Schon gut«, lenkte Marion ein, »also wie heißt er überhaupt?«

»Ich nenne ihn nicht beim Namen, denn wenn ich das tue, dann wird alles real.«

Marion sah verblüfft zu ihrer Schwägerin. »Wie meinst du das?«

»Ich bilde mir ein, dass es leichter für mich ist, wenn ich niemanden seinen Namen sage. Dann fühlt sich mein Unglück manchmal nur wie ein böser Traum an.«

Marion war zu müde, um zu widersprechen. Sie wusste aus ureigener Erfahrung, dass solche kleinen Tricks kein Unglück abwenden konnten.

Karina sprang nun auf und lief in der Küche hin und her. Die Tränen waren versiegt und ihre Worte wurden von Wut beherrscht.

»Er rief mich an und kam in meine Wohnung. Ich wusste genau, was er von mir wollte. Und er bekam alles.« Sie lachte bitter auf und entblößte ihre linke Brust.

»Oh Gott, er hat dich verletzt?«, rief Marion entsetzt.

Karina wurde ruhiger und lächelte jetzt sogar. »Nein, du Dummchen, er hat mich gebissen, vor Lust, vor Gier. Er war so scharf auf mich, dass wir es immer und immer wieder miteinander getrieben haben. Er konnte gar nicht genug von mir bekommen. Er hat mich wund geritten, dieses Schwein.«

»Dieser Mistkerl hat dich missbraucht?«, stotterte Marion schockiert.

»Na ja …« Karina schien über die Formulierung nachzudenken. »Wahrscheinlich schon, aber eben auf diese bestimmte Weise. Die, die mir besonders gut gefällt.«

Sie sah Marions entsetztes Gesicht und sagte beinahe grausam: »Schon klar, du stehst nur auf diese Blümchensex-Nummer, aber für mich muss es bei der Liebe eben um alles gehen.«

»Mir geht es bei der Liebe auch um alles«, antwortete Marion ein wenig verletzt.

»Ja, aber dazu gehört auch die körperliche Liebe, die Lust, der Schmerz, eben alles.«

Marion dachte an Franks Vorlieben und fühlte sich bei Karinas freizügigen Worten wieder einmal klein und verklemmt.

»Jedenfalls haben wir uns geliebt wie wilde Tiere und dann ...« Jetzt änderte sich Karinas gesamtes Verhalten. Ihre Augen füllten sich mit Tränen und sie setzte sich wie ein Häufchen Elend auf den Stuhl. Schluchzend folgten die Worte: »Er hat gesagt, es sei ein Fehler gewesen, und ist einfach gegangen. Seither habe ich nichts mehr von ihm gehört.«

Marion empfand tiefes Mitleid. Wie hatte sich Karina auch so ausnutzen lassen können?

»Warum hast du ihn überhaupt in deine Wohnung gelassen?«

»Weil ich ihn liebe!«, stieß Karina mit einem irren Blick hervor. »Ich liebe ihn mehr als mein Leben. Vielleicht sollte ich mit seiner Frau reden?« Den letzten Satz sagte sie mit einer Gehässigkeit, die Marion erschreckte.

»Du hältst mich für unmoralisch, für verkommen, nicht wahr?«, reagierte sie auf den vorwurfsvollen Blick ihrer Schwägerin. »Frank denkt genauso über mich!«

»Das ist nicht wahr«, wies Marion den Vorwurf zurück, »und auch Frank hat sicher keine schlechte Meinung von dir. Aber wenn dieser Mann die Beziehung eigentlich gar nicht will, was macht das dann überhaupt für einen Sinn?«

»Blödsinn! Er will die Beziehung, er hat nur Angst davor.«

»Aber warum sollte er Angst haben?«

»Weil unsere Liebe so intensiv ist, dass es manchmal zur Qual wird.«

»Karina, das ist doch nicht gesund!«

»Ach, ist es das nicht?«, rief Franks Schwester nun aufgebracht. »Ich finde es immer noch gesünder, als eine Lüge zu leben.« Dann fügte sie noch ein bösartiges »Frag dich das doch einmal selber« an.

Marion wurde knallrot und Karina bemerkte, dass sie zu weit gegangen war. »So habe ich das nicht gemeint, tut mir leid«, stammelte sie kleinlaut. »Ich habe die Rosen und die ›Verzeih mir‹-Karte gesehen und da dachte ich ...«

Marions Augen brannten, doch sie hielt die Tränen zurück. »Jede Liebe hat auch Momente der Qual. So ist das eben.«

Karina blickte stumm zu ihrer Schwägerin, dann sagte sie unvermittelt und gut gelaunt: »Lass uns einen Einkaufbummel machen, das ist die beste Medizin gegen Liebeskummer.«

Marion willigte ein, obwohl sie die Stimmungsschwankungen von Franks Schwester verunsicherten. Allerdings war es auch schon lange her, dass sie mit einer Freundin einen unbeschwerten Tag genossen hatte.

# KAPITEL 10

*»Ein erwachsener menschlicher Körper enthält, je nach Körpergewicht, zwischen 5 und 6 Liter Blut.«*

**In einem Pferdestall in Iffezheim, unweit von Baden-Baden**

»Wer hat ihn gefunden?« Heerse zwang sich, den Blick nicht abzuwenden.

Einer der Beamten vor Ort antwortete mit belegter Stimme: »Ein Pferdewirt aus der Gemeinde. Hat sich gewundert, dass die Stalltür offen stand.«

»Wann war das?«

»Vor einer Stunde kam der Anruf, also gegen acht Uhr.«

Der Hauptkommissar bemerkte, wie sein Magen rebellierte, und dachte das erste Mal daran, das Frühstück künftig ausfallen zu lassen.

»Der wurde übel zugerichtet«, sagte Müller, der vorübergehend Lukas Bürg ersetzte, wohl wissend, dass diese Worte bei Weitem nicht wiedergaben, was man dem Opfer angetan hatte.

Der schwere Leichnam lag auf der Seite. Überall klebte das Blut des Mannes. Der Schädel klaffte auseinander. Die Beamten sahen die Striemen auf dem Gesäß und Rücken des Toten.

»Hat man ihn gefoltert?«, fragte Heerse einen Kollegen von der Gerichtsmedizin, der gerade die Spuren sicherstellte.

»Es gibt keine Hinweise, dass er gefesselt war, als man ihn schlug. Die Verletzungen sind nur oberflächlich. Vermutlich von der Reitgerte. Könnte einvernehmlich passiert sein. Zumindest so lange, bis man ihm den Schädel gespalten hat.«

Man sah dem Mann an, dass er wusste, wie hart solche sachlichen Feststellungen klangen, es allerdings längst aufgegeben hatte, dafür bessere Worte zu suchen. Grausamkeit ließ sich eben nicht umschreiben.

»Immerhin liegen seine Kleider fein säuberlich auf einem Haufen dort drüben in der Ecke – Papiere und Geld, alles da«, fuhr der Mediziner fort.

Heerse stellte keine weiteren Fragen. Er sah zu Frank Dorthal hinüber, der sich gerade die persönlichen Daten des Toten notierte. Dabei lehnte er gegen eine Wand und sah so aus, als würde er jeden Moment in Ohnmacht fallen. Heerse wusste mittlerweile, dass sein Mitarbeiter durch diesen Fall weit mehr belastet wurde, als er sich und anderen eingestand. Hoffentlich würde er auf Dauer damit klarkommen.

Heerse starrte wieder auf den massigen nackten Leib des Opfers und flüsterte leise: »So bald reit ich wieder ...«

Müller trat neben seinen Chef. »Die Trinkhallen-Sage mit dem Titel ›Baldreit‹. Ein kranker Adliger wird dank der Behandlungen in der Kurstadt schnell gesund und ruft diesen Satz, als er vom Hof seiner Herberge galoppiert.«

Mittlerweile kannten die engsten Mitarbeiter des Teams die 14 Sagen auswendig.

»So ist es.«

»Also erst ein Liebesspiel und dann ...«

»So eine Scheiße!«, brüllte Heerse mit einem Mal und das leise Gemurmel im Stall verstummte. Alle sahen zu dem Hauptkommissar, der sich jetzt mit den Händen durch das schüttere Haar fuhr. »So eine verdammte Scheiße«, wiederholte er dieses Mal etwas leiser. »Warum noch diese Inszenierung? Ihn in einem Reitstall zu töten, das hätte doch als Botschaft gereicht. Warum noch ...«

Heerse suchte nach Worten und beendete den Satz mit einem hilflosen »Das?«

Er hatte ausgesprochen, was alle Anwesenden dachten. Der Tote, dem man bereits jede Würde genommen hatte, indem man ihn wie einen Abfallhaufen zurückließ, war auf schreckliche Weise zur Schau gestellt worden. Über den zerschmetterten Resten seines Schädels lag das Zaumzeug eines Pferdes. Der Mörder hatte sogar versucht, die Trense in den auseinandergerissenen Mund des Opfers zu schieben, sodass das Metall nun zwischen den Kieferfragmenten und ausgeschlagenen Zähnen klemmte.

Die Reitgerte, mit der man ihn vermutlich zuvor ausgepeitscht hatte, war gewaltsam in das Rektum des Opfers geschoben worden und vervollständigte so das Bild von Hass und Irrsinn.

Heerse hatte genug gesehen. Seine Gedanken kreisten nur um eine Frage: *Wie kann ich das beenden?*

Vor dem Stall wartete der Pferdewirt, der den Toten gefunden hatte, auf den Hauptkommissar, um seine Aussage zu machen. Mittlerweile war auch der Eigentümer des Geländes erschienen.

Der Pferdewirt – ein alter, kleiner Mann mit O-Beinen – erzählte seine Geschichte und fügte dann noch an den Eigentümer gewandt hinzu: »So schnell kannst du da keine Pferde mehr unterbringen. Erst einmal muss der Blutgeruch raus. Pferde riechen den Tod. Der Stall gehört ausgeräuchert.«

Der Eigentümer schien bedrückt, als sich der Hauptkommissar an ihn wandte. »Ist der Stall immer leer?«

»Meistens. Ich vermiete ihn während der Rennwochen.«

Heerse verstand. Sie waren hier in Iffezheim, einer Nachbargemeinde von Baden-Baden, die berühmt war für die Rennbahn und die Pferderennen. Der Stall mit seinen acht Boxen gehörte einem Privatmann, der ihn an die Teilnehmer der Rennen vermietete. Es gab mehrere dieser kleinen Mini-Reitställe, die auf weitem Gelände standen und außerhalb des Rennbetriebes nicht bewacht wurden.

»Und warum war das Gebäude nicht abgeschlossen?«

»Na, da war doch nichts weiter drin ...«

»Zaumzeug, Reitgerte?«, hakte Heerse nach.

»Altes Zeug ohne Wert.«

Heerse rief nach Frank und der brachte den Reisepass des Opfers.

»Kennen Sie den Mann auf dem Foto?«

»Ist das der Tote?«, sagte der Eigentümer nun neugierig.

»Beantworten Sie bitte nur die Frage.«

»Nein, den kenne ich nicht.« Und mit einem Blick auf den ausländischen Pass fuhr er fort: »Ein Russe also ...«

Heerse ging nicht auf diese Bemerkung ein, sondern ermahnte den Mann lediglich dazu, über dieses Gespräch Stillschweigen zu bewahren. Vermutlich ein sinnloses Unterfangen.

* * *

»Wir haben einen toten, nackten Russen in einem abgelegenen Reitstall, was jetzt?« Heerse fühlte sich am Ende seiner Kräfte.

Frank Dorthal saß schweigend am Steuer und lenkte den Wagen umständlich in eine Lücke auf dem Parkplatz des Präsidiums.

Müller war damit beauftragt worden, alle Hotels abzuklappern. Vielleicht war der Russe dort irgendwo als Gast abgestiegen. Gleichzeitig nahm eine andere Abteilung Kontakt mit den russischen Behörden auf. Schließlich musste man die Angehörigen des Mannes ausfindig machen.

* * *

Dank Müllers Recherchen betraten sie keine Stunde später die Lobby eines der eleganten Baden-Badener Innenstadthotels. Der Eingangsbereich war luxuriös ausgestattet. Keine Frage: Wer hier eincheckte, besaß das nötige Kleingeld.

Eine sehr hilfsbereite Empfangsdame führte sie schnell zu einem Lift. In einem hellen Konferenzraum wurden sie vom Hoteldirektor persönlich begrüßt. Der Mann rang sichtlich um Fassung. Dass einer seiner Gäste ermordet worden war, ging ihm nahe.

»Ja, natürlich. Wladimir Juroschek, er hatte eine der Suiten.«

»Ist der Mann alleine angereist?«

»Nein, er hatte zwei Geschäftsfreunde dabei, ebenfalls Russen.«

»Sind die Herren momentan im Hotel?«

»Ich lasse das sofort prüfen. Vielleicht sollte ich Ihnen noch sagen, dass die Herrschaften nur wenig Deutsch sprechen.«

Heerse nickte dem Mann dankbar zu und wandte sich an Frank: »Wir brauchen einen Dolmetscher.«

Frank schien tief in Gedanken versunken. So unkonzentriert kannte Heerse seinen Mitarbeiter überhaupt nicht.

»Frank, Dolmetscher!«, blaffte er ungeduldig, »wir sind schließlich in Baden-Baden, da sollte das kein Problem sein. Frage im Präsidium nach, mit wem die Kollegen gewöhnlich zusammenarbeiten.«

Im gleichen Konferenzsaal saßen eine Stunde später die Freunde von Wladimir Juroschek zusammen mit einer Dolmetscherin den beiden Polizisten gegenüber. Der Hoteldirektor hatte sich zuvor noch Heerses Diskretion versichert und war dann etwas konfus hinausgeeilt.

Die Freunde von Juroschek waren, wie das Opfer, ungefähr um die vierzig. Ihre Gesichter zeigten einen gequälten Ausdruck. Zum einen rührte das vom Schock über den Verlust des Freundes, zum anderen waren die beiden sichtlich verkatert.

»Fangen wir an«, wandte sich Heerse nun an die nette Übersetzerin, die mit angenehmer Stimme zwischen den beiden Sprachen hin und her wechselte.

»Wann haben Sie Ihren Freund das letzte Mal gesehen?«

Es folgte ein langer Dialog auf Russisch, bis die Dolmetscherin endlich den Inhalt des Gesprächs weitergab. »Sie waren alle drei in der Stadt unterwegs gewesen. Erst etwas essen, anschließend im Kasino und dann in einer Kneipe.«

Frank Dorthal notierte den Namen des Lokals.

»Gegen 23.30 Uhr hat sich Wladimir verabschiedet.«

»Was heißt das?«

Die beiden Russen sahen sich vielsagend an. Dann stellte einer von ihnen Heerse eine Frage.

»Was passiert mit dem, was wir Ihnen erzählen? Wladimir war unser Freund. Wir wollen nicht, dass seine Familie kompromittiert wird.«

Heerse musste beinahe über diese Ausdrucksweise lächeln. Sicher hatte der Mann es in der Originalsprache nicht ganz so schön ausgedrückt.

Der Hauptkommissar räusperte sich und sah die Dolmetscherin ernst an. »Übersetzen Sie so direkt wie möglich.« Dann blickte er auf die Zeugen und sagte mit scharfer Stimme: »Meine Herren, Ihr Freund wurde ermordet. Man hat ihm den Schädel gespalten und anschließend die Leiche geschändet. Wir suchen nach einem Mörder ohne jeden Skrupel. Ich muss alles wissen, auch die unschönen Wahrheiten über Ihren Freund. Allerdings werde ich mich bemühen, mit den Informationen, die Sie mir geben, so vertraulich, wie es mir als Polizist möglich ist, umzugehen. Natürlich soll die Familie des Opfers mit Rücksicht behandelt werden.« Die letzten beiden Sätze sagte er fast versöhnlich.

Kurz zögerten die Russen, dann hatten sie sich entschieden.

»Wir waren in dieser Bar, um jemanden kennenzulernen, Sie verstehen?«

Während die Dolmetscherin leicht errötete, nickte Heerse bestätigend.

»Irgendwann so gegen halb zwölf kam Wladimir zu mir und sagte, er habe eine Verabredung.«

»Eine Verabredung?«

»Nun, die Art, wie er das sagte, ließ keinen Zweifel daran, dass es um Sex ging.«

»Und haben Sie gesehen, mit wem er das Lokal verließ?«

»Nein, leider nicht! Die Bar war sehr voll und ich hatte meine eigenen Verhandlungen zu führen.« Wieder folgte ein »Sie verstehen?«

Auch der andere Mann wusste nicht mehr.

»Auf was für einen Typ stand denn Ihr Freund?«

»Wladimir war da spontan.«

»Und hatte er für gewöhnlich Erfolg?«

»Nun, unser Freund war ein reicher Mann ...«, ließ der Russe die Antwort im Raum stehen.

»Traf er sich auch mit Prostituierten?«

»Manchmal.«

»Aber nicht gestern?«

»Er hat sich keine bestellt, wenn Sie das meinen, aber vielleicht hat er im Lokal eine dieser Damen getroffen.«

Heerse würde besagte Kneipe überprüfen lassen. Vielleicht war dem Personal etwas aufgefallen und womöglich konnten sie sogar mit dem einen oder anderen Stammgast sprechen.

»Haben Sie sich nicht darüber gewundert, dass Ihr Freund nicht mehr wiederkam?«

Die beiden Russen lachten, verstummten aber abrupt, als ihnen einfiel, warum sie hier zusammensaßen.

»Wieso hätten wir uns wundern sollen? Wir waren hier, um uns zu vergnügen, das kann die ganze Nacht, und wenn man viel Glück hat, auch den nächsten Tag dauern.«

Kurz war es still, dann fiel Heerse noch etwas ein.

»Können Sie mir sagen, was für sexuelle Vorlieben Ihr Freund hatte?«

Die Männer blickten den Hauptkommissar verständnislos an.

Deshalb präzisierte er seine Frage: »Auf was stand Ihr Freund beim Sex?«

»Wie gesagt, Wladimir war spontan ...«

Heerses Gesichtsausdruck zeigte dem Zeugen, dass diese Antwort nicht reichte.

Unwillig sprach dieser deshalb weiter: »Er war ein bisschen verrückt, unser Wolodja.«

Er gebrauchte fast zärtlich die Koseform des Namens – erst jetzt schien ihm richtig bewusst zu werden, dass sein Freund für immer gegangen war. Der andere drückte ihm kurz tröstend den Arm und übernahm das Sprechen.

»Wladimir war ein Wolf. Immer hungrig. So war er bei seinen Geschäften und in der Liebe. Er mochte das Außergewöhnliche.«

»Was heißt das?«, bohrte Heerse weiter nach.

»Rollenspiele, Gewalt, so etwas eben.«

»Auch mit Männern?« Das war die erste Frage, die Frank Dorthal stellte. Die Dolmetscherin schien zu zögern, aber der Oberkommissar fuhr sie an: »Na los, übersetzen Sie!«

Heerse nickte der Frau auffordernd zu. Die Frage war notwendig. Er dachte an die Reitgerte und war nun gespannt auf die Antwort. Schon das Zögern der Männer ließ vermuten, dass Frank ins Schwarze getroffen hatte.

»Antworten Sie bitte auf die Frage meines Kollegen.«

Wieder tauschten die beiden Russen vielsagende Blicke, bevor sie sich durchrangen zu antworten.

»Wie ich gesagt habe. Wladimir war immer hungrig. Wir haben das nicht gutgeheißen, aber er war unser Freund, also ...«

»Gab es jemand bestimmten? Einen festen Liebhaber?«

»Aber nein, wo denken Sie hin. Wolodja war ein verantwortungsvoller Familienvater. Er hat lediglich bei unseren kleinen Ausflügen ein wenig über die Stränge geschlagen. Und nicht, dass Sie denken, er hätte sich irgendjemand aufgezwungen. So einer war Wladimir nicht. Wie gesagt, er war sehr reich. Was er wollte, konnte er sich kaufen.«

Heerse bezweifelte, dass es viele Menschen gab, die einen verantwortungsvollen Familienvater in Wladimir gesehen hätten, aber trotzdem hatte er es nicht verdient, grausam abgeschlachtet zu werden.

»Es könnte also auch sein, dass er gestern mit einem Mann weggegangen ist?«

»Gut möglich. Ehrlich gesagt hatten wir das vermutet. Dieser Vorliebe ging er im Ausland bevorzugt nach.«

»Aber eine Frau ist nicht ausgeschlossen?«

Der Mann sah den Polizisten mit einem traurigen Lächeln an. »Nein, überhaupt nicht. Wie gesagt, Wolodja war sehr spontan.«

**Am selben Abend in Karinas Wohnung, Pforzheim**

Karina hatte den Tag mit ihrer Schwägerin Marion genossen. Am Nachmittag war sie in ihre Pforzheimer Wohnung zurückgekehrt. Mittlerweile war es fast dreiundzwanzig Uhr, und die junge Frau fühlte sich einsam. Sie wäre gerne in Baden-Baden geblieben, aber dieses Mal wurde ihr das Gästezimmer nicht angeboten.

Als es jetzt unvermittelt an der Tür klingelte, begann Karinas Herz zu klopfen. Sollte das vielleicht *er* sein? Seit sie vor wenigen Tagen im Streit auseinandergegangen waren, hatte sie verbissen mit ihrem Handy dagesessen und ihn mit SMS bombardiert. Zuerst waren es Verwünschungen und Hasstiraden gewesen, dann hatte sie um seine Liebe gebettelt und schließlich gedroht, alles seiner Frau zu erzählen. In der nächsten Nachricht hatte sie sich dafür wieder entschuldigt und ihm gestanden, wie sehr sie ihn immer noch liebte. Als keine Antwort kam, musste sie handeln.

Mit Herzklopfen öffnete die junge Frau nun die Tür.

Sein Blick sagte ihr, dass er sie durchschaut hatte. Wütend drängte er Karina in die Wohnung und legte seine großen Hände um ihren zierlichen Hals. Die Luft blieb ihr weg und sie schlug um sich. Aber er presste sie mit einem irren Blick an die Wand und ließ sie wie ein Vögelchen zappeln.

»Du!«, zischte er und die Abscheu in seinem Blick verletzte die junge Frau mehr als der körperliche Schmerz, den sie gerade spürte. »Was hast du getan?«

Endlich gab er sie frei, stieß sie grob von sich. Karina ging in die Knie und rang nach Atem. Sie sah ihm nach und hörte das polternde Geräusch, als er eine Schublade aus ihrem Schrank zog und auf den Boden fallen ließ.

»Wo hast du es versteckt? Zwischen deinen Seidenhöschen?« Er war wie von Sinnen.

Karina folgte ihm ins Schlafzimmer und beobachtete stumm sein Wüten.

»Ich weiß nicht, was du meinst?«, stotterte sie hilflos, aber das Zittern ihrer Stimme strafte sie Lügen.

Mit zusammengekniffenen Augen fixierte er sie von der gegenüberliegenden Wand aus. Dann kam er auf sie zu und schlug ihr hart ins Gesicht. Ihre Lippe platzte auf.

»Lüg mich nicht an!«, schrie er außer sich.

Als er die Kiste unter dem Bett fand, schloss die junge Frau die Augen.

»Karina.« Er flüsterte ihren Namen, als er gefunden hatte, weswegen er hier war. Wütend schleuderte er ihr seinen Fund vor die Füße. »Was hast du dir dabei gedacht?« Seine Stimme klang jetzt belegt, die Hilflosigkeit war ihm anzuhören.

»Ich dachte, ich könnte es deiner Frau zeigen, dann sieht sie mal, wozu du mich gebracht hast«, antwortete Karina trotzig. »Dann sieht sie einmal, wie du wirklich bist. Wer weiß, vermutlich verlässt sie dich sogar, weil sie endlich erkennt, dass du ein Schwein bist.«

Ihre Stimme wurde lauter. »Jawohl, ein gemeines, mieses Schwein! Du hast mich zu deiner Hure gemacht, und jetzt?« Ihre Worte waren schneidend. »Ich hasse dich! Ich hasse dich!«

Er sah sie nicht an, sondern blickte starr auf den Boden. Karina hatte recht. Wenn seine Frau das sehen würde, wenn sie wüsste, was er mit Karina getan hatte ...

»Es ist meine Schuld«, sagte er nun leise.

Karina funkelte ihn böse an. Ihre Wange brannte und ihre Lippe schmerzte von dem Schlag.

»Was ich dir angetan habe, ist unverzeihlich.« Endlich hob er den Kopf. Tränen liefen ihm über die Wangen. Karina machte einen Schritt auf ihn zu, doch er stieß sie weg. »Es ist alles meine Schuld«, schluchzte er verzweifelt. »Ich habe das nicht kommen sehen, es ...« Seine Faust schnellte nach vorne und schlug mit Wucht auf die Spiegeltür des Kleiderschranks. Es klang wie feine Hagelkörner, die auf ein Autodach prasselten, als die kleinen Splitter geräuschvoll auf den Schlafzimmerboden fielen.

Karina schlang ihre Arme um seinen Hals. Er wollte sich der Berührung entziehen, aber sie klammerte sich fest an ihn.

»Ich liebe dich«, keuchte sie immer wieder, »alles wird gut werden.« Ihre Zunge liebkoste seinen Hals, suchte nach seinem Mund.

Noch kämpfte er gegen seine Gefühle an.

»Ich verspreche dir, alles wird gut«, sagte sie erneut und endlich trafen sich ihre Lippen. Noch während sie sich küssten, rissen sie sich gegenseitig die Kleider vom Leib.

Doch dann, bereits erhitzt und voller Lust, schob er sie wieder grob von sich. »Nein!«, schrie er mit einer Vehemenz, die sie traf wie ein erneuter Schlag ins Gesicht.

»So hat alles angefangen, wir müssen damit aufhören! Wir müssen uns trennen, einen anderen Weg gibt es nicht.«

Karina versuchte erneut ihre nackte Haut an seine zu pressen. Sie wusste, dass er sie begehrte – nur sie konnte ihm geben, was er brauchte.

»Nein«, klang es schmerzhaft in ihren Ohren. »Wir beenden das. Hier und jetzt. Du wirst dein eigenes Leben leben. Wir werden uns nicht wiedersehen. Ich halte mich künftig fern von dir.«

»Ich will nicht, dass du dich von mir fernhältst«, flehte sie. »Ich verspreche dir, ich werde niemandem etwas sagen. Niemals. Nicht deiner Frau und auch sonst niemandem. Ich werde brav sein und keine schlimmen Dinge tun!« Sie versuchte zu lächeln, wollte ihn mit ihrer kindlichen Ausdrucksweise necken, aber er ging nicht darauf ein.

Stattdessen schnappte er sich das, was er in der Kiste unter dem Bett gefunden hatte. »Das nehme ich mit. Ich werde es vernichten.«

Die junge Frau schwieg, sie würde andere Wege finden, um ihn unter Druck zu setzen. Er unterschätzte gerade ihre Entschlossenheit.

»Karina, du wirst aus meinem Leben verschwinden, ein für alle Mal. Ich flehe dich an, lass es uns beenden!«

»Niemals«, war alles, was sie ihm erwiderte, dann drehte sie sich um und starrte böse auf den Scherbenhaufen vor ihren Füßen.

# KAPITEL 11

*»Was Blut kostet, ist gewiss kein Blut wert.«*
*Gotthold Ephraim Lessing (1729-1781)*

**Präsidium der Kriminalpolizei, Baden-Baden**

Drei Tage später brütete Heerse über den Berichten. Erneut nahm er sich die Zusammenfassung der Fallanalytiker vor. Der Hauptkommissar hatte die zuständigen Experten gebeten, eine Einschätzung zum Geschlecht des Täters abzugeben.

Bei den Morden an Hanson, dem Zupf-Hans, dem Jäger Barus, dem Ehepaar und nun auch an dem Russen Wladimir hatten die Opfer gekniet, sich gebückt oder gesessen. Annemarie Müller war sehr klein und Sina Wieser traf der erste Schlag in den Hals, als sie aus ihrem Auto steigen wollte. Damit war klar, dass der Täter nicht besonders groß sein musste. Das Mordwerkzeug, ein leichtes Beil, war zusammen mit dem Überraschungsmoment kein Gerät, bei dem ein hoher Kraftaufwand notwendig war. Eine Frau als Täterin kam damit durchaus infrage. Für eine Frau sprach überdies deren weniger bedrohliche Wirkung auf die Opfer, die sie deshalb auch nahe an sich herankommen lassen würden. Dagegen standen die Statistiken. Gewalttaten dieser Art wurden für gewöhnlich dem männlichen Geschlecht zugeordnet. Allerdings gab es immer Ausnahmen.

*Na toll!*, dachte Heerse, *jetzt bin ich so schlau wie vorher!*

Die Experten blieben bei ihrer Einschätzung, dass der erste Mord ohne Planung und in wilder Raserei stattgefunden hatte. Alles danach war überlegt gewesen, auch wenn die Brutalität der Morde das auf den ersten

Blick nicht so wiedergab. Niemand bezweifelte die Intelligenz des Täters, der keine verwertbaren Spuren hinterließ und seine Opfer in die Falle lockte. Auch diese Feststellung ließ keine weiteren Rückschlüsse auf die zu suchende Person zu. Das Wissen zur Spurenvermeidung konnte man sich heutzutage leicht aneignen.

Der sexuelle Aspekt blieb unklar. Dem ersten Opfer, Mark Hanson, hatte man die Genitalien zerhackt. Dem Russen wurde eine Reitgerte eingeführt. Auch einen homosexuellen Hintergrund konnte man nicht ausschließen.

Heerse dachte mit Erleichterung daran, dass Lukas Bürg beim letzten Mord überwacht worden war und damit nicht als Täter infrage kam. Das Gleiche galt übrigens auch für von Lohberg. Sollte einer der beiden allerdings einen Partner für die Morde haben, dann wäre es schwer, das zu beweisen.

Jedenfalls schien klar, dass der Mörder eine Botschaft senden wollte. Heerse ging allerdings nicht davon aus, dass der Täter den Wunsch hatte, sich an die breite Öffentlichkeit zu wenden. Wäre das der Fall gewesen, dann hätte er die Aufmerksamkeit der Medien gesucht oder die Möglichkeiten des Internets genutzt. Daraus ließ sich schließen, dass der Kreis der Empfänger definierter war. Möglich, dass eine Einzelperson oder eine bestimmte Personengruppe, wie zum Beispiel die Polizei selbst, angesprochen werden sollte. Das Motiv war unklar, zu befürchten war jedoch, dass der Täter entschlossen genug war, alle vierzehn Trinkhallen-Sagen mit einem Mord darzustellen.

Die Befragungen liefen auf Hochtouren. Heerse hatte selbst mit dem Mann gesprochen, den Marion Dorthal damit beauftragt hatte, den Nachlass ihres Vaters zu veräußern, aber das hatte nichts ergeben.

Am meisten erhofften sich die Polizisten von den Vernehmungen bezüglich des Mordes an Wladimir Juroschek. Jemand musste doch etwas gesehen haben! Allerdings blieben bis jetzt auch hierbei die Rückmeldungen dürftig.

Heerse griff gerade nach seinem kalten Kaffee, als plötzlich die Bürotür aufgerissen wurde.

»Wir haben ihn!«, schrie ihm Müller vom Türrahmen zu und war schon wieder verschwunden.

Heerse sprang wie elektrisiert auf, griff nach seiner Jacke und rannte auf den Flur.

Frank Dorthal kam ihm entgegen. »Wir haben ihn!«, rief auch er und spurtete vor Heerse den Gang entlang, Richtung Parkplatz.

Die Sirenen der Einsatzfahrzeuge dröhnten durch die ganze Stadt.

Heerse sprang fast aus dem fahrenden Auto, als sie ihr Ziel – eine einfache Wohngegend – erreichten. Die Anwohner hatten sich bereits hinter den Absperrungen versammelt. Der Hauptkommissar rannte auf den nächsten Kollegen zu.

»Was ist hier los?«, kam er gleich zum Punkt.

»Geiselnahme. Der Typ ist durchgedreht. Bedroht seine Frau und seinen achtjährigen Sohn mit einem Beil. Vielleicht ist das euer Mann?«

Heerse überkamen die ersten Zweifel.

»Wie kam es dazu?«

»Die alte Geschichte. Der Kerl hat vor einem halben Jahr seinen Job verloren, das Saufen angefangen und jetzt wollte ihn seine Frau verlassen. Das war dann wohl zu viel.«

Heerses Zweifel wurden größer, trotzdem rannte er ins Gebäude. Die Polizisten im Treppenhaus ließen ihn zu ihrem Vorgesetzten durch.

»Der Geiselnehmer heißt Peter Schmidt, achtunddreißig. Die Oma hat uns angerufen.«

»Wo ist die jetzt?«

Der Kollege deutete nach unten. »Wohnt ein Stockwerk tiefer, ist die Mutter der Ehefrau.«

»SEK?«

»Auf dem Weg«, sagte Heerses Gegenüber sachlich, dann fuhr er in besorgtem Ton fort, »ich hoffe, das Spezialeinsatzkommando taucht bald auf. Ich fürchte nämlich um das Leben des Kindes.«

Wie zur Bestätigung brüllte es aus der Wohnung: »Ich bring euch alle um, ihr Schweine, und mit dem Jungen fang ich an!«

Heerse sah bestürzt zu seinem Kollegen, dann fasste er einen Entschluss.

»Herr Schmidt«, hallte die feste Stimme des Hauptkommissars nun durch das Treppenhaus, »mein Name ist Heerse, Rolf Heerse.«

»Verschwinde, du beschissener Bulle!«

»Herr Schmidt, das kann ich nicht. Nicht, solange der Junge bei Ihnen ist.«

Heerse gab den Polizisten hinter sich wilde Zeichen. Einer der Männer formte daraufhin mit den Lippen den Namen Kevin.

»Geht es Ihrem Sohn gut? Geht es Kevin gut?«, versuchte der Hauptkommissar ein Gespräch zu führen.

»Noch ja!« Die Stimme des Mannes klang gehetzt und etwas schwerfällig, wahrscheinlich hatte er getrunken.

Im Hintergrund hörte Heerse erleichtert das Geräusch eines sich nähernden Hubschraubers – das Spezialeinsatzkommando war im Anflug.

»Wie geht es Ihrer Frau?« Jemand hob ihm einen Zettel vor die Nase. »Nathalie?«

»Die Schlampe wollte mich verlassen ...«

Heerse sprach ganz automatisch weiter, irgendetwas sagte ihm, dass er das Gespräch nur am Laufen halten musste, dann würde der Familie nichts passieren.

»Wo ist Nathalie jetzt?«

Das Brummen des Hubschraubers schien kurz sehr nahe, dann entfernte sich das Geräusch wieder.

»Wen interessiert das?«, gab der Mann hinter der Tür zornig zurück.

»Ist Kevin bei Ihnen?«

Hinter sich hörte Heerse schwere Schritte. Die Männer des SEK rannten die Treppe hoch. Ihr Einsatzleiter ließ sich von einem der Baden-Badener Beamten schnell auf den neusten Stand bringen. Gleichzeitig gab er Heerse das Zeichen, weiterzusprechen. Die SEK-Leute standen in dem für sie typischen »Räuberzivil« hinter ihm. Da die Männer im Notfall abgerufen wurden, blieb keine Zeit für aufwendige Kleidungswechsel. Die meisten trugen deshalb eine handelsübliche Jeans, eine Uniformjacke, darüber eine Schutzweste mit entsprechender Aufschrift und auf dem Kopf einen Kevlarhelm. Ebenso gehörten schwere ballistische Schutzschilde, Maschinenpistolen und Kurzwaffen zu ihrer Ausrüstung.

»Der Junge ist bei mir. Ich bin schließlich sein Vater. Hier ist sein Platz«, antwortete der Geiselnehmer hinter der Tür.

Vier der SEK-Leute verschwanden in der Nachbarwohnung. Ganz offensichtlich wollten sie über den Balkon steigen und so in die Räume der Schmidts eindringen.

Jemand hielt Heerse einen weiteren Zettel vor die Nase, der Hauptkommissar hatte verstanden.

»Hören Sie, wir können das alles noch zu einem guten Abschluss bringen.«

»Es wird nichts Gutes mehr in meinem Leben geben.«

Wieder ein Zettel.

»Reden Sie keinen Unsinn, Ihr Junge, Kevin, das ist doch etwas Gutes.«

»Ja, und den wollen sie mir nehmen!«

Heerse glaubte ein Schluchzen durch die Tür zu hören.

Mit hochgezogenen Augenbrauen las er nun die nächste Anweisung.

»Herr Schmidt, ich schlage vor, Sie lassen den Jungen gehen, dafür komme ich zu Ihnen.«

»Um mich zu erschießen?«

»Unsinn«, erwiderte der Hauptkommissar dieses Mal ohne Vorgaben. »Ich bin alt und grau. Ein Bürohengst, ich rede mit den Menschen. Öffnen Sie die Tür und lassen Sie Kevin gehen, ich werde an seiner Stelle zu Ihnen in die Wohnung kommen.«

Peter Schmidt schien Bedenkzeit zu brauchen. Noch schleuderte er wüste Beschimpfungen durch die Tür, aber Heerse ließ nicht locker und redete mit Engelszungen auf den Geiselnehmer ein. Der Hauptkommissar hatte das Gefühl, dass er schon seit vielen Stunden in diesem Treppenhaus wäre und Tausende dieser kleinen Notizzettel gelesen hätte, die man ihm ständig vor die Nase hielt.

Endlich schien Peter Schmidt einzulenken. »Ich tausche meinen Jungen aus, aber wenn ihr irgendwelche Tricks versucht ...«, drang es bedrohlich durch die Tür.

Die SEK-Männer waren bereit. Das Vierer-Team stand schon auf dem Balkon.

Gerade, als sein Nebenmann einen neuen Zettel schreiben wollte, hörten die Beamten das Drehen des Schlüssels.

Ein schmächtiger Junge mit ängstlichem Gesicht blickte durch den Türspalt – dann passierte alles gleichzeitig.

Heerse wurde zur Seite gestoßen. Einer der SEK-Männer packte den Jungen am Arm und zog ihn mit einem Ruck ins Treppenhaus, wo ihn sofort ein anderer Mann mit festem Griff nach unten trug. Die Tür wurde aufgestoßen und die SEK-Beamten stürmten in die Wohnung. Aus dem hinteren Teil hörte man das Zerbersten von Glas.

Das Team, das nun über den Balkon eindrang, hatte mit seinen Schutzschilden die Scheiben zertrümmert. Peter Schmidt blieb keine Zeit zu reagieren. In der nächsten Sekunde trafen ihn die Nadeln eines Tasers am Körper. Von Muskelkrämpfen geschüttelt, stürzte er zu Boden. Jemand schlug ihm die Waffe aus der Hand, dann rissen ihm die Beamten die Arme nach hinten und das Einrasten der Handschellen ließ das Team fürs Erste durchatmen.

Heerse lehnte immer noch, wie ein nasser Sack, an der Wand. Jemand half ihm auf.

»Gute Arbeit, Kollege.« Das war der Zettelschreiber.

Heerse nickte nur. Durch seine Adern schien im Moment kein Blut, sondern reines Adrenalin zu fließen.

Wie in Trance betrat er die Wohnung. Das angebliche Beil stellte sich als alte, rostige Axt heraus. Peter Schmidt schluchzte laut, als ihn die Beamten abführten. Zwei Sanitäter eilten an den Männern vorbei ins Nebenzimmer, dort lag die Ehefrau. Sie war bewusstlos und hatte eine große Platzwunde auf der Stirn. Vermutlich war sie von ihrem Mann niedergeschlagen worden. Die Krankenbahre wurde mit größter Umsicht durch das gewundene Treppenhaus getragen.

Plötzlich war Frank Dorthal neben dem Hauptkommissar. »Rolf? Geht es dir gut?«

»Ich denke nicht, dass das unser Mann war«, sagte Heerse leise, anstatt seinem Kollegen eine Antwort zu geben.

Als die beiden Polizisten wenig später Peter Schmidt verhörten, stellte sich deutlich heraus, dass der Mann nicht ihr Beilmörder war. Was sie heute erlebt hatten, war eines dieser häuslichen Dramen, das die Menschen für den Rest ihres Lebens in den Abgrund stürzen konnte. Peter Schmidt würde mit Sicherheit eine Haftstrafe verbüßen. Blieb zu hoffen, dass die Ehefrau und der Junge trotzdem einen Weg fanden, irgendwann wieder ein normales Leben zu führen.

**Innenstadt von Baden-Baden, nächster Tag**

Der Beamte gähnte und streckte sich auf dem Beifahrersitz. »Sieht alles ruhig aus«, sagte er gerade zu seinem Kollegen. Es war bereits kurz vor 11.30 Uhr morgens und die Ablösung würde erst in drei Stunden kommen.

»Das arme Schwein«, antwortete der andere Polizist. »Hast du die Schlagzeilen gelesen? Damit kann der so unschuldig sein, wie er will. Diese Morde werden ihm ewig anhaften.«

»Vielleicht zu Recht.«

»Na, den Letzten hat er jedenfalls nicht begangen, da standen wir schließlich vor der Tür des guten von Lohbergs.«

»Stimmt, aber da wir nun immer noch dastehen, scheint ihn Heerse noch nicht von der Verdächtigenliste gestrichen zu haben.«

Ein paar Minuten schwiegen die Männer und beobachteten die Eingangstür des Antiquitätengeschäfts.

»Die haben die regionale Presse um Mithilfe gebeten«, nahmen die Beamten die Unterhaltung wieder auf.

»Man sucht nach Zeugen wegen des toten Russen.«

Einer der Männer rutschte nun unruhig auf seinem Sitz hin und her. »Irgendetwas stimmt heute nicht. Normalerweise kommt er Punkt elf Uhr aus dem Laden und fegt über die Stufen. Dann legt er den Fußabtreter vor die Tür und schaltet das Licht ein.«

»Vermutlich verschlafen, oben hat sich auch noch nichts bewegt.«

»Noch zehn Minuten, dann gebe ich das an die Zentrale durch.«

Aber die beiden Beamten brauchten nicht mehr so lange zu warten. Ein Ehepaar hielt mit dem Wagen vor dem Geschäft. Offensichtlich waren sich die beiden nicht einig. Während sie mit zornigem Blick zur Eingangstür stapfte, lief er bewusst gelangweilt und im Schneckentempo hinter ihr her.

»Na, der scheint jetzt schon dem Geld nachzutrauern, das seine Gattin hier gleich ausgeben wird.«

Die beiden Beamten grinsten.

Der Laden war geöffnet, denn das Ehepaar verschwand jetzt im Inneren. Mit einem unguten Gefühl beobachteten die Polizisten das folgende Geschehen.

*Protokollauszug Überwachung Theo von Lohberg*

*... Bis 11.00 Uhr gab es nichts Auffälliges. Das Haus war ruhig. Dann bemerkten wir allerdings, dass der zu Überwachende, Theo von Lohberg, nicht wie sonst seinen Gewohnheiten nachkam. Im Obergeschoss, also dort, wo sich die Wohnräume des Verdächtigen befinden, wurde kein Licht angeschaltet. Soweit wir zu diesem Zeitpunkt feststellen konnten, wurden auch die üblichen Tätigkeiten (Fegen vor der Tür, Fußmatte auslegen)*

*nicht ausgeführt.*

*Das Ehepaar betrat das Geschäft um 11.38 Uhr. Ungefähr dreißig Sekunden später hörten wir den lauten Schrei der Frau. Noch bevor wir das Antiquitätengeschäft von Theo von Lohberg erreicht hatten, stürzte besagtes Ehepaar aus dem Laden. Wir betraten die Räume und fanden den Leichnam ...*

Heerse hatte die Protokollzeilen immer wieder gelesen und doch schienen sie sich ihm nicht einzuprägen. Er fühlte sich unnütz und schuldig. Vor zwei Stunden hatte man ihn benachrichtigt. Frank hatte die Fahrt über dauernd davon gesprochen, dass das wohl ein klares Schuldeingeständnis sei, aber Heerse sah das anders.

Die Bilder von Theo von Lohbergs Leichnam ließen ihn nicht los.

In seinem Kopf baumelte er immer noch wie ein makaberes Requisit zwischen seinen teuren Kunstgegenständen. Die Haut bläulich verfärbt, die Zunge dick zwischen den Lippen hervorquellend.

Theo von Lohberg hatte sich gestern Nacht einen schwarzen Smoking angezogen und reichlich von dem schweren Aftershave aufgetragen, das scheinbar in jeden Winkel des Verkaufsraumes gekrochen war. Heerse würde diesen Geruch nun stets mit dem Tod verbinden. Dann hatte von Lohberg die Ladentür aufgeschlossen und sich erhängt.

Der Antiquitätenhändler hatte zwei Nachrichten hinterlassen. Eine richtete sich an Heerse persönlich, die andere an den Lebensgefährten Oliver. Beide waren nun in durchsichtiges Plastik eingehüllt wie die Speisekarten in den Fast-Food-Restaurants.

*Damit sie nicht von jemandem bekleckert werden*, dachte der Hauptkommissar verbittert.

Die Abschiedsworte an Oliver waren voll tiefem Gefühl und Dankbarkeit für die gemeinsame Zeit.

Heerse griff zu dem zweiten Brief, las erneut die Zeilen und wünschte sich für einen kurzen Moment, er hätte sich damals nicht für den Beruf des Polizisten entschieden.

*Verehrter Herr Hauptkommissar,*

*was blieb mir letzten Endes anderes übrig? Ich werde Oliver keine Vorwürfe machen. Er hat gehandelt, wie es seinem Naturell entsprach, aber Ihnen und Ihren Männern gebe ich die volle Schuld an dieser tragischen Wendung in meinem Leben.*

*Ihre falschen Verdächtigungen haben mich ruiniert, mein Leben zerstört. Ich war in all den Jahren, die ich auf Gottes schöner Erde habe wandeln dürfen, niemals ein rachsüchtiger oder bösartiger Mensch, aber dieses eine Mal, sozusagen zum Abschied, werde ich all das sein, was Sie mir fälschlicherweise vorgeworfen haben. Ich hinterlasse Ihnen diese Zeilen mit dem Wunsch, dass Sie sich bis zum Ende Ihrer Tage damit quälen, mich auf dem Gewissen zu haben. Ihre Stümperhaftigkeit hat mich in der Öffentlichkeit unmöglich gemacht und mir Oliver, meinen Halt und meine Liebe, genommen.*

*Ich bin einer der angesehensten Kunsthändler von Deutschland gewesen, bis ich durch Ihre Indiskretionen zum Gespött der Menschen wurde. Ich konnte das keinen Tag länger mehr ertragen. Da ich davon ausgehe, dass mir auch im Tod nicht der nötige Respekt entgegengebracht wird, habe ich mich entschlossen, sozusagen als Ende dieser wochenlangen Schmierenkomödie, mich der Welt direkt in meinem Laden zu präsentieren. Warum im stillen Kämmerlein sterben, wenn man so gefragt ist wie ich? Lassen Sie mich hängen, bis meine verwesende Leiche im Internet Einzug gehalten hat und die*

*Titelseiten der Boulevardpresse ziert.*

*Meine Mutter hat immer gesagt, wir sollen, bevor wir sterben, unseren Frieden mit der Welt machen. Obwohl ich stets ein getreuer Sohn war, werde ich ihr dieses eine Mal nicht folgen. Das, was Sie mir angetan haben, war schlichtweg unverzeihlich. Ich wünsche mir, dass Ihnen mein Tod keine Ruhe lassen wird. Fühlen Sie sich schuldig, denn Sie sind es.*

*Hochachtungsvoll*

*Theo von Lohberg*

*PS: Ich, Theo von Lohberg, habe weder die mir vorgeworfenen Morde begangen, noch jemanden damit beauftragt, noch habe ich Kenntnis von dem wahren Täter!*

Heerse wehrte sich gegen all die Schuldgefühle, die in ihm aufstiegen, aber er spürte, dass er dabei war, zu unterliegen.

»Das heißt gar nichts!«, zischte Frank wütend zwischen den Zähnen hervor. Er stand jetzt dicht neben Heerse zwischen all den Möbeln und Gemälden und hätte am liebsten auf den Toten gespuckt.

»Was bildet sich der Kerl überhaupt ein?«, stieß er nun lauter hervor.

»Frank«, beschwichtigte ihn der Hauptkommissar, »der Mann war verzweifelt. Wir sollten ihm diesen Abschiedsbrief nicht übel nehmen.«

»Nicht übel nehmen?«, erwiderte der jüngere Kollege aufgebracht, »der Typ meint wohl, er ist jetzt von der Angel. Wer sagt uns denn, dass sein Selbstmord nicht zum Plan gehört?«

»Frank, der Mann ist tot, was soll das für ein Plan sein?« Heerse war dem Kollegen zwar für seine Unterstützung dankbar, hatte aber doch das Gefühl, dass der sich zu sehr hineinsteigerte.

»Die Welt ist voller verquer denkender Spinner. Sieh dir doch nur die Amokläufer an, die sich am Schluss selbst hinrichten. Vielleicht ist das hier auch so. Theo von Lohberg hat einen Komplizen. Nachdem wir diesem Theo nun zu nahe gekommen sind, erhängt der sich, nicht ohne vorher noch unhaltbare Anschuldigungen aufs Papier zu bringen, beteuert am Ende des Briefes seine Unschuld und wir fühlen uns schlecht und verfolgen die Spur nicht weiter. Was am Ende dazu führt, dass der Komplize freie Bahn hat oder untertauchen kann.«

Heerse hätte Frank Dorthal gerne einen Tag Urlaub gegeben, aber leider war das momentan nicht möglich. Also versuchte er das Gemüt des Kollegen mit Vernunft abzukühlen. »Ein hoher Preis, mit dem nichts gewonnen wäre. Und von Lohberg hat nicht ganz unrecht. Diese Untersuchung hat ihm beruflich und privat sehr geschadet und ich fühle mich dafür mit verantwortlich.«

Frank wollte etwas dagegen sagen, aber Heerse winkte ab. »Ich habe immer bezweifelt, dass Theo von Lohberg unser Mann ist. Und du hast das doch auch.«

**Wohnung von Marion und Frank Dorthal**

Als Karina mit ihrem kleinen Handkoffer vor Marions Tür stand, war diese hin- und hergerissen.

Seit Tagen ging sie Frank aus dem Weg und ließ sich auf kein Gespräch ein. Wenn jetzt Karina in der Wohnung wäre, dann würde sich eine Aussprache noch weiter hinauszögern lassen. Marion war vollkommen verunsichert, was Frank betraf, und auch eingeschüchtert.

Auf der anderen Seite empfand sie Karina als anstrengend. Es fiel ihr schwer, ihre Handlungsweisen zu verstehen. Dieses Beziehungsdrama, in dem sich Franks Schwester befand, ging Marion mittlerweile auf die Nerven und sie fragte sich, ob es nicht doch ein Fehler gewesen war, den Kontakt zu ihr aufzunehmen.

Nicht zuletzt hatte sie Karinas Bitte am Telefon, eine Nacht bei ihnen Unterschlupf finden zu können, regelrecht überrumpelt. Deshalb hatte Marion auch zugestimmt. Karinas geheimnisvoller Liebhaber war nämlich erneut aufgetaucht und hatte sie gedemütigt. Frank wusste nichts davon, da Marion momentan nicht mit ihm sprach. Allerdings musste sie ihrem Mann eines zugutehalten: Sie konnte mittlerweile besser nachvollziehen, warum er den Kontakt zu seiner Schwester abgebrochen hatte. Auf Dauer war es tatsächlich niemandem möglich, dieses selbstzerstörerische Treiben zu ertragen.

»Darf ich reinkommen, oder hast du es dir anders überlegt?«, riss die junge Frau Marion aus ihren Gedanken.

»Selbstverständlich, entschuldige.«

Karina schlüpfte eilig an Marion vorbei und bugsierte ihr Gepäck in das bereits für sie vorbereitete Gästezimmer. Dann atmete sie durch. Gott sei Dank war sie hier. Keinesfalls wollte sie weiter untätig in ihrer Wohnung in Pforzheim sitzen. Eine Nacht bei Marion und Frank würde ihr sicher helfen.

»Richte dich in Ruhe ein, ich mache uns erst einmal einen Tee«, sagte Marion, die sich daran erinnerte, was ihre Pflichten als gute Gastgeberin waren.

»Mir wäre ein Rotwein lieber ...«

Marion zuckte mit den Achseln und sagte freundlich: »Gut, dann Rotwein!«

An diesem Abend kam Frank ungewöhnlich früh nach Hause. Heerse hatte darauf bestanden, dass er zeitig Schluss machen sollte. Ihm kam das sehr gelegen, er wollte endlich die Sache mit Marion geraderücken. Ihre Distanziertheit machte Frank zu schaffen. Er brauchte ihre Ruhe und Hingabe. Was hatte er sich nur dabei gedacht, sie dermaßen vor den Kopf zu stoßen?

Reumütig schloss er die Wohnungstür auf und rief nach seiner Frau. Sofort wurde ihm klar, dass sie Besuch hatten – ein schrilles Kichern drang aus dem Wohnzimmer. Für eine Sekunde erstarrte Frank, dann versuchte er sich zusammenzureißen und sich seine Gefühle nicht anmerken zu lassen.

Neben Marion auf dem Sofa saß Karina. Die Rotweinflasche auf dem Tisch vor ihr war beinahe leer.

Während ihm seine Schwester zur Begrüßung um den Hals fiel, nickte Marion lediglich freundlich in seine Richtung. Am liebsten hätte er Karina in diesem Moment aus der Wohnung geworfen, aber wie hätte das auf seine Frau gewirkt. Also verhielt er sich so, wie diese es von ihm erwarten würde.

»Karina, was machst du denn hier?« In seiner Frage schwang eine gewisse Schärfe mit, als er sich aus ihrer Umarmung befreite. Seine Schwester schien davon nichts zu bemerken.

»Ich leiste Marion Gesellschaft. Sie hat mich eingeladen, ist das nicht nett von ihr? So habe ich ein wenig Abwechslung.«

Ihre Stimme klang unschuldig und in ihren Augen lag ein flehentlicher Ausdruck.

»Marion ist nicht deine Alleinunterhalterin!«, antwortete er schroff.

»Frank, ich denke nicht, dass mich Karinas Besuch überfordern wird«, mischte sich seine Frau ein. Ihre Stimme war kalt und beherrscht.

Erst schien es, dass Frank darauf etwas erwidern wollte, aber er zwang sich zu einem Lächeln und sagte: »Gut, wie ihr meint.«

Als sich Marion kurz darauf in die Küche begab, um das Abendessen vorzubereiten, fuhr Frank seine Schwester wütend an: »Was willst du hier?«

»Was ist? Freust du dich nicht, deine Schwester zu sehen?«

»Was willst du hier?«

»Schon kapiert, du hast momentan Eheprobleme, Bruderherz. Keine Sorge, ich werde mit Marion reden, das kriege ich wieder hin.«

»Unterstehe dich. Du lässt sie in Ruhe, sonst ...«

»Essen ist fertig«, erklang hinter ihnen Marions Stimme, die nun etwas irritiert zwischen den Geschwistern hin und her sah.

Das Abendessen verlief sehr schweigsam.

Einmal fragte Frank gereizt: »Bekommst du keinen Ärger mit dem Chef, wenn du so kurzfristig Urlaub nimmst?«

Karina ließ sich jedoch nicht aus der Ruhe bringen und antwortete schnippisch: »Ich bin Aushilfskellnerin, kein Herzchirurg. Mein Chef kommt auch mal ganz gut ohne mich klar.«

Nach dem Essen zog sich Frank mit der Entschuldigung, er sei müde, sofort ins Schlafzimmer zurück. Bevor er die Augen schloss, verfluchte er seine kleine Schwester und den Tag, als sie wieder in sein Leben getreten war.

* * *

Rolf Heerse dagegen hatte noch eine Verabredung. Als er die Treppen in der alten Villa nach oben stieg, knarzten die Stufen so jämmerlich, wie sich der Hauptkommissar gerade fühlte.

Clara Calliditas hatte dieses Treffen vorgeschlagen. Es ging um Lukas Bürg. Heerse wusste, dass ihm die Ärztin einen großen Gefallen getan hatte. Schließlich war die Psychiaterin schon lange im Ruhestand und nahm eigentlich keine Patienten mehr an. Von Martin Grunder, der Lukas noch abwechselnd mit einem Freund überwachte, wusste er, dass der junge Mann den Termin bei Clara Calliditas wahrgenommen hatte. Hoffentlich erfuhr er jetzt nicht irgendwelche schlimmen Wahrheiten. Sein Tag war auch so schon übel genug gewesen.

Als ihm die Ärztin die Tür öffnete, konnte er an ihrem Gesichtsausdruck nicht ablesen, wie die Dinge standen. Dafür erfasste sie auf einen Blick, wie es Heerse ging.

»Sie brauchen einen Cognac, junger Mann«, war alles, was sie zur Begrüßung sagte.

Wenig später hatte es sich Heerse in einem der Sessel bequem gemacht und nippte an dem starken Getränk.

»Die Psychiater von Baden-Baden schließen bereits Wetten ab, wann Rolf Heerse zusammenklappt.«

Ihre Stimme klang ernst, aber als er das spitzbübische Blitzen in ihren Augen sah, wusste er, dass sie einen Scherz machte.

Der Hauptkommissar stöhnte: »Ich würde momentan nicht auf mich setzen.«

»Ich würde auch nicht auf Sie setzen, mein Freund. Sie brauchen eine Pause.«

Heerse stöhnte laut: »Pause geht nicht. Wie wäre es mit guten Nachrichten, Frau Doktor?«

Clara Calliditas schob ihre Brille zurecht und griff nach einer dünnen Aktenmappe.

»Ich habe mit Ihrem Lukas Bürg gesprochen.«

»Und?«

»Er will, dass ich Ihnen meine Einschätzung mitteile.«

Heerse war verblüfft.

»Sehen Sie mich nicht so an, ich war auch nicht begeistert und habe ihm davon abgeraten, schließlich ist das eine sehr persönliche Angelegenheit.«

»Aber Sie machen es jetzt trotzdem?«

»Er hat mir gesagt, was passiert ist. Der junge Mann ist Ihnen sehr dankbar. Er will Ihnen beweisen, dass Sie ihm vertrauen können.«

Heerse war gerührt, was der Ärztin nicht entging.

»Sie haben ihm hoffentlich gesagt, dass er mir nichts schuldet«, sagte er deshalb schnell.

»Natürlich«, erwiderte sie mit einem feinen Lächeln, »ich habe ihm versichert, dass Sie völlig egoistisch gehandelt haben, um Vergebung für Ihre eigenen kleinen Sünden zu erlangen.«

Heerse antwortete matt: »So sehen Sie mich also?«

»Nein, ich denke, Sie haben einen guten Instinkt und ein großes Herz.« Sie atmete geräuschvoll aus. »Im Fall des jungen Mannes würde ich Ihnen gerne sagen, dass Sie völlig beruhigt sein können. Aber das kann ich nicht.«

Als sie sein erschrockenes Gesicht sah, fuhr die Ärztin schnell fort: »Zumindest noch nicht. Ihr Kollege hat da ordentlich etwas angesammelt. Er hätte schon viel früher mit jemandem darüber reden müssen. Ich habe mit ihm die Therapie besprochen und er scheint mir auch bereit, diesen Weg zu gehen.«

»Denken Sie, er wird ...« Heerse suchte nach dem richtigen Wort. »... gesund?«

Clara Calliditas blickte den Hauptkommissar nun ernst an. »Wenn er sich helfen lässt, dann kann er seine Probleme in den Griff bekommen. Da habe ich keine Zweifel. Aber das hängt vor allem von ihm selbst ab. Wenn Sie wissen wollen, ob er mit den Morden etwas zu tun hat oder dazu in der Lage wäre, dann kann ich das als Ärztin zu diesem Zeitpunkt noch nicht beantworten.«

»Und ganz privat? Nicht als Doktor Calliditas, sondern einfach nur als Clara?«

Offensichtlich widerstrebte es der Ärztin, diese Frage zu beantworten. Sie zögerte. Eine Auskunft, wie Heerse sie verlangte, war nicht gerade besonders professionell, aber schließlich rang sie sich doch zu einer Antwort durch. »Ich glaube nicht, dass er etwas mit diesen schrecklichen Morden zu tun hat.«

Heerse entspannte sichtlich bei ihren Worten. Dann erzählte er von seiner Entdeckung. Clara Calliditas hörte überrascht von der Verbindung zwischen den Morden und den Trinkhallen-Sagen. Eine ganze Weile saßen sie noch zusammen und besprachen die Situation, leider ohne auf neue Erkenntnisse zu stoßen. Als sich der Hauptkommissar müde verabschiedete, spürte er einen dumpfen Kopfschmerz. Wie viele Unschuldige würden noch sterben müssen?

# KAPITEL 12

*»Blut ist ein ganz besonderer Saft.«*
*Johann Wolfgang von Goethe (1749-1832)*

## »Trinkhalle«, Baden-Baden

Am nächsten Morgen stand Heerse einigermaßen ausgeruht auf. Seine Frau Petra war bereits unterwegs, hatte ihm aber ein üppiges Frühstück gerichtet.

Doktor Calliditas' Abschiedsworte klangen ihm noch in den Ohren: »Sie müssen sich Auszeiten nehmen, denken Sie daran!«

Heerse konnte sich eigentlich im Moment keine Freizeit erlauben, allerdings spürte er die Erschöpfung nur allzu deutlich. Deshalb schloss er mit sich selbst einen Kompromiss. Er würde noch einmal die Trinkhalle aufsuchen. Dort konnte er ungestört über die Morde nachdenken. Vielleicht kam er so auch auf eine neue Idee.

Gemächlich lief der Hauptkommissar an den alten Wandbildern vorbei. In Gedanken sah er die einzelnen Opfer vor sich und musste gegen die Schwermut ankämpfen, die ihn zu überkommen drohte.

Wenigstens war die Verbindung zwischen den Morden und den Trinkhallen-Sagen noch nicht durchgesickert. Das hätte ihre Arbeit sicherlich erschwert.

»Hallo Herr Chef-Kommissar«, hörte er plötzlich eine fröhliche Stimme hinter sich.

Als sich Heerse umdrehte, sah er in das strahlende Gesicht einer hübschen jungen Frau mit kindlichem Blick.

»Ich bin es, die Schwester von Frank Dorthal ...«

»Natürlich, Sie sind Karina«, stellte der Hauptkommissar höflich fest und fragte sich, warum er auch heute wieder das Gefühl hatte, die Frau von irgendwoher zu kennen.

»Haben Sie Urlaub?«, fragte die Schwester seines Mitarbeiters neugierig.

Heerse lächelte. Die Frau war auf eine verdrehte Weise sehr ungewöhnlich.

»Nein, nur eine Freistunde, wenn Sie so wollen. Und was führt Sie hierher?«

»Ich war letzte Nacht bei Marion und Frank.«

Während sie sprachen, liefen sie langsam den Gang entlang. Unvermittelt blieb Karina vor einem der Sagen-Bilder stehen. Es war das Gemälde mit dem Titel »Allerheiligen«.

»Das ist meine Lieblingssage.«

Heerse betrachtete das Gemälde, auf dem eine Frau abgebildet war.

»Sie trauert um ihren Geliebten«, sagte Franks Schwester nun theatralisch.

»Sie kennen die Geschichte?«, fragte Heerse interessiert.

»Oh, ich kenne alle vierzehn Geschichten.«

Die Verwunderung des Hauptkommissars schien Karina anzustacheln. Eifrig fuhr sie mit ihrer Erzählung fort: »Als wir Kinder waren, Frank und ich, verbrachten wir die Sommer oft hier in Baden-Baden bei unserer Großmutter. Nun, und um uns zu beschäftigen, erzählte sie uns die Sagen oder machte mit uns Ausflüge zu einigen der darin vorkommenden Orte. Ich liebte es, diese Geschichten nachzuspielen.« Wieder drehte sie sich zu dem Gemälde. »Die Unglückliche«, seufzte sie nun, »wird von einem Raben bestohlen. Der schwarze Vogel erbeutet ausgerechnet ihren Verlobungsring. Als ihr Liebster nun das Schmuckstück, das Symbol ihrer ewigen Liebe, zurückholen will, stürzt er dabei in die Tiefe und stirbt. Das ist doch herrlich tragisch, nicht wahr?«

Heerse war überrascht und kam ins Grübeln.

»Mein Lieblingsplatz waren übrigens die *Battertfelsen.* Sie kennen dieses Klettergebiet sicher besser als ich. Jedenfalls gibt es dort einen kleinen Weg zu einer Anhöhe. Als Kind fand ich diese Stelle geradezu ideal zum Nachspielen der Sagen-Erzählungen. Meine Oma hat es allerdings nicht gerne gesehen, wenn wir auf den Felsen herumgeturnt sind. Sie hielt es für zu gefährlich. Aber ich fand gefährlich immer besonders faszinierend. Man muss manchmal auch ein Risiko eingehen, was meinen Sie?« Ihr Blick schien für einen kurzen Moment herausfordernd, fast aggressiv.

Heerse war sich jedoch nicht sicher, vielleicht war das ja auch nur eine Täuschung gewesen.

»Wenn ich in Baden-Baden bin«, fuhr sie nun schwärmerisch fort, »dann komme ich meistens in die Trinkhalle, um mir die Bilder anzusehen. Das erinnert mich an meine Kindheit. Ich war in Ihrer Stadt immer sehr glücklich.«

Heerse nickte bedächtig.

»Und warum sind Sie hier? Geht es um einen Fall?« Ihr Blick und ihre Stimme waren unschuldig.

*Sie ist doch nur eine nette, junge Frau, oder etwa nicht?*, dachte Heerse beunruhigt. »Mir geht es wie Ihnen, ich verbinde schöne Erinnerungen mit diesem Ort.«

»Ja, jedes Bild teilt uns etwas mit, eine ganze Geschichte voller Zeichen und Symbole. Man muss sie nur verstehen. Wenn einem das gelingt, dann werden die Freuden und die Qualen, die in ihnen stecken, lebendig. Das ist wunderbar ...«, antwortete ihm Karina mit verklärtem Blick.

Dann wirbelte sie plötzlich herum, legte ihre Hand kurz vertraulich auf den Arm des Hauptkommissars und rief: »Oh, ich muss los. Alles Gute für Ihre Ermittlungen!«

Schon hastete sie davon und Heerse warf einen letzten Blick auf ihr dunkles Haar, das bei dem schnellen Gang der jungen Frau gleichmäßig hin und her wiegte.

Jetzt wusste Heerse wieder, an wen ihn Franks Schwester erinnerte, und er schloss für einen Moment die Augen. Karina Dorthal ähnelte auf verblüffende Weise Sina Wieser, der Geliebten von Mark Hanson.

* * *

Zwanzig Minuten später stand der Hauptkommissar im Büro seines Vorgesetzten, der ihn ungläubig anstarrte.

»Sie wollen *was*?«

»Ich möchte eine 24-Stunden-Überwachung von Karina Dorthal, der Schwester meines Mitarbeiters«, wiederholte Heerse sein Anliegen mit fester Stimme. »Natürlich so, dass ihr Bruder davon nichts erfährt, deshalb bin ich auch direkt zu Ihnen gekommen. Ich möchte sie überprüfen lassen.«

Heerses Vorgesetzter, der einige Jahre jünger war als der Hauptkommissar, lehnte sich mit zusammengepressten Lippen in seinem Stuhl zurück. Er wusste, dass Heerse solche Maßnahmen nicht ohne dringenden Verdacht forderte, trotzdem hakte er nach: »Und die Notwendigkeit dieser Untersuchung führen Sie einzig auf Ihr eben geführtes Gespräch in der Trinkhalle zurück?«

»Darauf und auf die Tatsache, dass Karina Dorthal der ehemaligen Geliebten von Hanson gleicht. Vielleicht hatte sie etwas mit ihm. Männer bevorzugen oft den gleichen Frauentyp. Auch wenn dieser Hanson sehr aktiv war, heißt das nicht, dass er keine Vorlieben hatte.«

»Gibt es dafür denn Beweise? Ich meine, dass diese Karina eine Verbindung zu Hamburg hat?«

»Sie hat keinen festen Job, ist Aushilfskellnerin, und soviel ich weiß, erst seit Kurzem in Pforzheim. Wir sollten das jedenfalls überprüfen.«

»Und was ist mit dem Motiv?«

»Da bin ich mir noch nicht sicher. Aber sie war während ihrer Kindheit viel in Baden-Baden. Zugleich hat sie ein besonders enges Verhältnis zu ihrem Bruder. Ich habe die beiden zusammen erlebt. Seit letztem Jahr ist er verheiratet. Vielleicht war das der Auslöser.«

»Eifersucht?«

»Warum nicht? Sicherlich eines der häufigsten Motive für einen Mord. Mütter mögen ihre Schwiegertöchter nicht, weil sie eifersüchtig sind, und Väter lehnen die Männer ihrer Töchter ab. Vielleicht teilt Karina Dorthal ihren großen Bruder nicht gerne mit einer anderen Frau.«

Der Vorgesetzte seufzte unglücklich: »Gut, ich verlasse mich auf Ihr Urteil. Aber so langsam wundere ich mich über das, was in Ihrer Abteilung vorgeht. Erst fällt der junge Kollege Bürg aus, und jetzt ermitteln Sie gegen ein Familienmitglied Ihres Oberkommissars.«

Heerse hielt es für besser, darauf nicht zu antworten, stattdessen sagte er: »Dieses Gespräch in der Trinkhalle war so, als wollte sie mich herausfordern. Vielleicht geschah das unbewusst, oder ich liege falsch und alles war ein harmloser Zufall. Aber ich würde gerne auf Nummer sicher gehen. Irgendwie hatte ich einfach die ganze Zeit über das Gefühl, unser Täter wäre weiblich. Mark Hanson, der Frauenheld als erstes Opfer. Die Unbedarftheit, mit der Annemarie Müller und der Obdachlose Hans den Täter haben in ihre Nähe kommen lassen.

Sina Wieser, die ebenfalls keine Angst hatte, sich in der Dunkelheit mit jemandem zu treffen. Das Gleiche gilt für Wladimir Juroschek. Das alles lässt auf eine Person schließen, der man vertraut. Vor einer Frau hätten sich die Opfer sicher am wenigsten gefürchtet.«

Der Vorgesetzte winkte ab. »Schon gut, mir soll alles recht sein, wenn wir nur endlich Ergebnisse vorweisen können.«

Noch am selben Tag erhärtete sich Heerses unglaublicher Verdacht, als er die Information bekam, dass Karina Dorthal bis Ende Januar in Hamburg gelebt und dort diverse Jobs in Bars ausgeübt hatte. Telefonisch hatte der Hauptkommissar dem Überwachungsteam seine Anweisungen gegeben. Sein Vorgesetzter hatte die Zusammenarbeit mit einem anderen Präsidium organisiert. Keinesfalls wollte Heerse, dass Frank davon erfuhr. Weiterhin hatte er ein langes vertrauliches Gespräch mit seinem Hamburger Kollegen Rieber geführt, der ebenfalls ein paar Erkundigungen einholen sollte.

* * *

Das Beil fühlte sich heute fremd in den eiskalten Händen. Alles war anders als gewöhnlich. Der Zufall konnte dieses Mal kein Verbündeter sein, denn ein notwendiger Schachzug sollte exakt ausgeführt werden.

Es würde kein Vergnügen bereiten, denn es galt, einen Plan umzusetzen. Einen grausamen Plan, der jedoch unausweichlich und ohne Alternative war. So wurde das Beil zu einem wichtigen Teil dieser mörderischen Intrige, die sich nicht mehr aufhalten ließ.

Die Frau wartete bereits vor ihrem kleinen Campingbus. Wie vereinbart trug sie die entsprechende Kleidung.

Die Dunkelheit bot einen guten Schutz.

Der grellrot geschminkte Mund verzog sich zu einem anzüglichen Grinsen, dann erklang ihre Stimme. Der Spott war nicht zu überhören. »Ein besonderes Outfit für einen besonderen Menschen. Ich erfülle dir deine Wünsche, egal, wie ungewöhnlich sie sind.« Sie strich mit ihren langen schwarz lackierten Fingernägeln sanft über die Wange ihres Gegenübers. »Und ich diskriminiere niemanden. Nicht wegen des Geschlechts, des Alters oder des Berufs. Bei mir ...«

Die Frau verstummte, als sie ein harter Schlag an der Schläfe traf. Sie verlor das Gleichgewicht und taumelte zu Boden. Die stumpfe Seite des Beils sauste ein zweites Mal herab und traf das Opfer am Hinterkopf. Unbeweglich lag sie nun auf den kalten Kieseln. Hände drehten sie mühsam auf den Rücken. Eine tiefe Ohnmacht ersparte der Bewusstlosen den Schmerz, der nun folgen würde.

Die Schneide des Beils traf genau zwischen ihre Augen. Einmal, zweimal, dann war das Leben aus ihrem Körper gewichen. Ein weiterer Schlag folgte und der scharfe Stahl zerschmetterte den Kehlkopf. Ein erleichtertes Grunzen zeugte davon, dass alles nach Plan lief. Dann hieß es, keine Spuren zu hinterlassen bei der Platzierung der Botschaft. So konnte es gelingen.

* * *

Am nächsten Morgen rief Heerse die Überwachungsprotokolle von Karina Dorthal ab. Demnach hatte die junge Frau ihre Pforzheimer Wohnung nicht verlassen und auch keinen Besuch empfangen. Martin Grunder bestätigte ihm ebenfalls, dass es bei Lukas Bürg keine besonderen Vorkommnisse gegeben hatte.

Dann, ohne Vorwarnung, kam am selben Vormittag die Meldung eines weiteren Mordes.

Heerse fühlte sich wie gelähmt, offensichtlich war sein Verdacht gegen Karina Dorthal unbegründet gewesen. Die Streife, die jetzt den Tatort absperrte, hatte bereits durchgegeben, dass alles darauf hinwies, dass ihr Beilmörder ein weiteres Mal zugeschlagen hatte.

Frank steckte den Kopf zur Tür herein. »Alles in Ordnung?«, fragte er besorgt, dabei sah er selbst erbärmlich aus.

Heerse gab keine Antwort, sondern stand wortlos auf und folgte dem Kollegen zum Auto.

Am Tatort angekommen, suchte der Hauptkommissar verzweifelt nach einem Sinn für das alles. Sie standen auf einem abgelegenen Feldweg bei den Rheindämmen, nicht weit von Baden-Baden. Die Mitglieder eines Angelsportvereins hatten die Polizei informiert.

»Todeszeitpunkt?«, fragte er mechanisch.

Jemand in einem weißen Schutzanzug antwortete: »Vermutlich gegen Mitternacht.« Und dann folgte das Obligatorische: »Das ist nur vorläufig.«

Die tote Frau hatte keine Chance gehabt. Es gab nicht einmal Abwehrspuren an Armen und Händen. Ihr entstelltes Gesicht war blutverschmiert und der einst weiße kleine Stehkragen, der Teil ihres Kostüms gewesen war, hatte sich vollgesogen und troff vor weinrotem Blut.

»Sie trägt ein Nonnenkostüm«, stellte irgendjemand überflüssigerweise fest.

Erneut herrschte Schweigen. Die Kleidung des Opfers zusammen mit dem Schlüsselbund, den man ihr in die tote Hand gedrückt hatte, ließen keinen Zweifel daran, um welche Trinkhallen-Sage es sich handelte. Der Mörder hatte sich dieses Mal die Geschichte mit dem

Titel »Kloster Lichtental« ausgesucht. In dieser Sage hatte die Klostervorsteherin ihre Schlüssel einer Marienstatue um den Arm gebunden. Im Vertrauen darauf, dass die Gottesmutter das Kloster vor feindlichen Truppen schützen würde.

Die Polizisten fanden die Papiere der Toten. Einer von der Streife hatte die Frau jedoch bereits erkannt. »Das ist Nelly, eine der Prostituierten, die mit Campingbussen unterwegs sind.«

In ihrem Ausweis stand Norma Wagner. Das Foto zeigte das hübsche Gesicht einer jungen, unauffälligen Frau. Heerse fragte sich, ob es irgendwo noch Eltern gab, die jetzt um die Tochter trauern würden.

Im Inneren des kleinen Campingbusses fand man neben einer ziemlich durchgelegenen Matratze noch weitere Verkleidungen. Das Repertoire reichte vom Outfit der Krankenschwester bis zum Schulmädchen.

Heerse hatte also auch diesen Mord nicht verhindern können. Die Hilflosigkeit, die er jetzt empfand, konnte er kaum ertragen. Wie ein Kartenhaus brach seine Theorie bezüglich Karina Dorthal über ihm zusammen. Was hatte er übersehen? Und wieso war er so überzeugt gewesen von der Schuld dieser jungen Frau? Wenn er ehrlich war, dann hätte er ihr die Taten zugetraut. War das Wunschdenken? Einfach, um diesen Fall schnell abzuschließen?

»Er hat das Beil zurückgelassen«, stellte Frank Dorthal mit stoischer Miene fest. Der Oberkommissar vermied den Blick auf den Leichnam.

»Ja, das Beil ...«, antwortete Heerse wie in Trance. »Wieso?«

»Vielleicht wurde der Täter gestört und musste schnell abhauen?«, schlug Müller vor.

Die Schneide des Mordinstruments steckte tief im Unterleib der Toten.

»Nein, das halte ich für unwahrscheinlich«, mischte sich Frank ein. »Hier kommt doch nachts keiner vorbei. Ich denke, er hat das Beil aus einem bestimmten Grund dagelassen. Vermutlich will er uns mitteilen, dass es vorbei ist«, sagte er nun hoffnungsvoll.

»Das ergibt keinen Sinn«, murmelte der Hauptkommissar und warf einen letzten Blick auf die Tote, der man auf so unmenschliche Weise das Leben genommen hatte.

* * *

Heeres Vorgesetzter machte keinen Hehl aus seinem Ärger, auch wenn er sich mit Vorwürfen zurückhielt. Trotzdem wusste er kaum noch, wie er dem stetig steigenden Druck von außen standhalten sollte. »Das Käseblatt«, wie Heerse die Zeitung nannte, die damals den Bericht über von Lohberg gebracht hatte, klebte an dem Fall wie eine Seuche. Nach dem Selbstmord des Antiquitätenhändlers lautete die Titelstory: *»Besessener Polizist treibt Unschuldigen in den Freitod!«*

Am nächsten Tag steigerte sich das Ganze noch und der Leser konnte sich an der Schlagzeile *»Von Hamburg bis Baden-Baden – der Tod im Polizeigewahrsam«* erfreuen. Die Zeitung hatte noch einmal den Selbstmord von Andreas Meiner aufgerollt.

Und dann war da noch der überraschende Bericht der Gerichtsmedizin: Norma Wagner, alias Nelly, wurde zwar mit dem Beil getötet, aber zuvor hatte man sie damit bewusstlos geschlagen. Die Experten hielten das für ein Zeichen von Gnade, so als hätte der Täter dem Opfer den Schmerz der scharfen Schneide ersparen wollen. Das Warum blieb nach wie vor ein Rätsel.

Das zurückgelassene Beil, das blutverkrustet im Bauch der Toten gesteckt hatte, war auch bei den anderen Morden die Tatwaffe gewesen. Mittlerweile hatte der Täter acht der Trinkhallen-Sagen »benutzt« und neun Menschen dabei brutal abgeschlachtet. Bei dem Mord in Geroldsau an dem Ehepaar war er sogar bereit gewesen, zwei Menschen gleichzeitig zu töten. Bisher war der Täter vor nichts zurückgeschreckt. Das führte jetzt natürlich zwangsläufig zu der Frage, weshalb er das Beil nicht wieder mitgenommen hatte. Schließlich gab es noch sechs weitere Trinkhallen-Sagen.

Allerdings passte bei dem Mord an Nelly nichts zusammen. Er schien in die Serie zu gehören und dann doch wieder nicht. Ein Team wurde damit beauftragt, das Leben der Prostituierten zu durchleuchten. Vielleicht hatte es eine persönliche Verbindung zwischen ihr und dem Mörder gegeben. Das würde erklären, warum der dieses Mal anders vorgegangen war.

»Ich denke, er hört mit den Morden auf, deshalb hat er das Beil zurückgelassen«, sagte Frank Dorthal erneut.

Heerse wurde aus seinen Gedanken gerissen. Diese Theorie vertrat nicht nur sein Oberkommissar. Trotzdem sagte Heerses Instinkt, dass das noch nicht das Ende war. Etwas hatten sie übersehen, übersahen sie vielleicht schon die ganze Zeit.

Mit einem flauen Gefühl dachte der Hauptkommissar an Lukas Bürg und seine Verbindung zu einer Prostituierten. Gott sei Dank hatte der ein Alibi. Allerdings, was wäre, wenn sich der junge Kommissar heimlich aus dem Haus geschlichen hätte? Es gab zwar keinen Hinterausgang, Grunder hatte das überprüft, aber ein intelligenter junger Mann wie Lukas hätte vielleicht einen Weg gefunden ...

Heerse schob diesen Gedanken beiseite. Was war mit Karina Dorthal? Die Verbindung nach Hamburg passte einfach zu gut. Wieder sah er ihr Gesicht vor sich. Bei ihrem Gespräch in der Trinkhalle hatte es einen Moment gegeben, in dem Heerse geglaubt hatte, dass sie schuldig war. Er hatte solche Augenblicke in den langen Jahren seiner Karriere immer wieder erlebt und selten trog ihn sein Gefühl. Er kannte genug Kollegen, denen es ähnlich ging. Der Instinkt sagte einem, wer schuldig und wer unschuldig war, egal, wie die Beweislage aussah. So war es auch im Fall von Theo von Lohberg und Lukas Bürg gewesen.

Trotzdem hatte Heerses Chef die Überwachung von Karina Dorthal abgeblasen – etwas, das sich nicht verhindern ließ.

**In einem Wellness-Hotel, Schwarzwald**

Marion wurde von dem leisen Summen des Telefons aus ihren unruhigen Träumen gerissen. Sie hatte die Rezeption um einen Weckruf gebeten. Langsam nahm sie ihre Umgebung wahr und erinnerte sich daran, dass sie in diesem erstklassigen Wellness-Hotel war. Die knapp anderthalbstündige Autofahrt hierher hatte ihr gutgetan. Während sie das Fahrzeug über die Schwarzwaldhochstraße gelenkt hatte, war sie zur Ruhe gekommen.

Frank hatte ihr diesen Aufenthalt zur Versöhnung geschenkt. Eine ganze Woche voller Schönheitspflege, Massagen und Fitnessstunden. Unter anderen Umständen hätte sich die junge Frau schrecklich darüber gefreut, aber sie konnte nicht umhin, sich zu fragen, ob Frank sie hatte loswerden wollen.

Natürlich hatte er sich schuldig gefühlt und sie tatsächlich auf Knien um Verzeihung gebeten. Das war an dem Morgen nach Karinas letztem Besuch gewesen. Die Schwägerin hatte gerade die Wohnung verlassen, als Frank Marion reumütig seine Liebe versichert hatte. Aber der Urlaubsgutschein war nun doch ungewöhnlich.

»Dieser Fall frisst mich auf. Du wirst mir zwar schrecklich fehlen, aber ich möchte auch nicht, dass du durch mich in diese Sache hineingezogen wirst.«

Marion hatte widersprechen wollen, aber er war ihr zuvorgekommen. »Tu mir den Gefallen. Ich bin ja sowieso die ganze Zeit unterwegs, und bevor du alleine zu Hause sitzt und wartest, bis dein idiotischer Ehemann wieder auftaucht, möchte ich, dass du meine Entschuldigung annimmst und dir eine schöne Zeit machst.«

Sie hatten sich vertragen und Marion war bereit gewesen, ein paar Tage zu verreisen. Eigentlich hatte sie nach der Versöhnung erwartet, dass er mit ihr schlafen wollte. Bisher war das nach einem Streit meistens der Fall gewesen. Aber Frank hatte keinerlei Anstalten gemacht und sie war enttäuscht gewesen.

Mit einem bitteren Lächeln dachte Marion an Karina, während sie in das luxuriöse Bad ihrer Suite ging. Die Idee mit der Familienzusammenführung war wohl keine ihrer Glanzleistungen gewesen.

Frank hatte zwar nichts gesagt, aber ganz offensichtlich war die erste Freude über das Wiedersehen mit der Schwester längst verflogen. Marion hatte eine SMS von Karina erhalten. Die Schwägerin wollte sich erneut mit ihr treffen. Aber sie hatte sie mit einer lahmen Ausrede abgewimmelt.

Beim Zähneputzen versuchte sie all die üblen Gedanken der letzten Tage aus ihrem Kopf zu verbannen und bereitete sich auf die erste Stunde Wasseraerobic vor.

* * *

Einen Tag später berichteten die Zeitungen von dem Mord an Norma Wagner. Als Heerse die Zeilen las, wurde er blass. Dieses Mal hatte wieder eines dieser Boulevardblätter die Nase vorn. In einem sachlichen Bericht wurde zuerst die offizielle Version der polizeilichen Pressestelle abgedruckt, dann folgte allerdings noch eine weitere Schlagzeile.

»Ist es vorbei?« stand dick gedruckt darunter.

Der Hauptkommissar konnte sich kaum beherrschen, als er den Artikel las. Dort hieß es: *»... laut einem anonymen Hinweis ließ der Täter die Mordwaffe, ein Beil, bei seinem letzten Opfer zurück. Die Polizei hofft darauf, dass sich der Baden-Badener Serienkiller in den Ruhestand verabschiedet ...«*

Rolf Heerse tobte wie ein Orkan durch das Präsidium. Je mehr ihm bewusst wurde, dass er kaum herausfinden würde, wer diese vertrauliche Information an die Presse weitergegeben hatte, desto mehr schnellte sein Puls in die Höhe. Hätte er den Schuldigen vor sich, dann würde er wahrscheinlich auch nicht vor körperlicher Gewalt zurückschrecken. Irgendwer torpedierte ihre Arbeit, und wenn er denjenigen eines Tages erwischen sollte, dann würde er für nichts mehr garantieren können.

Die Kollegen teilten Heerses Zorn und beäugten sich misstrauisch. Wer war der Schuldige?

* * *

Karina sah mit erhitzten Wangen und glänzenden Augen in den Spiegel. Endlich hatte er seine wahren Gefühle für sie offenbart. Die ganze Zeit über war sie also im Recht gewesen. Seine Liebe zu ihr hatte nie aufgehört, sondern war nach wie vor ungebrochen. Endlich hatte er das auch selbst erkannt.

Wie wenig man doch voneinander wusste! Natürlich, gehofft hatte sie immer. Aber eines Tages die Gewissheit zu haben, davon hätte sie nicht einmal zu träumen gewagt.

Sie würden sich bald treffen und ihre Zukunft besprechen. Daran führte jetzt kein Weg mehr vorbei. Das gemeinsame Schicksal, das gemeinsame Glück konnte ihnen niemand mehr nehmen.

Das erste Mal in ihrem Leben hatte sie das Gefühl, dass jemand etwas unglaublich Romantisches für sie getan hatte. Und zwar etwas, das man nur tun kann, wenn man wirklich liebt.

Er war ganz offensichtlich bereit, einen hohen Preis für ihre gemeinsame Zukunft zu bezahlen. Vermutlich musste er alles aufgeben, was ihm bisher so wichtig gewesen war. Ihre Gebete waren erhört worden, er hatte sich entschieden, für Karina, gegen seine Frau.

Sie spürte eine körperliche Erregung und ein leichtes Kribbeln zwischen ihren Schenkeln. Sie war mehr als willig, seine Begierden zu befriedigen. Welche verdorbenen Dinge er sich auch immer wünschen würde, mit Lust wäre sie bereit, sich ihm hinzugeben. Ihre Körper würden sich berühren, aneinanderpressen und eins werden. Nie wieder durften sie sich trennen.

* * *

Heerse hatte sich erneut auf den Weg zu Clara Calliditas gemacht. Er musste mit jemandem reden, und die Ärztin war gerne bereit gewesen, den Hauptkommissar zu empfangen. Wieder saßen sie in dem überfüllten Arbeitszimmer und Heerse kam ein wenig zur Ruhe.

Clara Calliditas hatte bisher noch nicht nach dem Grund für seinen Besuch gefragt. Sie konnte es sich ohnehin schon denken. Der Fall ging durch die Medien und die Nachricht, dass die Tatwaffe beim letzten Mord zurückgelassen wurde, war ihr deshalb bekannt.

Eine Weile schwieg Heerse und drehte die Tasse mit dem starken Kaffee auf dem Unterteller hin und her, dann lehnte er sich seufzend zurück und sagte: »Sie können sich gar nicht vorstellen, wie ich mich nach einem dieser TV-Profiler sehne, der mir alle kleinen Geheimnisse des Täters verraten könnte, sodass ich am Ende meine Suche auf drei Personen eingrenzen kann. Den Rest würde dann ein durchgeknalltes Computergenie übernehmen und in fünfundvierzig Minuten hätten wir unseren Mörder.«

Clara Calliditas lachte amüsiert auf. »Dieses Geständnis muss jemandem, der immer wieder sein Missfallen über diese unrealistische Darstellung der Polizeiarbeit betont, äußerst schwerfallen.«

Auch Heerse verzog das Gesicht nun zu einem verlegenen Grinsen. »Ich verlasse mich auf Ihre ärztliche Schweigepflicht.«

»Kann ich denn helfen?«, erbot sich die Ärztin.

»Denken Sie, man kann im Alter seinen Spürsinn verlieren?«

Auf Claras fragenden Blick hin sprach er weiter: »Ich lag bisher nur daneben. Ich habe keine einzige Spur und verfolge aus lauter Verzweiflung eine Theorie, die wahrscheinlich absurd ist.«

Die Ärztin sah ihn interessiert an. »Das will ich hören.«

Heerse räusperte sich. »Ich verdächtige eine junge Frau. Jemand, der einem meiner Kollegen nahesteht. Ich habe sie kennengelernt und ein zweites Mal getroffen. Ausgerechnet in der Trinkhalle. Sie kennt die Sagen, ist davon fasziniert. Alles in mir sagt, sie ist schuldig und trotzdem kann sie den letzten Mord nicht begangen haben, weil ich sie überwachen ließ.«

»Erst Lukas Bürg und jetzt wieder jemand aus Ihrem direkten Umfeld?«

»Bei Lukas war es etwas anderes. Da sprachen die Indizien gegen ihn und mein Instinkt sagte mir, er war es nicht. Bei dieser Frau ist es genau umgekehrt.«

»Dafür brauchen Sie niemanden mit einem Abschluss in Psychologie. Das hätte Ihnen auch meine Großmutter, Gott habe sie selig, erklären können. Sie sehen den Wald vor lauter Bäumen nicht. Da kann man sich schon einmal verrennen!«

Heerse verzog den Mund. »Also einfach ein paar Schritte zurücktreten und das Ganze mit etwas Abstand betrachten? So einfach?«

»Ich habe nicht gesagt, dass es einfach ist, aber wenn wir falsch abgebogen sind, dann müssen wir wenden und zurück. Haben Sie kein Navi in Ihrem Auto? Meines sagt das zum Beispiel andauernd.«

Der Hauptkommissar war mit der Antwort nicht glücklich, das konnte ihm Clara Calliditas ansehen, deshalb fügte sie noch hinzu: »Das heißt allerdings nicht automatisch, dass uns unser Instinkt im Stich gelassen hat. Wenn ich einen Patienten habe, der krankhaft eifersüchtig ist, dann kann ich ihm helfen, dieses Problem in den Griff zu bekommen. Das heißt aber noch lange nicht, dass seine Eifersucht an sich unbegründet ist. Was ich sagen will: Ihre Instinkte mögen Sie nicht trügen, aber was auch immer Sie gerade unternehmen, so funktioniert es nicht. Gehen Sie einen anderen Weg.«

»Guter Rat, aber leider habe ich keine Ahnung, wie ich das machen soll.«

Die Ärztin lehnte sich in ihrem Schreibtischstuhl zurück und griff nach einem Stift, den sie durch ihre

Finger gleiten ließ. »Was sagen denn Ihre Kollegen? Ich meine, welche Theorien haben die anderen?«

»Eigentlich hoffen alle, dass sich unser Mörder für immer verabschiedet hat.«

»Bestätigen das Ihre Analytiker?«

»Schön wäre es, aber die sind skeptisch. Niemand wird schlau aus dem letzten Mord.«

»Aber es war der gleiche Täter?«

»Ja. Bei allen Morden, auch dem letzten, sind diese Botschaften, die Anspielungen auf die Trinkhallen-Sagen, hinterlassen worden. Davon kann nur der Täter wissen. Und dann das Beil selbst ...«

»Also kein Trittbrettfahrer?«

Heerse schüttelte den Kopf und stellte seine Frage direkt: »Denken Sie, dass er einfach aufgehört hat? Wäre das logisch?«

Clara Calliditas hätte dem Hauptkommissar gerne eine eindeutige Antwort gegeben, aber das konnte sie nicht. »Sie werden mein ›Schwer zu sagen‹ nicht gerne hören.«

Heerse seufzte daraufhin gut vernehmlich und die Ärztin hob entschuldigend die Hände, bevor sie weitersprach. »Leider ist es aber so. Die Logik des Täters mag es hergeben, dass der Mord an der Prostituierten sein letzter war. Grundsätzlich scheint es uns, wenn man Fälle aus der Vergangenheit betrachtet, aber eher unwahrscheinlich, dass ein Serienmörder das Töten einfach so einstellt. Und in diesem besonderen Fall«, sie suchte nach geeigneten Worten, »immerhin sind noch einige der Trinkhallen-Sagen ›übrig‹ ...«

»Aber warum gibt er seine Waffe ab?«

»Vielleicht will er wechseln? Möglicherweise, um Verwirrung zu stiften?«

»Na, das ist ihm auch vortrefflich gelungen!«

* * *

Frank Dorthal betrat an diesem Abend völlig erschöpft seine Wohnung. Die Sache mit Marion hatte er gerade so wieder hingebogen. Gott sei Dank hatte sie seine Entschuldigung angenommen. Er wusste natürlich, dass seine Frau immer noch verletzt war, und irgendwie fand er es auch ein wenig schäbig, sie mehr oder weniger aus dem Haus zu drängen. Allerdings war ihm keine andere Wahl geblieben. Wenn er seine Ehe retten wollte, dann schien es jetzt notwendig, dass Marion nicht in seiner Nähe war. Er konnte momentan keine Rücksicht auf sie nehmen. Diese Morde mussten zuerst aufhören, dann würde er sich wieder voll und ganz auf seine Frau konzentrieren.

Frank kannte sich selbst gut genug, um zu wissen, wie ungerecht und gemein er manchmal reagierte, wenn er starken Stress hatte. Marion sollte nicht noch einmal zu seinem Ventil werden.

Mit einem Mal stellte er fest, wie sehr er seine Frau liebte. Anfangs hatte er immer geglaubt, er hätte sie aus Vernunftsgründen geheiratet. Aber mit jedem Tag, der verging, nahm sie einen größeren, einen besonderen Platz in seinem Leben ein. Das Gefühl, das da ganz tief in seinem Inneren wuchs wie ein zartes Pflänzchen, machte ihm etwas Angst, wenn es ihn auch gleichzeitig mit einer unbekannten Wärme erfüllte. Er hatte auch vor Marion geliebt, aber das war anders gewesen. Eine Liebe ohne Reinheit. Aber an seine Vergangenheit wollte er nicht mehr denken. Lange hatte er versucht sie zu vergessen – und dann?

Plötzlich war Karina wieder in seinem Leben aufgetaucht. Er hatte sich darüber gefreut, denn die Geschwister waren immer voller Zuneigung füreinander gewesen.

Als er seine eigenen Wege gegangen war, hatte Frank seine Schwester schmerzlich vermisst, das konnte er nicht leugnen. Und jetzt? Jetzt fing alles wieder von vorne an. Marion hatte ihm erzählt, was ihr Karina anvertraut hatte. Alles war noch genauso wie früher. Warum hatte er sich auch eingebildet, dass seine Schwester, wenn es um ihre große Liebe ging, ein »Nein« akzeptieren würde. Die Selbstzerstörung hatte von Neuem begonnen und nahm dieses Mal noch abscheulichere Züge an.

Franks Hände zitterten und ein dünner Schweißfilm bildete sich auf seiner Stirn. Er fühlte sich krank. Als er die Augen schloss, sah er die geschändeten Opfer vor sich. Vor allem die Prostituierte im Nonnenkostüm mit dem zertrümmerten Kehlkopf hatte sich in sein Gedächtnis gebrannt. Fast glaubte er, ihren Blutgeruch an den Kleidern kleben zu haben. Frank Dorthal stürzte ins Badezimmer, wo er sich unter heftigen Krämpfen übergab.

# KAPITEL 13

*»Rache und immer wieder Rache!*
*Keinem vernünftigen Menschen wird es*
*einfallen, Tintenflecken mit Tinte, Ölflecken*
*mit Öl wegwaschen zu wollen. Nur Blut, das soll*
*immer wieder mit Blut ausgewaschen werden.«*
*Bertha von Suttner (1843-1914)*

Karina saß weinend in ihrer Wohnung. Endlich, gegen Mitternacht, war sein Anruf gekommen und dann war es plötzlich vorbei mit der gemeinsamen Zukunft, vorbei mit dem großen Glück und der ewigen Liebe.

Die junge Frau hatte sich gründlich getäuscht und nun das Gefühl, ihre Seele würde auseinanderreißen. »Aber du hast mir deine Liebe doch bewiesen«, flehte sie.

Er schien beherrscht, sprach die Worte mit fester Stimme und ganz ruhig aus. Wenn er so war, das wusste Karina, dann ließ er sich nicht überreden, dann half kein Betteln oder Weinen.

»Ich habe reinen Tisch gemacht, damit jeder von uns neu anfangen kann. Du wirst dein Leben führen und ich meines.«

»Mit deiner Frau?«, schrie Karina schrill in den Hörer.

Auch dieses Mal ließ er sich nicht provozieren. »Ja, mit meiner Frau. Unsere gemeinsame Geschichte ist abgeschlossen. Du bist frei und kannst dein Leben leben. Dafür werde ich sorgen, das verspreche ich dir. Aber mehr kann ich nicht tun. Es endet hier und jetzt.«

»Ich liebe dich«, flüsterte sie, als wäre nichts von dem, was er gerade gesagt hatte, an ihr Ohr gedrungen. »Sag mir, dass du mich nicht liebst«, forderte Karina laut, »sag es mir!«

»Karina, es ist vorbei!« Damit endete das Gespräch und sie wusste, dass es vorerst unabänderlich war.

Ihre Hand griff zu der Flasche Rotwein auf dem Tisch. In großen Schlucken trank sie davon. Der Alkohol umnebelte ihre Sinne. Vielleicht sollte sie einfach Schluss machen, ein für alle Mal. Eine Handvoll Tabletten, eine weitere Flasche Wein, der Sturz aus dem Fenster. Sie versuchte sich vorzustellen, wie es wohl wäre, wenn ihr zierlicher Körper auf dem harten Teer aufschlagen würde. Sie dachte an das Geräusch von brechenden Knochen und Haut, die auf einen festen Untergrund klatscht. Überall wäre ihr Blut. Ihr warmes, verkommenes Blut, dessen Geruch sich ausbreiten und ihren Leichnam wie ein persönliches Parfüm einhüllen würde. Womöglich wäre nur eine Gesichtshälfte bei dem Sturz zertrümmert worden, sodass ein Teil ihrer Schönheit erhalten bliebe. Was für eine Ironie. Im Tod könnte dann jeder sehen, wie hässlich und wie schön zugleich sie war. Jedoch hatte sie sich diese Hässlichkeit nicht ausgesucht. Sie war ein Vermächtnis, sie war das, was ihr nun von seiner Liebe geblieben war.

Karina sank aufs Sofa zurück. Ihr Gesicht war verschmiert. Der schwarze Mascara, der dunkle Streifen auf ihrer weißen Haut hinterließ, gab ihr das Aussehen einer Porzellanpuppe, die irgendwer vor langer Zeit in einem dunklen Keller vergessen hatte.

Der nächste Schluck Rotwein ließ ihre Gedanken an den Anfang schweifen, als alles begann.

Sie waren fast noch Kinder gewesen. Karina hatte ihm damals schon immer verstohlene Blicke zugeworfen, die weit über freundschaftliche Gefühle hinausgingen. Niemals hätte sie gewagt, den ersten Schritt zu machen. Er war älter und erfahrener und schien sich wenig aus ihr, diesem dünnen Mädchen mit den kleinen Brüsten und den kindlichen Zügen, zu machen. Und dann eines Nachmittags veränderte sich plötzlich alles.

An der Hand führte er sie in den Wald. Sie lehnte an einem Baum, spielte mit einer Haarsträhne und lauschte dem Gurren der Tauben über sich. Plötzlich stand er vor ihr, sah ihr tief in die Augen und ihr Herz fing an zu rasen. Dann zog er sie an sich und küsste sie.

Erst stieß sie ihn weg und rief: »Nein, so was darf man nicht!«

Gott, wie naiv sie damals gewesen war.

»Wenn man liebt, darf man alles. Und ich liebe dich, Karina«, sagte er mit einer Zärtlichkeit, die für sie völlig neu war. Seine Hand fuhr unter ihren Rock. Sanft berührte er die Innenseiten ihrer Schenkel.

»Ich wünsche mir dich zum Geschenk«, flüsterte er ihr ins Ohr.

Es war das erste Mal für Karina und sie hätte es mit niemand anderem erleben wollen.

»Ich gehöre nur dir«, hatte sie voller Leidenschaft geantwortet und kurz darauf lagen sie beide völlig nackt im Gras.

Sie hatte seine Erregung gespürt und die Macht, die sie plötzlich über ihn besaß. Der süße Schmerz, als er sie zur Frau machte, war ihr noch in Erinnerung. Ihre Körper hatten sich ab diesem Zeitpunkt noch viele Male nacheinander verzehrt. Immer auf der Suche nach dem Unbeschreiblichen, dem Einzigartigen.

Aber eigentlich hatte sie sich etwas anderes gewünscht. Er hatte ihr die ewige Liebe versprochen, aber das war eine Lüge gewesen. All die Jahre hatte er sich für ihre Beziehung geschämt. Niemand sollte davon wissen. Auf Abruf war sie ihm willig gewesen und teilte seine schmutzigen Begierden. Alles geschah heimlich, so als müssten sie ihre Liebe verleugnen. Sie hatte sich nie beklagt und ihm jeden Wunsch erfüllt.

Und dann eines Tages fing er an, sich von ihr zu entfernen, bis er das erste Mal die Trennung forderte. Die letzten Jahre waren ein ständiges Auf und Ab gewesen.

Aber Karina liebte ihn weiterhin, selbst als er sich entschlossen hatte, zu heiraten. Von dem Schock, als er sie nicht mehr sehen wollte und zurückließ wie ein lästiges Gepäckstück, hatte sie sich nie richtig erholt. Sie gab trotzdem nicht auf, kämpfte um ihn, bis er wieder Teil ihres Lebens wurde, aber es war, als wollte man Wasser mit den Händen tragen. Für einen kurzen Moment konnte sie ihn festhalten, da war er ihr nahe, und dann, wenige Augenblicke später, hatte sie ihn wieder verloren. Sie brauchte zumindest diese wenigen Minuten des Glücks. Ihr Leben schien wieder einmal sinnlos geworden.

* * *

Am nächsten Tag hatte Heerse den Eindruck, alle um ihn herum würden durchatmen. Die Hektik und Anspannung der letzten Wochen waren auf einmal wie weggeblasen. Offensichtlich gaben sich seine Mitarbeiter der irrigen Meinung hin, der Fall wäre abgeschlossen. Natürlich sprach das niemand aus, aber anders ließ sich die veränderte Stimmung im Präsidium nicht erklären. Rolf Heerse sah sich deshalb genötigt, bei dem morgendlichen Meeting ein paar deutliche Worte zu sprechen.

»Wir sind immer noch mitten in einer Mordermittlung«, sagte er ohne Umschweife. »Der Fall ist keineswegs abgeschlossen. Selbst wenn unser Mörder keine weiteren Opfer geplant hat, will ich das Schwein haben. Es wäre gefährlich zu glauben, dass bereits alles vorbei ist.«

Über das Privatleben des letzten Opfers, Norma Wagner, fanden die Beamten wenig heraus. Dafür hatte sie ein recht umfangreiches Register bei der Polizei. Interessant war allerdings die Tatsache, dass die Prostituierte am Tag ihres Todes einen Anruf von der gleichen Telefonzelle aus der Baden-Badener Innenstadt bekam wie damals Sina Wieser.

Die Befragungen gingen unermüdlich weiter und auch aus der Bevölkerung gab es jede Menge Hinweise, denen die Beamten nachgingen.

Während Frank Dorthal die Zeugen im Fall des toten Russen verhörte, machte sich Heerse zusammen mit Müller auf den Weg zu Nellys Wohnung. Sie wollten dort mit deren Mitbewohnerin sprechen.

Heerse fand es angebracht, Müller für seine Mitarbeit zu danken. Der Kollege wurde ein bisschen verlegen und winkte ab, während er den Wagen geschickt durch die Innenstadt lenkte.

Müller war ungefähr so alt wie Frank Dorthal. Er war das, was man allgemein als Durchschnittstyp bezeichnen würde. Heerse schätzte dessen ruhige Art und seine Fähigkeit mitzudenken. Zudem war er ihm dankbar, dass er sich in der Angelegenheit Lukas Bürg so loyal verhalten hatte.

»Du glaubst nicht, dass es schon vorbei ist?«, fragte Müller nun, um nicht weiter Mittelpunkt des Gesprächs zu sein.

»Nein, ich befürchte, es geht weiter. Was denkst du eigentlich darüber?« Heerse kannte die Meinung von Frank und einigen anderen, aber wenn er es sich recht überlegte, hatte sich Müller bisher noch nicht geäußert.

Der Kollege schwieg einen Moment, dann antwortete er mit ruhiger Stimme: »Ich denke, da läuft eine große Scheiße ab.«

Diese Antwort hatte Heerse nicht erwartet.

Sie waren mittlerweile an dem Wohnhaus angekommen, in dem Norma Wagner gelebt hatte. Müller stellte den Wagen ab und blickte zu seinem Chef, der ganz offensichtlich eine ausführlichere Antwort erwartete.

Unwillig fuhr er fort: »Ich habe keine Erfahrung, was Mordermittlungen angeht.«

»Du bist Polizist und hast einen guten Instinkt. Also los, ich will deine Meinung hören!«

Müller stöhnte und gab sich einen Ruck. »Wir haben vierzehn Sagen, acht Tatorte und einen Täter, der seine Tatwaffe beim letzten Opfer zurücklässt. So als wollte er sagen, Freunde, das war es.«

Heerse stellte wieder einmal fest, dass Müller eine angenehm unkomplizierte Art hatte, die Dinge beim Namen zu nennen.

»Jeder Mord ist barbarisch und geschieht rücksichtslos. Aber bei Norma Wagner hält es der Täter für besser, sie vorher bewusstlos zu schlagen.«

»Und was schließt du daraus?«

Wieder zögerte der Kollege. »Vielleicht war es bei Norma ein anderer Täter?«

Noch bevor Heerse etwas sagen konnte, schob Müller eine Erklärung nach: »Ich weiß, alles weist auf denselben Täter hin, deshalb ist meine Theorie vermutlich Quatsch.«

Heerse hatte das Gefühl, dass er soeben einen Schlag mit einem überdimensionalen Holzhammer auf den Kopf bekommen hatte.

Ihm kam Clara Calliditas' Frage nach einem Trittbrettfahrer in den Sinn.

»Mein Gott, manchmal sieht man den Wald wirklich nicht mehr«, murmelte der Hauptkommissar vor sich hin, was Müller zu einem »Wie bitte?« verleitete.

Heerse stöhnte laut: »Bisher sind wir aufgrund der Spuren einfach davon ausgegangen, dass es derselbe Täter war. Das Beil, mit dem auch die anderen Morde begangen wurden, die Botschaften, das Täterwissen. Das schließt einen Nachahmer zwar aus, spricht aber nicht gegen einen Komplizen. Vielleicht ist es jetzt so, wie wir es damals bei von Lohberg vermutet haben.«

Müller starrte zu seinem Chef. »Dann hätte sich der zweite Mann das Beil schnappen können, um Norma Wagner damit zu töten. Vielleicht ist er zartbesaitet, deshalb hat er sie zuerst niedergeschlagen.«

»Tja, und das Beil hat er vielleicht unabsichtlich zurückgelassen, oder weil er nicht mehr weitermachen will. Wenn wir ein Duo haben, dann ...«

Heerse sprach den Satz nicht zu Ende, denn die Vorstellung war so schon grauenvoll genug – er dachte erneut an seine Begegnung mit Karina Dorthal.

An Müller gewandt sagte er: »Das war gut, Mann!«

Die Mitbewohnerin von Norma Wagner war eine große, dürre Frau mit verkniffenem Gesicht. Die Kollegen der Spurensicherung hatten die Wohnung bereits durchsucht und Maya Bach machte keinen Hehl daraus, dass sie für diese Woche und den Rest ihres Lebens genug Polizei gesehen hatte. Sie bat Heerse und seinen Kollegen zwar herein, bot ihnen aber keinen Platz an. Stattdessen zog sie an ihrer Zigarette, als wäre es ein Atemgerät und sie selbst kurz vor dem Ersticken. Die braunen Nikotinflecken an ihren knochigen Fingern sprachen für sich.

Heerse wusste, dass die Frau ihn als Feind betrachtete.

»Frau Bach, es tut mir aufrichtig leid, was mit Ihrer Freundin passiert ist«, sagte er deshalb freundlich.

Der schmale Mund wurde noch dünner, als Maya ihre Lippen zusammenpresste. Statt einer Antwort nickte sie nur.

»Können wir uns vielleicht irgendwo setzen?«

»Wie wäre es mit Ihrem Dienstwagen?«, sagte sie nun gereizt, »setzen Sie sich da rein und fahren Sie nach Hause.«

Heerse stöhnte, blieb aber freundlich. »Also schön, dann stehen wir eben. Bitte erzählen Sie uns alles, was Sie von Norma wissen.«

»Nelly!«, sagte sie trotzig, »sie hat den Namen Norma gehasst. Keiner hat sie so genannt.« Maya Bachs Stimme zitterte. Sie kämpfte dagegen an, ihre Gefühle vor diesen Fremden zu zeigen, trotzdem entging Heerse nicht, dass die Frau um ihre Freundin trauerte.

Asche fiel von der Zigarette auf den Boden. Maya Bach kümmerte sich nicht darum. Schließlich sagte sie: »Gehen wir ins Wohnzimmer.«

Heerse stellte die Fragen. Erst zu Nellys Vergangenheit, ihrer Familie und ihren aktuellen Freunden.

Als er nach einem Lebensgefährten fragte, lachte Maya spöttisch. »Du lieber Himmel, wissen Sie, wie schwer es so schon ist, einen einigermaßen erträglichen Partner zu finden? Was glauben Sie, welche Chancen Nelly mit diesem Job hatte?«

»Also gab es niemanden, mit dem sie sich auch privat traf?«

Maya Bach schüttelte den Kopf. Sie musste während des Gesprächs bestimmt eine halbe Schachtel Zigaretten geraucht haben und Heerse, der in solchen Sachen eigentlich nicht empfindlich war, sehnte sich nach frischer Luft.

»Was wissen Sie von ihrem Beruf?«

»Sie meinen diese Nutten-Kiste?«

Heerse nickte und Maya räusperte sich. »Man muss von etwas leben. Nelly mochte das, was sie tat.«

»Hat sie manchmal darüber gesprochen?«

»Freilich, wir haben uns gelegentlich prächtig darüber amüsiert, wer so alles ihre Dienste in Anspruch nimmt.«

Jetzt blickte sie herausfordernd in Heerses Richtung.

»Und wer war das so?«, hakte er nach, ohne sich aus der Ruhe bringen zu lassen.

»Alle möglichen Leute. Welche mit Kohle zum Beispiel.«

»Kennen Sie Namen?«

»Nee«, blökte Maya jetzt belustigt, »die haben doch nicht ihre echten Namen gesagt.«

»Wie lief das ab? Wie kam Nelly an ihre Kunden?«

»Sie hatte einige Stammfreier, die haben angerufen und sich mit ihr verabredet. Dann hat man sich irgendwo getroffen. Nelly kam mit ihrem Bus angefahren und ..., na ja, das können Sie sich ja denken.«

»Warum der Bus?«

»Für die Typen war das angenehm. Die konnten sich so zum Vögeln treffen, ohne gesehen zu werden.«

»Und die Verkleidungen?«

»Das war Nellys Spezialität. Rollenspiele.«

»Und das Geschäft lief?«

»Oh ja, letzten Monat hat sie sogar noch eine Frau als Kunde bekommen. Irre, nicht wahr?«

»Eine Frau?«, fragte Heerse erstaunt nach, »wissen Sie etwas über die?«

Wieder folgte ein breites »Nee«. »Nelly hat nur gesagt, dass es mit der richtig Spaß machen würde, obwohl sie ein ganz schön versautes Miststück sei.«

»Was gab es noch Außergewöhnliches? Sie sollten uns sagen, was Sie wissen. Ich denke, Ihre Freundin verdient Gerechtigkeit, also helfen Sie uns, ihren Mörder zu fassen.«

Heerse spürte, dass Maya Bach noch eine Information zurückhielt.

Die Frau zuckte mit den Schultern. »Gut, es spielt ja jetzt sowieso keine Rolle mehr. Nelly hat mir einmal anvertraut, dass einer ihrer besten Kunden die Folge von ihren Aufenthalten auf dem Polizeirevier war.«

»Sie meinen einen Polizisten?«, hakte Heerse nach.

Maya Bach streckte sich und sah dem Hauptkommissar direkt ins Gesicht, als sie mit einem provozierenden Lächeln sagte: »Ja, ich meine einen Polizisten.«

Mehr konnte ihnen die Zeugin nicht sagen. Maya Bach wusste weder, ob der Polizist aus der Gegend stammte, noch ob er zurzeit überhaupt ein Kunde von Nelly gewesen war. Unter anderen Umständen hätte Heerse diese Aussage vielleicht nicht so ernst genommen, aber nun konnte er nicht umhin, mit gemischten Gefühlen an Lukas Bürg zu denken, auch wenn der laut der Überwachung durch Martin Grunder nicht der Täter sein konnte.

* * *

Der Weg führte zu einer Quelle. Wie friedlich alles schien. Leises Gezwitscher, ein vorsichtiges Rascheln im Gebüsch, und als wüssten die Menschen von dem geplanten Ereignis, gab es weit und breit keinen einzigen Besucher.

Es war ungewohnt ohne das vertraute Beil, aber die Botschaft sollte übermittelt werden. So dringlich war das Verlangen, sich mitzuteilen. Was geschehen musste, konnte nicht aufgehalten werden. Die Gegend war nicht fremd, das erleichterte das Umherstreifen auf der Suche nach einem neuen Gehilfen. Die Oberfläche des Sees war unbeweglich. Die sich steil nach oben richtenden Felsen, die ihn umschlossen, wirkten abweisend, als wollten sie sagen: »Verschwinde von hier, sonst gibt es keine Rettung für dich.«

Vom tiefen Wasser stieg Kälte auf. Es gab Geschichten über diesen Ort, wahre und erfundene, und die meisten handelten vom Tod. Wie die der armen Mutter, die, ihre beiden Kinder an sich gebunden, von den Felsen gesprungen war. Das dunkle Gewässer hatte sie alle drei verschlungen. Ja, Verzweiflung war eine starke Antriebsfeder. Der Freitod blieb stets ein Weg, den man gehen konnte.

Aber war es nicht auch wichtig, die Lebenden zu mahnen, ihnen eine Botschaft zu hinterlassen? Und sollte man nicht dabei sein, wenn die anderen endlich verstanden? Wenn auch sie begriffen, welches Unrecht begangen wurde? Die Gedanken schienen sich unaufhörlich im Kreis zu drehen und den Geist zu drangsalieren.

Es musste getan werden, jetzt erst recht. Die Botschaft war angekommen, das stand fest, aber das hatte nicht zu dem gewünschten Erfolg geführt. Ignoranz musste bestraft werden, also würde das Werk vervollständigt werden.

Aus Richtung der Quelle war ein Geräusch zu vernehmen. Kalte Augen beobachteten aus dem Versteck im Gebüsch den Mann, der nun eifrig anfing, einen großen weißen Plastikkanister mit dem begehrten Quellwasser zu befüllen. Seine Gedanken waren vielleicht zu Hause bei Frau und Kindern oder bei der Geliebten. Wer konnte schon sagen, was Menschen insgeheim ersehnten?

Als er nun spürte, dass er nicht mehr alleine war, blickte der Mann unvermittelt auf. Niemand hätte sagen können, ob er verblüfft oder erschrocken auf sein Gegenüber starrte, dafür war der Augenblick zu kurz. Die Klinge wurde ohne Erbarmen in sein linkes Auge gestoßen. Der jähe Schrei, der daraufhin folgte, erstickte dem Mann in der Kehle, als sich das Messer in seinen Hals bohrte. Der nächste Stich traf die Brust, es folgten weitere, mehr als nur einer waren tödlich.

Die Stille danach zeugte davon, dass die schreckliche Tat der Natur nicht verborgen geblieben war. Fast hatte man das Gefühl, sie müsste die Szene erst noch begreifen – solange schien sie den Atem anzuhalten.

Der Körper des Mannes war in den kleinen Brunnen gefallen und blockierte den Ablauf. Langsam schwappte das Wasser über den Rand. Was einst klar und kühl, wie ein Symbol des Lebens dahinplätscherte, verfärbte sich nun langsam rot und zeugte vom Ende alles Irdischen.

Nun galt es, die Botschaft zu senden. Es würde keine Spielereien mehr geben. Das führte zu nichts. Deshalb musste Klarheit herrschen. Die Handgriffe waren nicht leicht auszuführen, aber sie waren notwendig für das Verstehen.

Ein letzter Blick fiel auf die roten Rinnsale, die sich jetzt ihren Weg über den abschüssigen Waldboden bahnten, um dann den Fels hinabzugleiten wie Regentropfen an einer Fensterscheibe.

* * *

Am späten Abend fanden sich nur selten Besucher an der Mariengrotte. Gerda Kalmer und ihr Mann Dieter kamen öfter hierher. Dann setzten sie sich auf die harten Holzbänke für einen Moment der Andacht, sprachen im Stillen ein Gebet oder genossen einfach nur den Frieden, der von diesem Ort ausging. Die Marienstatue blickte sie wohlwollend an und vor allem Gerda versank dann in einen stummen Dialog mit der Gottesmutter, während sie in deren gütige Augen blickte.

Der Abend war warm, aber Spaziergänger blieben aus, vermutlich, weil es unter der Woche war.

Aber heute war die Marienfigur verändert.

Gerda stupste ihren Mann leicht mit dem Ellenbogen und sagte: »Sieh dir das an, was ist denn das für eine Schweinerei?«

Noch während sie sprach, stand sie auf und sah sich die Statue genauer an. Tatsächlich, da lief etwas über das helle Antlitz.

Die Frau bekreuzigte sich und schrie nun fast hysterisch nach ihrem Ehemann. »Sie weint Blut!«, rief sie laut und im Glauben an ein Wunder voller Euphorie.

Aufgeregt trat sie näher und blickte andächtig auf die dunkelroten Tränen. Aber da war noch etwas anderes, das nun über die rechte Wange der Gottesmutter glitt. Gerda registrierte wohl das Vorhandensein dieses eigenartigen rosa Klumpens, aber nur langsam wie in Zeitlupe begriff auch ihr Verstand, was sie sah.

Gerda Kalmer hob beide Hände zum Mund und schrie entsetzt auf, dann taumelte sie nach hinten. Ihr Mann konnte sie gerade noch stützen und führte sie schnell zu einer Bank, bevor er mit bleichem Gesicht ein »Herr im Himmel!« rief.

Völlig aufgelöst starrte er auf die menschlichen Lippen, die nun mit einem dumpfen Geräusch auf den Boden klatschten.

* * *

Rolf Heerse wollte eigentlich früher Feierabend machen, als die Meldung kam.

Der Kollege, der ihn verständigte, stammelte etwas von: »Es hat einen Mord gegeben, vielleicht unser Mann?«

Erst war Heerse einfach nur ungläubig, dann wurde er gereizt. »Woher willst du das wissen?«, stellte er ungehalten seine Frage.

»Weil«, der Mann kam ins Stottern, riss sich dann aber zusammen, »weil die Streife, die uns angefordert hat, meinte, dass das Opfer übel zugerichtet wurde und ...«

Der Hauptkommissar fluchte laut und ungehalten. Er wusste nicht, was schlimmer wäre – ein weiterer Mord ihres Serienkillers oder ein weiterer Mörder. Flankiert von Frank Dorthal und dem Beamten Müller verließ er das Präsidium. Mit Blaulicht fuhren sie von Baden-Baden nach Vormberg, das nur wenige Kilometer entfernt lag. Die kleine Nachbargemeinde war ein beliebtes Ausflugsziel, nicht zuletzt wegen des märchenhaften Bergsees, der auch die Beschreibung »verwunschen« verdient hätte.

Das Opfer lag noch in dem Brunnen. Das ihn umgebende Nass war dunkelrot gefärbt und immer mehr Wasser lief aus der Einfassung. Mittlerweile hatte sich ein kleiner roter Bach gebildet, der unermüdlich seinem Weg über den Rand der Felsen folgte.

»Hier ist das blutige Wasser heruntergelaufen, direkt unter uns ist die Mariengrotte, da wurden dann die ...«, der Beamte, der Heerse auf den neusten Stand brachte, rang um Fassung, »die Lippen gefunden.«

Müller neben ihm wirkte schockiert. Frank Dorthal dagegen schien wie versteinert.

Heerse sah weiter in das Gesicht des Beamten, der sich tapfer schlug. Noch war ihm kein Blick auf die Leiche gewährt worden. Die Kollegen von der Spurensicherung brauchten noch etwas Zeit.

»Das Opfer wurde mit einem Messer angegriffen«, sprach der Mann, sichtlich um Professionalität bemüht, weiter.

»Ist das sicher?«

»Ziemlich, außerdem wurde das Messer am Tatort zurückgelassen.«

Heerse war überrascht, unterbrach den Kollegen aber nicht.

»Der Mediziner sagt, es waren mehrere Stiche. Sein linkes Auge wurde getroffen, der Hals, Brust ...«

»Wissen wir, wer das Opfer war?«

»Ja, ein Josef Bauer, achtundfünfzig, Witwer. Ein Kollege hat ihn erkannt. Der Mann war im gleichen Sportverein. Seine Papiere sind auch noch da.«

»Was wollte er hier? Wasser holen?« Heerse sah den Kanister am Boden liegen. Es gab in Baden-Baden und Umgebung mehrere Plätze, an denen man sich frisches Quellwasser abfüllen konnte.

Der andere nickte. »Ja, sieht so aus.«

Hinter dem Hauptkommissar ertönte ein Ruf. Er konnte sich die Leiche nun ansehen.

Ihr Serienkiller hatte also erneut zugeschlagen. Sein »Ich bin noch lange nicht fertig« schien überdeutlich.

Die Verletzungen des Opfers waren schrecklich. Man hatte ihn bestialisch zugerichtet. Dieses Mal wollte der Mörder mit der Botschaft auf Nummer sicher gehen. Keine Zwerge, Reitgerten, eingewickelte Tiere, Uhren oder sonstige Utensilien. Nur die fehlenden Lippen und das Papier, das dem Toten mit dem Messer auf die Brust geheftet war – wie eine Notiz auf einer Pinnwand.

Heerse drehte ein wenig seinen Kopf, aber er erkannte das Bild auch so schon. Trotz der Wellen, die das feuchte Papier mittlerweile schlug, und den blutigen Sprenkeln, mit denen es übersät war.

Der Mörder hatte es vermutlich aus einer Broschüre oder einem Reiseführer über die Baden-Badener Trinkhallen-Sagen ausgeschnitten. Es zeigte eines der vierzehn Wandgemälde. Dieses stellte die Geschichte von Burkhart dar, der sich im Wald von einer geheimnisvollen Frau verführen ließ, die ihm dann mit einem Kuss das Leben aussaugte. Das Ganze geschah an einer Stelle, an der in früheren Zeiten den Göttern Opfer dargebracht wurden.

Es fühlte sich an, als hätte sie der Täter geohrfeigt und mit den Worten »Was bildet ihr euch ein? Dass ich einfach so verschwinde?« verspottet.

Selbst das Opfer schien sie zu verhöhnen. Seine Lippen waren herausgeschnitten worden und das zerfranste Fleisch gab den Blick auf die Zähne des Mannes frei. Diese waren vom Blut verfärbt und ließen das geschändete Gesicht erscheinen, als wäre es zu einem boshaften Grinsen verzogen.

»Kann man ihn nicht endlich da rausholen?«, riss ihn Frank Dorthal aus seinen Gedanken.

»Ich denke, ich habe genug gesehen, ich warte die Berichte ab und …« Heerse sah ernst in die Gesichter der Polizisten vor Ort. »… kein Wort über die Einzelheiten nach draußen, zu niemandem!«

Auf dem Weg zurück zum Präsidium sprachen die Männer nicht. Es gab nichts zu sagen. Die Morde würden weitergehen, bis alle vierzehn Trinkhallen-Sagen ein Opfer gefunden hatten. Und dann? Neun Mal hatte Heerse versagt, an etwas anderes konnte er im Augenblick nicht denken.

* * *

An diesem Abend schickte er Müller und Dorthal gegen zweiundzwanzig Uhr nach Hause und setzte sich selbst mit einem Becher Kaffee an seinen Schreibtisch. Um ihn herum türmten sich die Akten und Berichte der Morde und die Protokolle der diversen Zeugenaussagen. An der Wand hingen die Bilder der Opfer. Der Hauptkommissar hatte das Gefühl, er säße vor ihnen auf der Anklagebank.

Der letzte Tote, Josef Bauer, war mit dem Messer ermordet worden, das ihm der Täter in die Brust gerammt hatte. Die schmale, scharfe Klinge war vom Mörder wie ein chirurgisches Gerät zum Abtrennen der Lippen benutzt worden. Für ihren Täter waren die Lippen des Opfers das Symbol für den tödlichen Kuss aus der Sage. Das Messer selbst wies keine weiteren Besonderheiten auf.

Heerse las noch einmal die Zeugenaussagen des Ehepaars Kalmer. Die beiden hatten nichts bemerkt und auch niemanden gesehen. Als gegen Mitternacht Heerses Frau Petra anrief, wimmelte er sie kurz angebunden ab. Verbissen suchte er nach Antworten.

# KAPITEL 14

*»... Denn die Seele des Fleisches ist im Blute ...«*
*Die Bibel*

Frank Dorthal lag auf seinem Bett und starrte die Decke an. Er hatte immer diesen Traum gehabt, Polizist zu werden und an der Aufklärung von bedeutenden Fällen teilzuhaben. Dieser Fall war bedeutend, aber er trug nichts dazu bei. Im Gegenteil, er konnte den Kollegen keine Hilfe sein, sondern machte alles nur noch schlimmer.

Frank Dorthal, der sich so vieles für die Zukunft erträumt hatte, wünschte sich mit einem Mal nur noch, dass seine Vergangenheit anders verlaufen wäre. Das Blut pochte in seinen Schläfen. Er hätte niemals Polizist werden dürfen. Damit hatte er das Schicksal herausgefordert. Nun war ihm die Quittung präsentiert worden. Er stand am Ende einer Sackgasse. Tränen liefen ihm über das Gesicht.

Die nächsten Stunden kreisten verschiedene Gedanken durch seinen Kopf. Frank suchte nach einer Lösung. Es war halb sechs Uhr morgens, als er aus einem unruhigen Schlaf erwachte und plötzlich wusste, was er zu tun hatte. Seine Hand griff zum Telefon. Das Gespräch dauerte nicht lange. Danach setzte er sich an den Schreibtisch im kleinen Salon und schrieb, ohne einmal den Stift abzusetzen, die Zeilen nieder. Ja, er hatte eine Entscheidung getroffen, jetzt würde alles gut werden.

* * *

Marion erwachte gegen Morgen aus einem furchtbaren Albtraum. Sie war wieder ein kleines Mädchen gewesen und stand in der Trinkhalle in Baden-Baden. In ihrer Hand hielt sie eine Puppe ohne Beine. Neben einem der Gemälde tauchte plötzlich ihr Vater auf und schlurfte gebeugt den Gang des alten Gebäudes entlang. Dabei schwang er ein großes Beil. Sie rannte weg, versteckte sich hinter einer der Säulen, aber die Augen der Figuren auf den Bildern waren lebendig geworden und folgten jeder ihrer Bewegungen. Niemand sonst schien das jedoch zu bemerken. Dann war Frank unter einem Bogen hervorgetreten und hatte ihr zugewunken. Seine Handflächen waren rot und nass. Erst dachte Marion, er hätte sie in Farbe getunkt, aber dann wusste sie plötzlich, dass es Blut war. Wie aus dem Nichts tauchte Karina auf. Sie war vollkommen nackt und lief auf Frank zu. Der berührte sie mit den blutverschmierten Händen, bis auf ihrem weißen Körper überall rote Streifen waren. Schließlich war es Marions Vater, der auf Karina zuging, ausholte und sie mit dem Beil erschlug.

Schweißgebadet saß Marion nun auf ihrem Bett. Ein Blick auf die Uhr verriet ihr, dass es erst halb fünf morgens war.

Frank hatte sich am Vortag nicht gemeldet und auch auf ihre Nachrichten, die sie ihm auf der Mailbox hinterlassen hatte, war keine Reaktion gefolgt. Marion wusste nicht, was sie plötzlich dazu veranlasste, ihren Koffer unter dem Bett vorzuzerren und in Windeseile ihre Sachen hineinzuwerfen. Ihr Gefühl sagte ihr, dass sie dringend nach Hause musste. Eine regelrechte Panik überkam sie, als sie achtlos ihre Kleider zusammenklaubte. Keine halbe Stunde später stand Marion einer verblüfften Empfangsdame gegenüber, die sich zwei Mal versichern ließ, dass die plötzliche Abreise nichts mit mangelhaften Hotelleistungen zu tun hatte.

Die junge Frau hatte Angst. Woher das Gefühl kam, das wusste sie nicht, aber gegen jede Vernunft war sie davon überzeugt, dass etwas Schlimmes passieren würde.

* * *

Heerse hatte die Nacht im Präsidium verbracht. Irgendwann war er über den Akten eingeschlafen. Als das Handy gegen 5.30 Uhr morgens klingelte, war sein Kollege Rieber aus Hamburg am Apparat.

»Sie schlafen wohl nie?«, sagte dieser zur Begrüßung.

»Leider hilft auch das nicht«, sagte Heerse und machte sich gar nicht erst die Mühe seinen Frust zu verbergen.

»Vielleicht habe ich gute Nachrichten ...«

Heerse horchte auf.

Zehn Minuten später trommelte der Hauptkommissar seinen Vorgesetzten aus dem Bett und holte sich die Erlaubnis für eine Hausdurchsuchung.

Rolf Heerse lief eine gefühlte Ewigkeit in seinem Büro auf und ab und überlegte sich die nächsten Schritte. In einer vergleichbaren Situation war er noch nie zuvor gewesen.

Verschlafen meldete sich Müller zum Dienst und sah fragend zu seinem Chef, der ihn so dringend herbestellt hatte. »Ein weiterer Mord?«, sagte er angespannt.

Heerse war versucht, mit einem »Schlimmer« zu antworten, schüttelte aber nur betrübt den Kopf.

»Wann hat Frank heute Dienst?«, fragte er stattdessen.

»Eigentlich müsste er jeden Moment antraben! Soll ich uns Kaffee holen?«

»Ja, und schicke Frank zu mir, sobald er das Büro betritt.«

Der nächste Anruf kam fünf Minuten später, es war das Team, das die Hausdurchsuchung machte. »Das Vögelchen ist ausgeflogen, tut mir leid. Knapp verpasst, wie es aussieht«, meldete sich der Einsatzleiter.

»Habt ihr etwas gefunden?« Heerse war extrem angespannt.

»Jede Menge Spuren, die noch ausgewertet werden, aber sieht ganz gut aus.«

Der Hauptkommissar hatte das Gefühl, sein Kollege spräche über das Anbringen einer neuen Wandfarbe, und musste sich regelrecht zusammenreißen, um nicht laut zu werden.

»Etwas Konkretes?«, hakte er deshalb nur mühsam beherrscht nach.

»Laut meinen Anweisungen sollten wir nach einer blonden Perücke suchen, die haben wir gefunden!«

Heerse blieb stumm und der Mann am anderen Ende der Leitung erzählte ihm endlich die Einzelheiten der Durchsuchung.

Müller schreckte auf, als Heerse die Tür seines Büros aufriss und schroff fragte: »Wo ist Dorthal?«

»Noch nicht da. Soll ich bei ihm zu Hause anrufen? Was ist eigentlich los?«

Heerse streckte seinem Kollegen ein Papier entgegen.

»Haftbefehl für Karina Dorthal?«, las dieser nun ungläubig vor.

Das ernste Gesicht seines Vorgesetzten ließ ihn verstummen.

»Ich bin mir nicht hundertprozentig sicher, aber der Tatverdacht ist dringend. In Hamburg gab es einen Durchbruch. Rieber hat einen Zeugen gefunden, der Karina mit Mark Hanson kurz vor dessen Tod vor der

Lula-Bar gesehen hat. Die Kollegen haben bei der Durchsuchung ihrer Wohnung eine blonde Perücke gefunden. Das Labor wird prüfen, ob das Haar, das wir bei der Leiche von Sina Wieser entdeckt haben, damit übereinstimmt.«

Heerse rieb sich mit den Händen über das Gesicht.

»Sie hatte eine Broschüre über die Trinkhallen-Sagen. So eine wie die, die bei Mark Hanson in Hamburg auslagen.«

»Viele Menschen haben die. Ich bin mir sicher, bei mir zu Hause würdest du auch eine finden.«

»Ja«, gab Heerse zurück, »aber auf der von Karina Dorthal befindet sich eingetrocknetes Blut. Das Labor wird sicher bald feststellen, ob es von Hanson oder einem der anderen Opfer stammt.«

Müller wollte etwas sagen, schloss den Mund aber wieder.

»Darüber hinaus haben die Kollegen noch ein Dutzend unbenutzte durchsichtige Plastikschutzanzüge gefunden. Und an dem Abend, als dieser arme Zupf-Hans in Oos ermordet wurde, will ein Ehepaar einen Wagen mit Pforzheimer Autokennzeichen gesehen haben. Laut den Auswertungen der OFA spricht nichts gegen eine Frau als Täter.«

»Vielleicht doch alles ein blöder Zufall?« Müller klang nicht überzeugt.

»Ich weiß, dass sie eine starke Verbindung zu Baden-Baden hat. Die Trinkhallen-Sagen haben für diese Frau eine tiefere Bedeutung.«

Heerse erzählte seinem Kollegen nun von der Begegnung mit Karina und der Überwachung.

»Also hatte sie für den Mord an der Prostituierten Nelly definitiv ein Alibi, zu der Zeit hast du sie überwachen lassen.«

»Genau. Und deshalb muss ich wissen, mit wem sich die junge Dame zurzeit herumtreibt. Es gab jemanden, der ihr geholfen hat. Ein Partner oder eine Partnerin. Ich muss mit Frank sprechen. Egal, wie das hier ausgeht, er sollte die Chance haben, uns dabei zu helfen.«

»Wusste Frank von der Überwachung seiner Schwester?« Müllers Gesichtsausdruck war bei der Frage fast bedauernd.

»Nein. Natürlich nicht.«

»Sicher?«

Heerse ließ sich auf einen der Stühle fallen. Er war am Ende seiner Kräfte. »Du denkst, er wird heute nicht mehr kommen, oder?«

Müller atmete tief durch. »Wäre das nicht das Naheliegendste?«

Heerse ließ die letzten Wochen Revue passieren. Wie hatte sich Frank Dorthal während der Ermittlungen verhalten? Er dachte an die heftige Reaktion des Kollegen, als sie die Verbindung zu den Sagen der Trinkhalle entdeckt hatten. Dann erinnerte er sich an die Vehemenz, mit der Frank zuerst Theo von Lohberg für den Täter hielt und später davon überzeugt war, Nelly, die Prostituierte, wäre das letzte Opfer gewesen. Es hatte irgendwann während der Untersuchungen eine Veränderung gegeben, aber Heerse hatte das auf die Tragik des Falls geschoben.

»Ich kann ihn mir nicht als brutalen Killer vorstellen«, sagte der Hauptkommissar gefasst.

»Nein, sondern als jemanden, der sein Opfer erst bewusstlos schlägt und dann das in seinen Augen Unvermeidliche tut. So wie bei Nelly. Jemand, der das Beil zurücklässt, weil es aufhören soll.«

Müller hatte, während er sprach, schnell etwas in seinen Computer getippt und an seinem Gesichtsausdruck erkannte Heerse, dass er fündig geworden war.

»Was?«, sagte er deshalb grober als beabsichtigt.

»Frank hatte diese Norma Wagner einmal zu einem Verhör hier, er hat sie gekannt. Maya Bach hat doch gesagt, dass auch ein Polizist ihr Kunde war.«

»Norma Wagner ist schon von vielen Polizisten verhört worden und wir haben keine Beweise, dass Frank zu einer Prostituierten ging.« Heerse war nun wütend und seine Wangen färbten sich rot.

Aber Müller ließ nicht locker und seine Stimme wurde fester. »Rolf, aber er ist der Einzige mit einer kleinen Schwester als Hauptverdächtige in einem Fall von Serienmorden und ...« Müller hob die Hand, damit sein Chef ihn nicht unterbrach. »… er hat das nötige Wissen. Er kennt eine Prostituierte, auch wenn er nicht deren Freier war, die auf Wunsch in ein Nonnenkostüm schlüpft. Er weiß, von welcher Telefonzelle man Sina Wieser angerufen hat. Er kennt die Verbindung zu den Trinkhallen-Sagen und er kann sich das Beil besorgen. Was, wenn er von der Überwachung seiner Schwester erfahren hat? Was, wenn er deshalb gehandelt hat, damit wir denken, sie wäre unschuldig?«

Heerse schwieg und starrte auf seine Schuhspitzen. »Für jemand, der keine Erfahrungen mit Mordermittlungen hat, bist du aber sehr engagiert.«

»Es tut mir leid!«

»Nein, mir tut es leid. Ich hätte das längst erkennen müssen, anstatt einem möglichen Liebhaber nachzujagen.« Heerse räusperte sich und stand auf. »Wir fahren sofort zu Franks Wohnung!«

* * *

Marion war ganz gegen ihre Gewohnheit wesentlich schneller gefahren, als es erlaubt war. Ausgerechnet hatte es dann auch noch angefangen zu regnen. Aber die Sorge ließ sie nicht mehr los. Die junge Frau fühlte sich schuldig. Sie hätte Frank während dieses grauenhaften Falls nicht alleine lassen dürfen. Mit zittrigen Händen schloss sie die Wohnung auf.

Im Schlafzimmer stellte sie fest, dass das Bett zerwühlt war. Ihre Stimme hörte sich fremd an, als sie versuchte, unbeschwert den Namen ihres Mannes zu rufen. Außer dem heftigen Trommeln des Regens an die Fensterscheiben hörte Marion nichts. Sie betätigte die Lichtschalter, denn das Unwetter, das nun über Baden-Baden zog, verdunkelte den Himmel.

»Frank, ich bin es!«, rief sie erneut. Vielleicht war er beim Dienst? Sie griff schnell zu ihrem Handy. Er würde sie auslachen, wenn sie ihm von ihren Ängsten berichten würde. Wieder erreichte sie nur die Mailbox. Während Marion durch die Räume lief, in der Hoffnung, dabei auf eine Nachricht zu stoßen, wählte sie die Nummer seiner Dienststelle. Dort sagte man ihr, er sei nicht im Büro. Mehr Auskunft bekam sie nicht, abgesehen davon, dass sie sich nicht traute, direkte Fragen zu stellen. Im Salon hätte sie den hellen Umschlag, der auf dem zierlichen Schreibtisch lag, beinahe übersehen. Frank hatte ihren Namen darauf geschrieben. Marion nahm ihn vorsichtig in die Hand, so als müsste sie eine glühende Eisenstange aus dem Feuer ziehen. Es gelang ihr kaum, den Brief zu öffnen.

Schon als sie die ersten Zeilen überflog, wusste sie, dass sich ihre schlimmsten Befürchtungen erfüllen würden. Hilflos sank sie auf die Knie. Die Buchstaben verschwammen vor ihren Augen und die Tränen tropften auf das edle Büttenpapier. Es war, als würde jemand das Leben aus ihr herauspressen.

* * *

Karina scherte sich nicht um die Polizei. Ihr Bruder würde das vermutlich anders sehen, aber sie hatte keine Angst. Frank war immer schon fantasielos gewesen. Sie hatte keine Zeit, sich Gedanken über kleinliche Polizisten und langweilige Ermittlungen zu machen.

Sie fluchte über einen Stau auf der Autobahn, der sie zwang, den Fuß vom Gas zu nehmen. Karina brauchte länger als geplant für die Fahrt, das ärgerte sie. Schließlich war sie auf dem Weg in ein neues Leben. Nach all der Wut, der Enttäuschung und den schrecklich einsamen Nächten hatten ihre Bemühungen endlich Erfolg gehabt. Auf der Rückbank lag ein kleiner Koffer mit dem Nötigsten.

Sie würde fortgehen – zusammen mit ihm. Mit allem Vergangenen abschließen. Vermutlich würde sie nie wieder nach Baden-Baden zurückkehren. Diese Vorstellung machte sie ein wenig traurig, denn diese Stadt war ihr Symbol für Glück. Ansonsten gab es nichts und niemanden, den sie vermissen würde. Freundinnen hatten in ihrem Leben keinen Platz gehabt. Sie dachte an Marion. Wenn sie sich unter anderen Umständen begegnet wären, dann hätte sich zwischen ihnen vielleicht tatsächlich eine Art Freundschaft entwickeln können, aber so ...

Ob sie überrascht gewesen war? Ja, mehr als das. Karina hatte seine Worte noch in den Ohren. Er hatte sie endgültig verlassen wollen, und jetzt? Seine Erklärung war einfach gewesen. »Ohne dich geht es nicht«, hatte er am Telefon gesagt und dann war der erlösende Satz gefolgt, »ich habe meine Frau verlassen.«

*Endlich!*, dachte Karina erleichtert.

Dieses Mal sollte es ein richtiges Leben werden, eine Beziehung ohne Verstecken, ohne Geheimnisse.

Die junge Frau vertraute seinen Worten voll und ganz. Der Schwur der ewigen Liebe würde sie bald für immer verbinden. Ein unheimliches Glücksgefühl erfüllte Karina, als sie ihren Wagen auf den kleinen Parkplatz lenkte. Den starken Regen, der mittlerweile eingesetzt hatte, empfand sie als gutes Zeichen. Das Wasser würde alles Alte wegspülen und dann wäre Platz für das Neue.

* * *

Frank Dorthal hatte sich eine besondere Stelle herausgesucht. Es war Zeit, den Tatsachen ins Auge zu sehen. Keine Zusammenbrüche, keine feigen Ausreden mehr, er wollte Verantwortung übernehmen. Und er wollte ein guter Polizist sein. Die Gedanken an Marion verdrängte er erfolgreich. Sie würde lernen müssen, mit der Wahrheit umzugehen. Ihre Zeit des Dornröschenschlafes war nun vorbei. Aber Marion war stark, viel stärker, als sie selbst glaubte. Sie würde die Realität tapfer ertragen. Frank konnte ihr das nicht ersparen. Jedes Handeln hatte Konsequenzen, davor konnte er seine Frau nicht bewahren. Frank war sich der Fehler, die er gemacht hatte, bewusst. Rückwärts konnte er leider nicht mehr gehen, deshalb konzentrierte er sich auf die Zukunft.

Das Gesicht seiner Schwester erschien vor seinem geistigen Auge. Die kleine Karina und ihre großen, unbeherrschten Gefühle. Er liebte und hasste sie. So war es all die Jahre gewesen. Wie würde sie die Realität ertragen? Er hatte ihr immer beistehen wollen und sein Bestes versucht, aber das war nicht genug gewesen. Ihr hatte er Selbstzerstörung vorgeworfen, aber warum hatte er nicht die Notbremse gezogen und diese Fahrt in den Abgrund gestoppt? Alles, was er jetzt tat, konnte nichts mehr ändern.

Am Ende würde er den Menschen, die ihn geliebt und ihm vertraut hatten, als Lügner in Erinnerung bleiben. Der Preis der Wahrheit war manchmal sehr hoch.

* * *

Heerse hatte wider besseres Wissen darauf verzichtet, Alarm wegen Frank zu schlagen. Stattdessen war er mit Müller auf dem schnellsten Weg zur Wohnung der Dorthals gefahren. So viel war er Frank schuldig. Er sollte zumindest die Möglichkeit haben, sich zu den Vorwürfen zu äußern, und zwar, bevor die ganze Sache offiziell wurde. Heerse hatte das Gefühl ein Déjà-vu zu erleben. Es war noch nicht lange her, da sprach einiges für die Schuld von Lukas Bürg, seinem jungen Kommissar. Wie konnte ihm das Schicksal nur so übel mitspielen. Ein Serienmörder in seiner Stadt und die Verdächtigen waren Mitglieder des eigenen Teams. An Lukas' Unschuld hatte er geglaubt, bei Frank war es lediglich ein verzweifeltes Hoffen. Während Müller den Wagen in eine der engen Parklücken jonglierte, huschte über Heerses Gesicht ein bitteres Lächeln. Wie würden wohl die nächsten Schlagzeilen lauten?

* * *

*Für Marion:*

*Wie kann ich dich um Vergebung bitten, für das, was passiert ist? Durch meine Schuld sind so viele Leben zerstört worden. Ich ganz alleine übernehme dafür die Verantwortung. Es wird ein Ende haben, das verspreche ich dir.*

*Wie lange sehne ich mich schon danach, die Dinge zu klären und mich nicht mehr hinter Lügen verstecken zu müssen. Doch zuerst möchte ich dir sagen, wie viel du mir bedeutest. Wenn du meine Zeilen gelesen hast, dann wirst du das sicher infrage stellen. Bitte, tu es nicht! Wenn es eines gibt, an dem ich keine Zweifel habe, dann an meiner Zuneigung zu dir. Ich möchte dir nichts vormachen, vielleicht waren meine Absichten zu Anfang nicht ganz uneigennützig. Aber was auch immer in der Vergangenheit zwischen uns stand, so weiß ich, dass mich mit dir heute nur noch die Liebe verbindet. Was ich dir angetan habe, kann man nicht verzeihen. Und doch hoffe ich darauf, dass es nicht nur Hass sein wird, der aus unserem gemeinsamen Leben übrig bleibt. Warum bin ich nur den falschen Weg gegangen?*

*Ich hätte dir gerne von Angesicht zu Angesicht alles erklärt, aber vermutlich wäre mir das niemals gelungen. Dafür schäme ich mich viel zu sehr. Dennoch hast du die Wahrheit verdient.*

*Auch wenn diese Zeilen in erster Linie für dich bestimmt sind, so richte ich mich doch mit einer letzten Bitte an dich. Das, was ich auf den nachfolgenden Seiten notiert habe, solltest du an meinen Chef, Rolf Heerse, weitergeben. Nur so kann alles zu einem erlösenden Ende geführt werden.*

»Was für ein Sauwetter«, fluchte Heerse leise, als er aus dem Wagen stieg. Es war, als hätte der Himmel alle Schleusen geöffnet.

Geduckt rannten die Beamten zum Hauseingang. Glücklicherweise öffnete in diesem Moment einer der Anwohner die Tür und die beiden drängten sich an ihm vorbei.

Müller zückte seinen Dienstausweis und murmelte: »Das geht schon in Ordnung, hier wohnt ein Kollege von uns«, während Heerse zwei Stufen auf einmal nehmend das breite Treppenhaus nach oben eilte.

Der Hauptkommissar fühlte sich schrecklich getrieben. Er wollte nur noch Gewissheit.

Müller hatte Mühe, mit seinem Vorgesetzten Schritt zu halten, und keuchte, als sie vor der Wohnung ankamen. Gerade als Heerse die Klingel drücken wollte, wurde die Tür aufgerissen.

Marion Dorthal starrte auf die beiden Beamten. Ihre Augen waren gerötet, Tränen liefen ihr über die Wangen, und als sie Heerse erkannte, brach sie mit einem lauten Schluchzen zusammen. Der Hauptkommissar fing die junge Frau gerade noch auf. Ihr Körper bebte und heftige Weinkrämpfe machten es ihr unmöglich, zu sprechen. Beruhigend redete Heerse auf Marion ein, während er Müller ein Zeichen gab, sofort die Wohnung zu durchsuchen. Plötzlich löste sich Franks Frau aus der tröstenden Umarmung und flüsterte: »Das ist für Sie.«

Mit zitternden Händen reichte sie Heerse die dicht beschriebenen Seiten:

*Ich, Frank Dorthal, möchte, dass der Gerechtigkeit genüge getan wird. Wie auch immer man im Nachhinein über mich urteilen möge, so ist es mir wichtig, dass du Marion, aber auch mein Vorgesetzter, Rolf Heerse, wissen, dass ich meinen Beruf immer als Berufung gesehen habe. Auf diese Weise zu versagen, ist für mich deshalb unerträglich. Polizist zu sein, war immer mein Wunsch gewesen. Mit dem mir typischen Egoismus habe ich dieses Ziel verfolgt, ohne einen Gedanken an diejenigen zu verschwenden, die dafür geopfert werden mussten. Doch nun ist es Zeit für Aufrichtigkeit.*

Heerse starrte ungläubig auf die Briefseiten. Müller, der ihm mittlerweile über die Schulter blickte, um die Zeilen zu lesen, war fassungslos. Marion Dorthal weinte leise in sich hinein. Die Gedanken des Hauptkommissars überschlugen sich. Er kramte in seinen Erinnerungen, verfluchte sich für sein lückenhaftes Gedächtnis und die Leere, die gerade in seinem Kopf herrschte.

»Wo könnte Frank sein?«, fragte er Marion eindringlich. Sein Ton wurde fordernder, als er die Frage wiederholte: »Wo könnte er sein?«

»Ich weiß es nicht«, schluchzte die junge Frau verzweifelt. »Ich bin früher nach Hause gekommen, ich weiß nicht ...« Marions Stimme versagte.

Müller hob ratlos die Schultern.

Heerse überlegte fieberhaft – da war ein Erinnerungsfetzen, jemand sprach von der Kindheit, Kinderspiele, Glück, Lieblingsplätze ... Das musste es sein!

»Los, wir brauchen sofort Verstärkung. Die sollen alles auffahren: Hubschrauber, die Bergwacht, von mir aus auch das SEK ... Ich weiß, wo er ist!«

*Wenn du diesen Brief erhältst, dann ist es vorbei. Bitte betrauere diesen Umstand nicht, denn es war die einzige Möglichkeit, die mir noch blieb. Auch wenn das schwer zu verstehen ist, fühle ich mich dadurch so, als hätte ich zumindest einen letzten Funken Anstand in mir gehabt.*

*Wenn sich der Knoten nicht mehr lösen lässt, dann muss man ihn mit Gewalt durchschlagen. Manchmal hat man eben keine andere Wahl. Ich werde zurück zum Anfang gehen, dort, wo alles begonnen hat, dort, wo ich meinen falschen Weg gewählt habe.*

Müller lenkte den Wagen mit hoher Geschwindigkeit zu ihrem Ziel. Die Sirene war die letzten Kilometer ausgeschaltet. Über Funk hatte Heerse die Kollegen informiert. Marion saß auf dem Rücksitz und krallte ihre Finger in die Polster. Die Tränen liefen über ihre Wangen und sie nahm kaum etwas von der Umgebung wahr, obwohl sie verbissen aus dem Fenster starrte. Heftige Böen wühlten die Natur auf. Der Regen warf sich gegen das Fahrzeug, als wollte er ihr Vorankommen verhindern.

»Stopp, hier ist es!«, schrie Heerse und Müller bremste scharf ab. Sie hatten den kleinen Parkplatz erreicht.

»Dort oben, da ist jemand.« Heerse deutete mit dem Zeigefinger auf einen steilen Weg. Gerade noch konnten die Beamten eine Gestalt erkennen, die auf die Anhöhe stieg, bevor sie hinter einer Kurve verschwand.

Die Männer waren ausgestiegen und kümmerten sich nicht um das Wetter. Innerhalb von Sekunden waren die Polizisten komplett durchnässt. Heerse sah die beiden geparkten Fahrzeuge und rannte los. Die nassen Kleider und der zum Teil schlammige Boden bremsten seine Bewegungen. Aber unbeirrt stürmte er über den Platz zu dem steilen Fußweg, der nach oben führte. Müller folgte ihm und auch Marion hatte nicht gezögert.

Die Battertfelsen waren an diesem Tag abweisend zu ihren Besuchern. Der rutschige, schmale Weg bot wenig Halt. Wer stolperte und sich mit den Händen abstützen musste, bekam die scharfen Felskanten zu spüren. Heerse ignorierte den Schmerz, ihn trieb nur ein Gedanke an, nämlich weitere Tote zu verhindern. Über die Sinnhaftigkeit dieses Unterfangens dachte er nicht nach. Das würde zu nichts führen. Er war Polizist, er wollte Leben retten. Er hatte nicht zu entscheiden, ob ein Leben wert war, gerettet zu werden oder nicht.

*Zurück zum Anfang, dort wo die schlimme Krankheit das erste Mal ausgebrochen ist. Ich nenne sie meine ganz persönliche Sepsis, meine unheilbare Blutvergiftung. In meinen Adern fließt verkommenes Blut. Ich selbst habe das verursacht. Mein verkommenes Blut ist der Grund dafür, dass all diese Menschen haben sterben müssen. Ich bin schuldig in allen Punkten der Anklage.*

Karina hatte den Treffpunkt erreicht. Mühelos war ihr der kurze Aufstieg erschienen, so als wäre sie auf einer unsichtbaren Rolltreppe hinaufgeschwebt. Als sie ihn erblickte, rief sie seinen Namen und schenkte ihm ein zauberhaftes Lächeln.

Seine Augen blickten ihr ernst entgegen – wie meistens. Karina stürmte auf ihn zu. Seine Arme umschlangen sie fest und sie fühlte seine Wärme trotz der nassen Kleidung, die ihm auf der Haut klebte.

»Du bist zu mir zurückgekommen«, hauchte sie glücklich.

Er küsste sanft ihr Haar als Antwort.

»Wir werden unseren Schwur also erneuern?«, fragte sie hoffnungsvoll.

Nun schob er sie ein Stück von sich weg und blickte ihr in die leuchtend grünen Augen. »Ja, das werden wir. Der heilige Schwur, für immer und ewig!«

Hinter sich hörten sie plötzlich Stimmen ...

*Ich wünschte, diese Erklärung würde genügen, aber so einfach ist es leider nicht. Ich könnte behaupten, alles geschah aus Liebe. Aber das ist nicht die ganze Wahrheit, denn ich wurde auch von einer kranken Begierde getrieben. Einer Begierde, die in mir brannte wie ein loderndes Feuer. Die mich von innen auffraß, wenn ich sie nicht befriedigt habe. Eine Begierde, die nur von einem Menschen gestillt werden konnte.*

*Als ich das erste Mal mit meiner Schwester Karina schlief, war sie noch Jungfrau. An diesem Tag in Baden-Baden habe ich sie mit meinem verkommenen Blut infiziert, an diesem Tag wurde ich zum Mörder.*

»Frank!«, brüllte Heerse, hinter dem nun Müller und Marion Dorthal auftauchten, gegen den Regen an. »Um Gottes willen, was haben Sie vor?«, schrie er noch einmal in Richtung seines Mitarbeiters.

Der Hauptkommissar machte einen weiteren Schritt nach vorne, blieb dann aber abrupt stehen.

Frank Dorthal richtete seine Waffe auf ihn.

»Frank, nicht!«, schrie plötzlich Marion, die sich aus ihrer Starre gelöst hatte. Müller hielt sie zurück, als sie auf ihren Mann zustürzen wollte.

»Bleib weg«, schrie dieser nun außer sich, »bleibt alle weg!«

»Karina!«, rief Marion nach ihrer Schwägerin, »was tut ihr da?«

Karina hatte ihre Arme um Franks Hüften gelegt und schmiegte sich fest an ihn. Auf ihrem Gesicht zeichnete sich ein triumphierendes Lächeln ab. Frank hielt die Waffe immer noch auf die beiden Polizisten und seine Frau gerichtet.

»Ich werde mit ihm fortgehen. Er gehört zu mir und ich zu ihm. Wir lieben uns, seit wir auf der Welt sind. Es gibt keine stärkere Verbindung als die zwischen uns.«

»Karina, er ist dein Bruder«, schrie Marion verzweifelt, die sich immer noch gegen Müllers Griff wehrte.

»Er ist die Liebe meines Lebens. Glaubst du, ich lasse ihn mir von einer verklemmten Tussi wie dir wegnehmen?«

»Karina«, rief Marion noch einmal bestürzt.

»Sag mir: Hast du den Sex mit ihm genossen?« Franks Schwester schien Gefallen daran zu finden, ihre Schwägerin zu demütigen. »Hast du es gemocht, wenn er dir wehgetan hat? Wenn er Dinge mit dir gemacht hat, für die du dich danach schämen musstest?«

»Das reicht jetzt!«, unterbrach sie Frank scharf.

Karina schwieg, drückte sich aber noch enger an ihren Bruder.

»Das ist doch keine Lösung«, schaltete sich Heerse noch einmal ein.

Das Heulen des Windes verschluckte seine Worte beinahe.

Wieder war es Karina, die antwortete: »Frank wird mit mir fortgehen und dann leben wir zusammen, für immer!«

Über ihren Köpfen hörten sie plötzlich ein Geräusch. Ein Hubschrauber kreiste oberhalb der Anhöhe. Dann durchdrang der Klang von Sirenen das Wüten des Unwetters – die Einsatzkräfte näherten sich den Felsen.

*Ich trage die Schuld, auch wenn die Menschen nicht durch meine Hand gestorben sind. Karina war damals vierzehn Jahre alt gewesen und ich sechzehn. Immer schon hatte sie in mir den großen, allwissenden Bruder gesehen. Ich habe ihre Naivität ausgenutzt und so geschah, was niemals hätte geschehen dürfen. Sicher, es war Liebe, aber eine ungesunde, verdorbene, verkommene Liebe. Als unsere Eltern starben, wurde unsere Beziehung noch stärker. Ich schäme mich, das zu erzählen, aber unsere sexuellen Begierden steigerten sich unaufhörlich. Die Dinge, die wir taten, um uns überhaupt noch spüren zu können, möchte ich nicht beschreiben. Einige Jahre lebten wir nach außen wie Bruder und Schwester, aber hinter verschlossenen Türen als Mann und Frau.*

*Irgendwann wurde es immer schwieriger, den Fragen nach einer Freundin, einer Frau aus dem Weg zu gehen. Ich hatte Pläne und wählte die Laufbahn bei der Polizei. Bis zu einem gewissen Zeitpunkt glaubte ich tatsächlich, ich könnte nicht ohne Karina leben, aber dann eines*

*Tages fing ich an, mich nach Normalität zu sehnen. Es gab Streit, Trennungen und Versöhnungen. Ein ständiges Hin und Her begann, bis ich mich dafür entschied, den Kontakt mit Karina abzubrechen. Ich hätte niemals die Stelle hier in Baden-Baden annehmen dürfen. Zu viel verbindet mich und meine Schwester und unsere Beziehung mit dieser Stadt. Aber irgendwie fühlte ich mich sicher in Baden-Baden. Ohne Karina an meiner Seite war alles anders, vermutlich suchte ich mir deshalb einen vertrauten Ort für den Neuanfang. Als ich dann dir, Marion, begegnet bin, schien mein altes Leben weit hinter mir zu liegen. Ich wollte unbedingt davon loskommen.*

*Vor lauter Egoismus hatte ich Karina dabei ganz vergessen. Meine Vorwürfe, wir würden eine selbstzerstörerische Beziehung führen, waren gerechtfertigt, sicher, aber ich habe ihr keinen Weg heraus aus diesem Chaos gezeigt, sondern bin einfach nur gegangen. Ich hatte ihr ewige Liebe geschworen und nun musste sie sich betrogen und verraten fühlen.*

Karina sah nach oben zu dem Hubschrauber.

»Lass uns den Schwur erneuern und dann sollten wir gehen. Die werden uns niemals verstehen, das weißt du doch!«

Frank nickte, ohne den Blick von Heerse zu lassen. Die Waffe hielt er immer noch mit gestreckter Hand auf seinen Vorgesetzten gerichtet. Er vermied es, Marion in die Augen zu sehen. Warum war sie hier? Das würde es ihm nur noch schwerer machen.

Karina sah sich gehetzt um wie ein eingekreistes Tier.

»Unser Schwur, Frank!«, flehte sie neben ihm.

Er wusste, was sie hören wollte. Damals vor vielen Jahren waren sie hier oben gewesen. Karina liebte die Trinkhallen-Sagen – besonders die von der jungen Frau, deren Verlobungsring von einem Raben gestohlen wurde und deren Freund, bei dem Versuch ihn zurückzuholen, tödlich verunglückte. Damals hatten sie sich versprochen, dass keiner von ihnen jemals etwas so Törichtes machen würde. Zuerst war es Spaß gewesen: Karina versicherte ihm, sie wolle stets auf all seine Geschenke achten und er dürfe im Gegenzug bei einem eventuellen Verlust kein unnötiges Risiko eingehen, denn ihre Liebe brauche keine materiellen Dinge. Und dann entwickelte sich daraus die Idee mit dem Schwur. Also gaben sie sich das Versprechen, sich ewig zu lieben und niemals etwas zu tun, das sie voneinander trennen könnte.

»Frank, da kommen immer mehr ...«, rief seine Schwester nun nervös neben ihm.

In diesem Moment riss sich Marion von Müller los und versuchte, auf ihren Mann zuzugehen. Sie war zutiefst verletzt, aber trotzdem wollte sie ihn zur Vernunft bringen. Was er vorhatte, war nicht richtig.

Sie zwang sich zu einem tapferen Lächeln, als er endlich den Kopf in ihre Richtung drehte, dann schrak sie zusammen. Wie das Grollen eines Donners hallte der Schuss zwischen den Felswänden. Marion erstarrte.

Frank hatte zur Warnung in die Luft geschossen. Arme griffen nach ihr und zerrten sie weg. Plötzlich waren überall Polizisten. Der Hubschrauber kreiste jetzt tiefer und der Wind peitschte ihnen den Regen ins Gesicht. Kalter Regen, der sich mit warmen, unglücklichen Tränen vermischte.

Frank mit Karina an seiner Seite wich weiter zurück und stand nun gefährlich nahe vor dem Abgrund.

»Geben Sie auf, Dorthal, dann passiert niemand etwas!«, dröhnte es blechern durch ein Megafon.

»Was machen wir jetzt?«, flüsterte Karina.

»Wir werden unseren Schwur erneuern«, sagte er sanft, »für immer und ewig.«

Sie schenkte ihm ein schüchternes Lächeln.

»Es tut mir leid«, flüsterte er ihr ins Ohr und ließ seine Waffe auf den Boden fallen. Dann küsste er seine Schwester leidenschaftlich auf den Mund.

»Es tut mir leid!«, wiederholte er seine Worte, als er sich von ihren Lippen löste. Seine Umarmung wurde fester.

Karina fing an, sich dagegen zu wehren.

»Was tust du?«, rief sie nun entsetzt, als sie bemerkte, dass er mit ihr einen weiteren Schritt auf den Abgrund zumachte.

Ein letzter Blick in sein Gesicht ließ sie die Antwort erkennen.

»Für immer und ewig!«, stieß er unter Tränen hervor, dann umklammerte er den zierlichen Körper seiner Schwester und riss Karina mit sich in den Tod.

Marions Aufschrei folgte ihnen in die Tiefe. Sie rannte zu dem Felsvorsprung, Heerse war dicht neben ihr. Er legte den Arm um die junge Frau und fühlte nichts mehr.

Wie lebensgroße Puppen lagen die zerschmetterten Körper der Geschwister auf den blanken Felsen unter ihnen. Fest umschlungen und nun im Tode für immer vereint.

*Es war meine Schuld. Ich habe sie dazu gebracht, all diese schrecklichen Dinge zu tun, all diese Menschen zu ermorden. Gerne würde ich mein Gewissen damit beruhigen, dass letzten Endes Mark Hanson der Auslöser gewesen war, aber das wäre nicht fair. In Hamburg war ihm Karina zufällig begegnet und erlag seinem Charme, bis sie feststellen musste, dass er seine Versprechungen genauso wenig hielt, wie ich die meinen. Karina hat aus tiefster Verzweiflung und Enttäuschung gehandelt. Ich weiß nicht genau, was in ihr vorging, aber offensichtlich hat sie sich immer mehr verloren zwischen ihrer Verzweiflung und dem Hass auf der einen Seite und der Liebe und den glücklichen Erinnerungen an Baden-Baden auf der anderen. Die Trinkhallen-Sagen waren ihre Botschaften an mich. Ich sollte begreifen, was ich ihr angetan hatte, aber ich verstand es nicht, nicht sofort.*

*Am Anfang, als die Verbindung zu den Sagen bekannt wurde, war es nur eine böse Ahnung gewesen, aber als ich die sexuellen Anspielungen bei dem Mord an dem Russen erkannte, konnte ich die Augen nicht länger verschließen. Und wieder lud ich Schuld auf mich. Glaubte ich doch tatsächlich, ich könnte es beenden. Ich könnte Karinas Wahnsinn aufhalten. Ich nahm das Beil an mich und dachte, damit sei alles erledigt.*

*Nun kommt der schlimmste Abschnitt dieser traurigen Geschichte, den ich dir, meiner geliebten Marion, gerne erspart hätte.*

*Der Zufall übernimmt in unserem Leben manchmal die Rolle eines Intriganten. So erfuhr ich zufällig von der Überwachung meiner Schwester. Damit stand für mich fest, dass ihr Schicksal besiegelt war. Rolf Heerse hätte sie nicht mehr vom Haken gelassen. In Panik versetzt handelte ich. Vielleicht ist das nur schwer nachzuvollziehen, aber in diesem Moment wollte ich meine kleine Schwester vor dem Gefängnis bewahren. Deshalb tötete ich Nelly und ließ das Beil zurück. Ich wusste natürlich, wer sie war und welche Dienste sie anbot. Anschließend gab ich der Presse einen Tipp. Auch wenn das kaum eine Rolle spielt, so bin ich jedoch unschuldig an den Indiskretionen im Fall von Theo von Lohberg.*

*Nach dem Mord war ich nicht mehr derselbe. Aus welchen Motiven auch immer ich diese Tat begangen hatte, die Reue, die ich deshalb empfand, brachte mich um den Verstand. Vor allem, als mir klar wurde, dass Karina nicht bereit war, mit dem Morden aufzuhören. Nicht, solange sie nicht das bekam, was sie wollte, und das war die Einlösung meines Versprechens.*

*Nach ihrem letzten Mord an Josef Bauer wusste ich, dass es nur einen Weg gab, diesen Irrsinn zu stoppen ...*

Eine Stunde später saß Rolf Heerse klatschnass und wie gelähmt in seinem Büro und las zum x-ten Mal die Worte. Die Kälte, die ihm mittlerweile in jeden Knochen kroch, ignorierte er. Frank Dorthal beschrieb in seinem Brief den Schwur, den sich die Geschwister gegenseitig geleistet hatten, und dass er Karina mit der Lüge, diesen zu erneuern, auf die Battertfelsen gelockt hatte.

Das Puzzle fügte sich zusammen. Karina hatte es also am Ende geschafft, ihre Botschaft zu übermitteln – aber zu welchem Preis?

*... Ich habe lange darüber nachgedacht, welchen Weg ich gehen könnte. Allerdings gab es keine Abzweigung, keine Alternative für mich. Karina ließ sich nicht aufhalten.*

*Mit rücksichtsloser Ehrlichkeit muss ich zugeben, dass ich stets hin- und hergerissen war, zwischen unserer schmutzigen Begierde und einem normalen Leben. Ich konnte Karina lange nicht wirklich aus meinem Herzen verbannen. Manchmal bildete ich mir ein, jemand würde mich beobachten und hinter mir herschleichen. Vielleicht war das Karina, vielleicht war es aber nur mein Wunsch, sie trotz unserer Trennung in meiner Nähe zu haben.*

*Ganz am Ende, liebste Marion, hatte ich mich wirklich von ihr gelöst. Da gab es für mich nur noch die Ehe mit dir – doch es war zu spät.*

*Wenn du meinen Brief nun an Rolf Heerse übergibst, dann schließe damit für immer mit unserem gemeinsamen Leben ab. Du hättest etwas Besseres verdient gehabt. Hasse mich, wenn nötig, aber bitte, hasse niemals dich selbst. Du bist der beste Mensch, der mir jemals begegnet ist. Du bist eine Frau, der Liebe zusteht.*

*Ich bedauere zutiefst, was ich dir angetan habe. Auch wenn dir das kein Trost sein wird, so sollst du doch wissen, dass ich mit dem wunderbaren Gefühl sterbe, wenigstens für eine kurze Zeit, an deiner Seite die wahre Liebe erfahren zu haben. Dafür werde ich dir ewig dankbar sein.*

*Frank*

# KAPITEL 15

*»Wer die Hand in Blut wäscht,*
*muss sie in Tränen baden.«*
*Deutsches Sprichwort*

**Drei Monate später**

Die Zeit nach den Morden war für Heerse und sein Team ein wahrer Spießrutenlauf gewesen. Doch allmählich hatten sich die Gemüter beruhigt. Die Presse machte den Beamten schwere Vorwürfe, schließlich war ein Polizist direkt beteiligt gewesen. Diesen Fakt hatte man natürlich nicht vor der Öffentlichkeit verbergen können, genauso wenig wie die Verbindung zu den Sagen. Die Trinkhalle lockte nun noch mehr Besucher in die Stadt und nur langsam kehrte Ruhe in Baden-Baden ein.

Trotzdem war Heerses Vorgesetzter zufrieden. Endlich war der Fall abgeschlossen. Die in Karinas Wohnung gefundenen Spuren waren eindeutig gewesen.

Manchmal wünschte sich der Hauptkommissar insgeheim, er hätte die Wahrheit niemals erfahren. Aber das war ein egoistischer Wunsch. Die Hinterbliebenen der Opfer sollten wenigstens nicht noch das Gefühl haben müssen, der Mörder wäre ungestraft davongekommen. Vielleicht half ihnen die Wahrheit, das Geschehene besser zu verarbeiten.

Rolf Heerse dachte an Lukas Bürg.

Sein junger Kommissar hatte kurz nach Franks Tod wieder den Dienst angetreten. Seit dieser Zeit kämpfte Lukas gegen seine eigenen Dämonen. Wie es schien, erfolgreich.

Vermutlich waren sich er und Marion Dorthal deshalb in den letzten Wochen nähergekommen. Irgendwie hatten sie ja beide eine schmerzliche Vergangenheit zu bewältigen. Zwei junge Menschen mit verletzten Seelen. Vielleicht wären sie eines Tages füreinander sogar mehr als nur Freunde in der Not.

Und die Geschwister Dorthal? Mit einem Mal wurde ihm etwas klar. Karina und Frank hätten sich niemals selbst von ihrer persönlichen *Sepsis* befreien können. Der Tod hatte ihnen das abgenommen und er, Heerse, hätte nichts von alldem verhindern können.

Als die Tür aufging, schrak der Hauptkommissar zusammen. Es war Müller.

»Wir wurden angefordert«, sagte der nun zu seinem Vorgesetzten, in dessen Abteilung er mittlerweile versetzt worden war. Als er Heerses blasses Gesicht sah, fragte er: »Rolf? Alles in Ordnung?«

Der Hauptkommissar schüttelte sich kurz, als könnte er so die trübsinnigen Gedanken verscheuchen. »Nein, nichts ist in Ordnung und vermutlich war es das auch nie. Aber wir machen trotzdem weiter.«

Müller sah ihn verständnislos an.

Heerse winkte ab und lächelte müde: »Lass uns gehen. Wir werden auch heute wieder unser Bestes versuchen, damit eines Tages doch noch alles in Ordnung kommt.«

*Ende*

# SCHLUSSWORT UND ANMERKUNGEN

Grundsätzlich sind alle in meinem Buch geschilderten Handlungen und Personen nebst Namen und Bezeichnungen frei erfunden. Ähnlichkeiten mit lebenden oder verstorbenen Personen oder realen Handlungen sind rein zufällig und nicht beabsichtigt. Eine Ausnahme bildet der im Roman genannte brutale Gewalttäter und Serienmörder Heinrich Pommerenke. Er hat tatsächlich existiert.

Der Psychothriller »Sepsis« spielt überwiegend in der Stadt Baden-Baden. Die meisten Schauplätze sind real. Gelegentlich habe ich jedoch Veränderungen vorgenommen, das gilt unter anderem für die Örtlichkeiten der Dienststellen und für einige der Tatorte.

An manchen Stellen wird das Thema »Profiler« angesprochen. In Deutschland entspricht diese Bezeichnung in etwa den im Buch genannten polizeilichen Fallanalytikern (OFA = Operative Fallanalyse). Entscheidend bei deren Arbeit sind vor allem die Analyse der Spuren, das Rekonstruieren der Tätervorgehensweise und die kriminologische Betrachtung. Die Psychologie spielt dabei eine wesentlich weniger bedeutende Rolle, wie man sich allgemein, nicht zuletzt durch entsprechende TV-Serien, vorstellt.

Eine Hauptrolle in meinem Psychothriller übernimmt die Baden-Badener *Trinkhalle*. Dieses historische Gebäude gibt es wirklich und entspricht meinen Beschreibungen. Im Inneren des Säulengangs kann man die vierzehn prachtvollen Wandgemälde bewundern, die einige der Sagen des Schwarzwaldes darstellen. Die Sagen habe ich lediglich verkürzt wiedergegeben, um den Rahmen des Buches nicht zu sprengen. Es gibt natürlich auch ausführlichere Versionen davon. Ich kann nur jedem Baden-Baden-Besucher empfehlen, sich die Trinkhalle einmal anzusehen, es lohnt sich.

Ich bedanke mich ganz herzlich für das Lesen meines Psychothrillers »Sepsis – Verkommenes Blut«!

*Ihre Ilona Bulazel*

# WEITERE TITEL DER AUTORIN

Die Akte Aljona (Thriller)
http://www.amazon.de/dp/B00Q5KOL2M

Operation Castus (Thriller)
http://www.amazon.de/dp/B00IDI70R2

world: reset – Nach den Aschentagen
(Krimi/Science-Fiction-Thriller)
http://www.amazon.de/dp/B00CG8G79W

Mystery-Geschichten (Kurzgeschichten)
http://www.amazon.de/dp/B00LOVB5K8

Scifi-Geschichten (Kurzgeschichten)
http://www.amazon.de/dp/B00M4E48P8

Mit freundlichen Pfoten – Lustige Briefe … (Humor)
http://www.amazon.de/dp/B00DP53PWM

Mit freundlichen Pfoten – Weihnachtspost … (Humor)
http://www.amazon.de/dp/B00FYUT0CA

Alle Titel erhalten Sie als E-Book (die Shops finden Sie auf der Website der Autorin unter http://www.autorib.de) oder als Taschenbuch über Amazon!

6719694R00174

Printed in Germany
by Amazon Distribution
GmbH, Leipzig